优阅吧ER

/ 优阅吧，只为打造优质阅读！ /

THE LANGUAGE OF SAND

且听岛语

【美】艾伦·布洛克（Ellen Block）著　任晓洁 译

每一段时光，只要放在心上，就是地久天长

湖南文艺出版社
HUNAN LITERATURE AND ART PUBLISHING HOUSE
博集天卷
CS-BOOKY

保罗，我的爱人

当你离开后，我便成了你

我们永远都不再分离

……

献给自己，我们曾经那样自我怀疑，犹豫不定

我以为生活总是美好

但一件意外小事，就可以将一切毁灭

这就是我们的人生

……

一场突如其来的大火

将我的幸福生活彻底毁灭

没有了爱人，没有了孩子，没有了希望

我告诉自己不能放弃

却不知道继续活下去还有什么意义

辗转反侧，来到丈夫生前最爱的小岛

我要找到那座灯塔

完成丈夫的梦想

守望灯塔，指引航者安全回家

……

是的，一件意外小事，就可以将一切毁灭

但生活总是还可以美好

这就是我们的人生

且听岛语

The language of sand

目　录

Chapter 1

/

/

/

通往遗忘的旅程

我们努力在这永恒的门槛上

透过暮色望我们将去的地方

——夏洛特·缪《不是要那城》

永不这个词，她不太喜欢。不是因为词中所暗示的无穷无尽的感觉，也不是因为它听起来倔强而无情，而是因为这个词从定义上意味着：不可能。不可能性使她感到困扰。

作为完美的夸张修辞，永不一词极为放肆，尤其是对于一个副词而言。没几个词能做到像这个词一样随心所欲又毫无限制。它拒绝被修饰，拒绝屈从于理性的缰绳，最多不能超过一句话。它拒绝逻辑，对艾比盖尔·哈克来说，没什么能比拒绝逻辑更令人烦恼不安了。

某种意义上说，逻辑就是她的工作。艾比盖尔以编纂词典为生。词典编纂人，艾比盖尔与生俱来的三段论天赋使她在这一行如鱼得水。在她的世界中，逻辑就是她赖以生存的导航地图，而事实、证据和推理就是这个世界中的三个基本方向。依靠它们，她才不会偏离航向，才能一直正确。指南针或许能够微颤着指出正北方向，风向标可以随风摇摆，但是逻辑稳如磐石。逻辑将指引着艾比盖尔去往任何她想要前往之地。在一个凉爽的十月天，逻辑——以及一张真正的地图——带着她从波士顿郊区的某个宁静的街道开始，穿越六个州，驶过八百英里，一直开到通往伯恩渡口的某条不知名的公路上。

伯恩渡口，既不是一座城市，也不是个小镇，仅仅是个在北卡罗来纳海岸上突出来的一块儿巴掌大的小码头。疯长在木桩附近的锯齿草在风中起伏，银色的桩子延伸到海水里，就像海盗船上掉下的木板。码头房在附近，是一个简陋的木瓦棚。这是她视野内的唯一建筑。作为这条孤独的海岸线上最后一个文明的堡垒，伯恩渡口是从大陆到达礼拜岛的唯一途径。艾比盖尔要去的正是这个小岛。

艾比盖尔开着她那辆沃尔沃旅行车进入码头，木板发出吱吱呀呀的充满困惑的声音。她不确定继续往前是否明智。因此她停下来，从钱包里翻出房产代理寄来的小册子。册子上写着，从伯恩渡口出发的轮渡每两个钟头准点出发。下一班轮渡应该在下午四点出发。仪表盘上显示此时刚好四点整。然而这儿没有其他车，没有其他人，也没有轮渡。

在那本小册子最后一页的底部，艾比盖尔发现了之前没有注意到的一行草书小字，提醒道："淡季期间，轮渡时间会有变更。"

她叹了口气："要是当初有时间多考虑一下的话就好了。"

尚在波士顿的时候，她深以为来礼拜岛看上去是一个合乎逻辑的完美想法。现在艾比盖尔已经可以从事实出发来看这个决定了：这是一次信仰的巨大飞跃。她担心自己的膝盖对于这一飞跃而言或许可能太脆弱了些。

"有人吗？"艾比盖尔一边叫，一边推开了码头房的侧拉门。

码头房里面是一个小办公室。家具一目了然：几个折叠椅，一张又大又笨的木制桌子和一台电视机，一个扭曲变形的衣架充作电视天线。文件柜上摆着一只咖啡杯，仿佛有人刚刚离开。艾比盖尔四下随意打量。时间一秒一秒地过去，她感到越来越不自在。十分钟过后，她放弃了。

海风迎面撞上，她的衣服被吹皱了，头发乱飞，刚刚费力关上的推拉门被弄得咯吱作响。现在，她的右手边是之前一路驶来的公路，左手边就是广阔的大西洋。

“好吧，现在这是要怎样呢？”

艾比盖尔眯起眼睛搜索地平线，结果发现根本没有什么地平线。海水的蓝和天空的蓝混成浑然不破的深蓝色，坚硬得像是一堵墙。不知道是傍晚光线作祟，还是因为长途驾驶，视力略有下降。恐惧感开始撩拨她。她发觉自己在伯恩渡口孤身一人，没有武器。

“连续驾驶十四个小时，现在开始谵妄乱语。”

随即，远处出现了一个黑点，海面或者空中还映着一个影子样的斑点。艾比盖尔一直盯着它，直到感觉眼睛开始胀大。很快，船的轮廓清晰了。是轮渡。

即便是远观，也可看出这艘船显然有过荣景。多年海上漂流的日子使得船身的漆有些脱落，也使船的标志更加醒目：浪尖的图案上有五个带阴影的大字——“礼拜岛轮渡”。这艘宽大的方形船上，有几排固定在栏杆上的长椅，以及足够停下十几辆轿车的甲板。不过现在上面一辆都没有。

轮渡靠岸，一个瘦高孩子身穿油污汗衫，戴着太阳镜，从驾驶室一路小跑到船尾，把锁链绕在一根银色桩子上。

“你上不上船？”他朝她大声叫道，声音盖过了空引擎发出的嗡嗡声。

“哦，对。上船。不好意思。”

艾比盖尔赶回她的沃尔沃，把车驶到甲板上。过了一会儿，轮渡仿佛复活了似的咆哮着起航。她不知道自己是该下车，还是乖乖坐在车里。

“小姐，你用不着留在车里。”

艾比盖尔一惊，手缩回胸前。穿着汗衫的那孩子就站在车窗边。

“我不知道外边安不安全。”她一边说着，一边用手理理衣领，假装没被吓到。

“见鬼，我自己都不知道安不安全。但是这段路很长的，我可不想你在车里坐成疯子。”

他说话带着一种呆呆的南方口音。音节一个个相连，好像一节一节慢吞吞的火车车厢。艾比盖尔一直很留意口音、俚语和俗语。在她看来，口语的情感是英语语言的韧性和包容性的体现；它属于英语，并且是存在于其中的一种现象。英语被人滥用得令人敬畏，诸多单词被缩短，被加长，被掠夺，被败坏，但是它们依然存在，依然充满活力。单词有一种坚强的构造，对此她感到羡慕。

“往返的？”他问。

“单程。”

那孩子半信半疑地看了她一眼：“单程是十五块五。”

艾比盖尔把钱递过去，手劲十足，想让他相信自己，也想让自己相信这一点。她十分明白自己在做什么。

“一百块。”他说着，看着那张钱，然后从一堆十元和一元的纸币中找零钱给她。每张钱他都不厌其烦地大声报出来。她猜他应该二十五岁左右，比她年轻不到十岁。虽然艾比盖尔看不到太阳镜后的那双眼，但是她能看到他需要洗的衣服和需要修理的头发。他就像个被丢在一边自生自灭太久的孩子。

“哎，”他问她，“你是个医生还是律师？”

她没有提防会被问到这个老问题。“博士。严格来说，我是——”

“早看出来了。如果不是夏天，一般老百姓才不会来礼拜岛，除了医生和律师。医生管看病，律师来管医生解决不了的事儿。”

“你是说秋天和冬天根本没人来？”

“没。”他回答得很坚决。

显然淡季岛屿的宁静是一种吸引力，这个孩子已经使艾比盖尔开始想象小城中心铺满风滚草的情景了。

“你是个弄啥的医生？”

“实际上我是一个哲学博士。我是个词典编纂人，不是——”

“哦，明白了，搞X光的。”

还没来得及纠正，这孩子就把手伸进窗户，说：“我叫丹尼，丹尼·米洛克，我是管轮渡的。很高兴认识你！”

艾比盖尔也介绍了自己，跟他握了手。“如果你管轮渡的话，丹尼，谁掌舵呢？”

“应该是我爸。”他有点儿害羞地回答，“这套东西是他的。喋喋不休地非让人记着这个，至少非要让我记着。”

船开始加速。引擎转动的声音填补了他这段话之后令人尴尬的安静。船速越来越快，气流的感觉也越来越明显。艾比盖尔发现她居然还没解开安全带，而丹尼却丝毫没有任何困扰——他双脚叉开站着，船体每一次摇摆他都能平稳度过。

“你这里边东西真不少。”丹尼往她的沃尔沃里看了一圈。

“对啊，看起来是不少。”

书包、箱子和行李都紧贴在车窗上。这辆车里放着艾比盖尔在这世间的所有财产。整理行李的时候，她曾试着想象把整个房子缩减到这个旅行车里。决定哪样东西该留哪样东西该丢，本应是一个让人心生恐惧的过程，不过艾比盖尔没有那么多选择。一场大火就把她的生活缩减到现在车里装的这么点儿了。

“你是要永远搬来这个岛上了？”

“永远是多远？”她反问，不想正面回答他这个严肃的问题。

丹尼耸耸肩：“要么你来了就留下来，要么你来了就走。不可能又想留下又想走。”

“你说‘来了就走’是什么意思？”

“来旅游呀。天一放晴，他们就蜂拥而至。别误会，我们需要游客。没有他们，我们就没法儿过了。夏季旅游是除了打渔之外唯一的营生。但这也不意味着我们非得喜欢他们。”

“丹尼！”有人大声叫他，打断了他的话。

在倒车镜里，艾比盖尔看见一个戴着帽子的矮胖男人正从驾驶室往外看。他的脸被罩在帽檐的阴影之中。

“那位是你的父亲吗？”

“对，那就是我爸。”丹尼的脸一下子变得通红，“我刚才说了，你不用非得坐车里。”

说完他就飞快地跑走了。他的告别语如同一个郑重的声明，一半是事实陈述，一半是挑战。如果她继续留在车里，就无法坚持到抵达岛上那刻。如果下车，情况会变得不同。

海面上碎浪迭起，浪花变得更加汹涌凌厉。艾比盖尔解开安全带，瞬时感到胃部紧缩，是晕船还是恐惧？她选择相信是前者之故。

艾比盖尔一打开车门，就感到一阵湿冷的空气打在下巴上。水滴渗透衣服使她的皮肤产生刺痛感。从旅行车到栏杆处这样短的距离，她费了很大工夫才维持着平衡没有摔倒。她那样子看上去好像是喝醉了，但是她没有。轮渡在海水中步履维艰，而引擎的轰鸣声表示着它正在勇往直前地战斗。

艾比盖尔走到了轮渡的栏杆边，一屁股跌坐在长椅上。她很开心可以得到它的拥抱。一阵阵的海风把她的头发吹打到嘴巴和眼睛上，于是她把成缕的头发全都拨弄到两边，任它们在脑后乱舞。真是挫败的一试。她可不是那种“风中凌乱型”的女人——无论在字面意义上还是比喻义上。随心所欲的自由精神完全不适用于艾比盖尔。

这世上很少有什么是自由的，能够随心所欲的事也不多，包括从车里走到长椅这件事。尽管她也曾随心所欲自由过，虽然不多，然而也应该足够了。

轮渡摇来摆去，艾比盖尔头晕目眩。所以她把目光固定在她坐的长椅上。一片名字、日期、诅咒的话和绰号、脏话之类被刻于其上，入木三分，穿透好几层胶漆。每个首字母的周围都刻着一堆各种大小的心形图案，一个紧挨着一个。她用手抚摸一些字母的笔画轮廓，感受木板上深深的凹痕，然后又用指尖沿着那些心形图案触摸，有点儿崎岖不平。

希望被记住是人类的本能，没有人想被忘记，没人想从别人的记忆中溜走或者迷失。这就是为什么人类在所有东西上面乱涂乱写：从长椅到收费公路、立交桥再到潮湿的混凝土人行道。他们留下的痕迹使他们令人难忘。然而，有时记住比遗忘更加糟糕，艾比盖尔太明白这个道理了。记住会留下另一种疤痕。

夕阳深埋在团团的厚云之下，夜晚摆出要把白天赶走的架势。艾比盖尔已经无法判断自己在海风中坐了多长时间。她的衣服已经潮湿，胃也在痛，地平线还是没有出现。她需要逃离这恶劣环境。驾驶室后面有一处封闭的座椅区。艾比盖尔手扶栏杆重拾平衡，向门口走去，每一步都尽全力站稳脚跟。

里面是更多的长椅和少得可怜的点心。卖点心的柜台已经关了，玻璃糖果罐是空的。仅存的三小瓶盐水太妃糖，伴着海浪波动的节奏从箱子的一边滚到另一边。墙上挂着的海报上面画着快艇和纵帆船，已经旧得泛黄。有一个软木布告板，上面用大头钉钉着几个小纸片，能看出已经松了。还留着一叠传单，其中，有的是劳动节周末半价钓鱼休闲游的广告，有的宣传假日自行车租赁业务、新鲜玉米和草莓，还有的印着“出售小艇，价优者得”。已经过去的夏天的痕迹，一个月之前的各种迹象，现在都已过气了。

布告栏旁边是一幅大型的外滩群岛地图。地图镶了框用螺栓固定在墙上，外边还覆着一层塑料保护膜。前人们留下的指纹印发出暗淡的光泽，给地图增添了一种朦胧感。众多的岛屿形成一长串岛链，上面标出了所属市镇的名字，如“毒蛇头镇”、“鲸须镇”、“三番市”和奥克拉科克岛。“礼拜岛”三字位列其中如同鹤立鸡群，这个名字所隐喻的宗教色彩使它看起来不像其他地名那么有冒险意味。这让艾比盖尔觉得还挺适合自己的。

在“礼拜岛”东岸勾勒着一条虚线的轮廓，写着“船之墓”三字，下面还有碑文。艾比盖尔看不清楚写了什么。此处的塑料膜被磨得很薄，被很多手触碰过，字都模糊了。她用袖子擦了擦那里，拿指甲划了一划。塑料膜还是没有清楚。

“我刚才还担心你落水呢。”丹尼突然说道，又吓到了艾比盖尔。

“我得躲开海风一会儿。”

他退缩了一下：“如果你觉得这就算大风了，那你可能根本就不愿意留在岛上。”

艾比盖尔觉得她已经通过了第一次考验，但是她还没准备好应付下一次。

“这里写的是什么呢？”她问道，用手轻点着地图上那段模糊的碑文。

“写的是‘没有靠岸，却已长眠’。那些男人与他们的船一起沉入海底，他们都没有一个像回事儿的葬礼。这些人从来没有过靠岸休息的时候，所以前半句这么说。说他们长眠，是因为他们已经葬身大海——他们最爱的地方。”

这些话使艾比盖尔突然陷入回忆，她竭力地想把思绪拉回眼前。丹尼却不以为意，他的目光已经从她身上移到手上，他在检查艾比盖尔手上有没有戴婚戒。艾比盖尔逐渐意识到他正在试图引起她的注意，因为他觉得她有吸引力。她下意识地把手插入后兜。

“这就是，呃，嗯，礼拜岛名字的来历。”丹尼清了清嗓子，继续介绍。“因为没有遗体可埋葬，他们的家人就穿着黑色的衣裳，到海边站着，在沙滩上举办了葬礼。我觉得吧，不能没有棺材。请个牧师念一下祷告词，更像回事。”

艾比盖尔发觉自己奇怪的举止让丹尼不自在了。那场大火之后，她常常毫无征兆地陷入神游，犹如一具时不时缺了灵魂的躯壳。这样会吓坏人，然而她也没法控制。

“海水开始乱踢了。离家也就不远了。”丹尼不自觉地挪动双脚，“我得回去干活了。”

“没事。”艾比盖尔说道。游魂终于回来了。“我没想妨碍你。”

“没事。”他也这么说着，转身要走。

“丹尼？”

“啊？”他急切地转回身来。

“谢谢你告诉我地图那回事。”

他微笑了一下：“没什么。”

门随即在他身后关上。整个房间都飘荡着海水咸咸的味道。这种味道勾起了艾比盖尔幼时与家人在马萨诸塞州共度夏日周末的回忆——海滩上的野餐，成桶的贝壳，海水留在皮肤上的黏黏的感觉。这种海水的味道一直是幸福的同义词。这也是她来礼拜岛的原因之一：看看幸福是否依然如斯。

艾比盖尔回到车里，胃部如同翻江倒海。丹尼没有夸张。海面波涛汹涌，浪头一排排扑激形成巨大的白沫纹路。轮渡在海面忽上忽下，突如其来的转向令她更加反胃。

她回到车里避难，揉抚着双臂取暖。她要发动引擎，然后打开加热器，却看到一个指示牌明令禁止：“轮渡停靠之前不得发动引擎。”

破坏规矩可不是艾比盖尔的风格。她全身冰冷到可以完全无视那块标示，但她不想给丹尼添麻烦。当然，规矩，就如同定义一样，可以有例外。她可以在追求定义的过程中度过一个更好的成年阶段。理解例外是为了理解定义的内涵。她坐在车里全身颤抖，却选择不去发动引擎。

贴出的规矩可以无关紧要，可是破坏规矩的后果可没有那样轻巧。

取暖也好，不取暖也罢，晕船已经打败了她。冷汗正沿着她的颈部往下走，她的嘴也干透了。艾比盖尔把目光移到方向盘下面，以防止视线之内出现任何运动的物体。在日出之前就出发，从波士顿一路驱车过来，已经够辛苦了。她原以为自己凭感觉就能找到方向盘上的手印处。一日内就到达礼拜岛的目标使她觉得这旅途还能忍受。这期待一直晃来晃去啄着她的心，艾比盖尔真希望自己刚才问过丹尼什么时候到达。离开甲板之前，她故意没有去看地平线。当她把目光从方向盘下面移上来的时候，她看到一抹暗暗的线分开了天空与大海。

"终于——"

黑色的线在远处变得宽了起来，成为宽广无垠的海蓝中的一个黑点。那不是地平线，是礼拜岛。

随着小岛越来越近，树木的轮廓和屋顶的形状已经能够看清楚。艾比盖尔的肠胃开始收缩了，已经不再是晕船了。这次是期待。

没有预警的，轮渡陷入两处深深的长浪。轮渡逆推的时候，艾比盖尔紧紧握住了方向盘。她想象了一下自己的模样，觉得自己看起来一定很可笑：双手紧抓着她的沃尔沃，关节都发白了，可车是好好地固定在轮渡的甲板上的。虽然她很开心没人能看见她，可是这种轻松瞬间就变得扭曲刺痛。她如今是完全孤身一人了。

礼拜岛已经近了，就在不到半英里的距离之内。然而，大海却不让人轻易靠近它。

"这不是在针对我个人吧？"

又一个浪向轮渡扑来。

"我觉得这是个肯定的回答。"

又冷又恶心的艾比盖尔做了一件唯一能够使自己平静的事。她开始背诵拉丁文，背诵出死记硬背过的那些动词变化形式和各种时态。

Sum，esse，fui，futurus.

Habeo，habere，habui，habitus.

动词转化成了舒缓的嗡声，她分心了。她还是个小姑娘的时候，就从她父亲那里学着背诵拉丁文。他是一位著名的外科手术医生，专长是治疗肺癌。他主管吸烟与肺部疾病关系的早期研究。“灰色很少是件好事情。”他从肺病患者的肺部颜色得出这一结论，然后把它变成哲学，应用于几乎所有人事。他是一个务实的人，坚持不懈地确保精确。他还使用“好事情”和“坏事情”来对生活进行分类。对艾比盖尔的父亲而言，这二者之间几乎没有中间余地。

当这世界出于某种原因确已沉入灰色的阴影之中，艾比盖尔的父亲就会退回他的书房，找到他学生时期心爱的拉丁语课本。尽管岁月不饶人，可是那书还保持着原来的质朴模样。装订有些破损，书脊也不再坚挺，但是没有残缺书页，没有折角，空白处也没有铅笔的批注。小时候，艾比盖尔会在门口偷看父亲认真翻阅这本大厚书，一页又一页，好像在看一本相册。她渴望知道他正在看什么。

等到艾比盖尔长大，可以读书的时候，父亲邀请她到他的书房，把她放在膝盖上，让她打开那本书。

“我想让你先听这些词，然后再知道它们的意思。”他说，“宝贝，这样学起来更容易一些。相信我。”

于是她的拉丁课开始了。父亲给她读一个又一个词根。拉丁文单词的声音和翻页的节奏混在一起，像美妙的旋律，一直成为她童年时期的背景乐。就像阅读外语的童话故事一样，艾比盖尔凭直觉去理解这些拉丁单词背后的含义。她对语言的喜爱扎根在父亲的书房之中。她把塞满书的箱子装满了她的休旅车，是因为爱。车的底盘因为重量被压低。当她感觉到一本书的重量的时候，觉得很安心。即便是拿在手中的一本纸皮书。印在纸上的字母可以积聚到这样的重量这一事实真是个奇迹。这使单词比艾比盖尔更加强大。

这些箱子里的书来自她父母的房子，多余的存书以及一些废弃的书——她一度大量收集各个领域的各种书，从小说到历史，从经典名著到神秘读物，从各书的第一版到各种签名书。她花了多年构建了一个私人图书馆。车上的书是仅有的幸存者们了。艾比盖尔现在只剩下它们了。

轮渡渐渐驶近了礼拜岛。岛上如画的美景被一处令人不安的景象破坏了。码头的一个木桩歪曲变形了。一块破木板在水面上不安地漂来荡去。这码头看起来已经到了崩溃的边缘。

“这看起来可不太妙。”艾比盖尔发表声明。

多年的语言研究经历教会她第一印象并不可靠。一个单词的拼写可以与其发音完全冲突，令人咋舌。这就是为什么每部词典开始都会有语音指南部分。艾比盖尔希望这一普遍原理也适用于礼拜岛。

“好了，旅途的终点。”丹尼缓缓走到她的车前，对她宣布。轮渡的引擎嗡嗡地停下来。丹尼去将缆绳缠绕到一根完好的桩子上，然后把引道板慢慢滑到码头上，架在轮渡与码头之间的空隙之上。

“丹尼，这是怎么了？”

“什么怎么了？”

“这个码头。”

“哦，这个啊。汉克·斯考克斯给撞上了。”

“撞上了？”

“还有他的渔船。”

“故意撞的？”

“不是，这老家伙当时醉得跟臭鼬一样。”

“那在这个建筑上面开车安全吗？”

“多少人都开过了。”

“多不让人放心啊。”艾比盖尔小声说，“这个小‘事故’是什么时候的事呀？”

丹尼还费力想了想：“有个把月了。”

“那没人来修一下？”

“码头已经一团糟了。要把它弄好，得花大力气修整修整。但是你别怕，等会儿我看着你开。你准备住哪儿呀？”

“灯塔。实际上我是新来的灯塔看守人。”艾比盖尔答道，准备迎接一些友好致词。

但是丹尼没有表示，他的表情变得迟疑起来。他噘着嘴，想要阻止自己说出一些什么想说的话。

“没那么糟糕啦。”她笑着说，“灯塔早就没人管了，所以我不会惹到什么麻烦的。”

“不是，不是这个。是——嗯，算了。”

艾比盖尔实在没有精力在长长的旅途之后还去鼓励丹尼开始长篇大论。现在这些可以收回不说的话，当然可以等等再说。

“我应该先去见一下房产经纪人。”她对他说，“你能告诉我怎么去她的办公室吗？”

“你应该是去找洛蒂·吉尔奎斯特。要找她，不难。只要好好听着就行。”

没再解释一下，丹尼就走开了。他去解开拴在轮渡前部栏杆上的链子。

艾比盖尔迷惑了。她把车开到丹尼身边：“如果说我听力不太好，那我怎样才能找到她呢？”

“直走就行了。”

“好，直走。然后呢？”

“只要一直直走啊。”

“如果我只是直走的话，我就会一路开到岛的另一边然后开到海里去。”

“在那之前你就会发现洛蒂的。”

艾比盖尔的车后突然响起一声口哨。丹尼的父亲在驾驶室门口附近来回走动。他抱着双臂，发出无声的命令。

“你就顺着大路直走。”丹尼教她，“不会找不着的。”他正准备跑走，又兀自停下来，“对了，我保证过要看着你安全地、好好地开上岛的。”

艾比盖尔很开心他记得这件事，因为她也没有忘。“谢谢。”她说着，放松了一下一直放在刹车上的脚。

“说不定我还能见到你？”

“一定能。”

丹尼张开嘴笑得很灿烂，搞得艾比盖尔也笑了。尽管如此，自打她的沃尔沃艰难地开上码头那一刻起，她的笑容就消失了。车下的木板发出哀怨的呜咽，嘎吱作响。

“没事的！”他鼓励她，“接着往前开。真的，比石头还结实呢！”

艾比盖尔不管那些嘎嘎响的木板，继续向前驶去。丹尼朝她挥手告别。她本可以挥个手，然而她没有办法把僵硬的手指从方向盘上掰下来。

当车沿着引道板驶到沙砾车道上的时候，艾比盖尔轻呼了一口气，为自己抵达真实的地面而感恩。路的一边有一个牌子，上面写着：“欢迎来到礼拜岛。”

“是挺欢迎的。”

岛上的码头房门紧锁。旁边贩售苏打水的小摊也用一块胶合板挡上了。板上用油漆喷着“明年夏天再相会”几个字。旅游旺季已是断然结束。礼拜岛进入了休眠状态。独自一人的隐居生活是艾比盖尔选择搬来这里的又一原因。对于这一点，她开始重新思量了。

“要小心你希望得到的东西。”

她的父亲是第一个把这句话植入她心中的人。这句嘲讽一直伴着她，因为它总被证明是正确的，而她却很少愿意承认这一点。比如，艾比盖尔八岁时，一直求她的父母让她养只猫。她一连求了好几个星期，还承诺自己一定会负责任的，最终耗得他们心烦了，不再反对。在他们把小猫领回家的当天，艾比盖尔就得了过敏性荨麻疹，情况严重到她的父亲不得不送她去医院。

"有的时候，你想要的反而是对你最坏的东西。"他这么一字一字地说道。当时艾比盖尔的妈妈正为她大涂特涂可的松软膏。"不要希望得到那些听起来就像幸运饼干一样的东西，除非它常常成真。"

她得了教训，起码是养宠物方面的教训。眼前只有一条沙砾路指引方向，满眼望去一个人影都没有，艾比盖尔怀疑自己是否曾把这句箴言真正放在心上过。

这条路通往小岛深处。路两边都是一望无际的盐沼，点缀着一些潮汐塘。高高的草在微风中摇摆，突出了天空的蓝色和渗着一些绿色的成片的金黄色。

艾比盖尔瞥过海岸，看到通往海滩的路已经被成堆的沙丘所毁。海洋的气味令人陶醉，带着一丝锐利的咸味。她把剩余的车窗全部放下来，让海洋的香气充满整个车厢。突来的气流使她的书和盒子疯狂地拍打起来。

"今天的风已经够了。"她说着，把车窗升起来，呼口气，把前额那厚厚一缕固执的头发拨开。

远处，一座海滩小屋蹲在沥青路边。艾比盖尔把车速放缓，想要好好看看。又是一个食品店，服务窗口用挂锁锁着。

"岛上某处一定存在着一个小镇。"

一英里之后，树木和木瓦顶的房子就取代了没精打采的湿地。每家每户的房子看上去与他们邻居的丝毫不差，就像一排纸娃娃。行车道上没有车，没有路灯，没有什么活动物，也没有动静。

“夏季租赁。”她说道，想象着自己如果打开一间小屋的房门，就能听见海的声音，就像被潮水冲到岸上来的贝壳里的海声一样。

前面的路有一处弯曲。兜了个弯，艾比盖尔终于看到了她应得的奖赏：一个完美的明信片上面才有的鹅卵石小镇广场。海湾和挤在码头上的船只构成了背景。广场四周都是店铺，大部分都是跟海有关的店名，专门售卖钓鱼用品或者纪念礼品之类。这些门面交替着卖的是渔具、纪念品或者是一些收藏品，唯有海洋主题是不变的。这些店铺还有一个共同之处：现在全部关门了。

艾比盖尔驶过广场，发现店铺中间还散落着一间银行、一家咖啡馆和一个邮局。但是没有房地产经纪处。她正在迅速驶近海湾。

“你马上就要驶出此岛了。”

就在这时，一个东西引起了她的注意。一排店铺的尽头镶着一间精致的小屋，屋前的一块草地上是成群结队的粉红色塑料火烈鸟，热闹的嗬嗬作响的旋转木马，转动的玩具风车和一个摆满了园林装饰物的走廊。这真是一派令人震惊的景象，一场色彩和动感的爆炸性灾难，一片各式浮华的缩影。在华丽又俗气的草坪装饰物之中，孤零零站着一个邮箱，在风中发出拍打的声音，炫耀着它顶上的一柄小小旗帜和它上面的钢印口号：“受控的混乱。”

艾比盖尔呆呆地盯着那邮箱。“如果用一个更恰当的矛盾修辞就更好了。”

小屋门口的遮篷上面写着：“吉尔奎斯特不动产。”

“应该会很有意思。”

艾比盖尔停好车，沿着小屋外的障碍通道前行，脑中一个个跳出“混乱”的近义词。这是她另一个平缓焦虑的习惯方法。这些跳出来的近义词范围甚广，从比较温和的“无序”、“慌乱”到激烈的“骚动”

和“无政府状态”。在这个滑动标尺上，吉尔奎斯特不动产排在“令人反感的不受控制”这一标记处。进去之后，艾比盖尔认为房内的状态应该接近于“喧嚣”的标度。

进门第一间办公室，从地面到天花板的每一处可用空间都挤满了各种装饰物排成的阵列——各式各样的美人鱼雕像、装在瓶中的船队、动物填充标本、新奇的盐瓶和胡椒瓶、粘着蛤壳的烟灰缸。这些物品从每个角落和每个缝隙中淤出来，从墙上坠下来，从窗边溢出来，还有几十个灯具在头顶摇摇欲坠。艾比盖尔眨了眨眼，吸收着眼前这癫狂的景象。

“胆小者慎入，对吧？”一个胖胖的女人说道。她坐在桌子后面，身上穿着一件彩绘的圆领长袖运动衫，上面用空气喷枪喷绘了一个海豚的形状。艾比盖尔之前竟没有在这一片杂乱中留意到有个女人。

“我丈夫管这儿叫‘小玩意儿之天堂’，这些小玩意儿在这里适得其所。”说着，这女人清清楚楚地发出一阵咯咯的笑声，然后又笑得像铃声。这大概就是丹尼之前那句“好好听就行”之所指吧！

“你是洛蒂·吉尔奎斯特？”她问道。

“正是在下。”

洛蒂一笑，她身上晃来晃去的心形链饰也跟着发出刺耳的声音——那柔软的、膨胀的形状酷似其主人的体格。洛蒂的肩膀歪斜着，两颊圆圆的全是肥肉，头发梳了高高的一个髻，染了玉米穗的颜色，与其在房间里摆了一周的数不清的人偶娃娃属同一色调。

“想必你是……”

“艾比盖尔·哈克。”

“噢，对，我一直等你来呢。我还担心你能不能赶上今天的轮渡呢。赶不上的话，下一趟就到明天了。你能赶上还挺走运的。”

她之前寄来的小册子上可没有提到这一点，前两天的电话里她也没有提到这件事。艾比盖尔不知道该相信历史还是现在。

“过来看看你的合同吧，亲爱的。”

洛蒂把一副紫色边框的眼镜架到鼻梁上，示意艾比盖尔坐下。椅子坐垫上有海星形状的烫片贴画。

“现在我只需要你的签名就可以了，哈克夫人。然后我就能带你去看看房子。我敢打赌你已经等不及了。”

“请你叫我艾比盖尔就好。”她这么说，急切地想纠正那女人。

洛蒂的目光猛地跳到艾比盖尔的左手上，就如同丹尼之前所做的一样。她太快了，艾比盖尔没来得及遮住她光秃秃的无名指。

“好好，艾比。请在这里签字。”

艾比盖尔轻轻后退了一下。她不想被叫做“艾比”。她并不是讨厌这个昵称，而是这个昵称用在她身上感觉不对。那种轻佻的不拘小节与她本人不符。对于她本身而言，艾比是完全不同的另一个名字。艾比听起来精神不错，平易近人，又闲散放荡，跟她本人完全不是一码事。

艾比盖尔刚刚看完租赁合同，洛蒂就递过来一支笔。“这笔最可爱了，对吧？”

笔的顶端是一颗毛茸茸的脑袋，上面的眼珠子溜溜打转。艾比盖尔签字的时候，它还会轻轻转动。用此笔来签署有约束力的法律文件，艾比盖尔暗生戒心。

“艾比，请你提醒我一下：是谁推荐你过来的？”

“是……呃，”艾比盖尔的喉咙突然哽住，“我的一个朋友。”

“很好。”洛蒂清脆地叫道，“我去拿钥匙，就在外面见。你呢，就开着你的车跟着我。”

就算洛蒂发现了艾比盖尔的迟疑，也没有表现出来。艾比盖尔心中只希望自己也没有将迟疑表现出来。

距离是一种可衡量的度，可以用毫米、英尺或者英里来测量。艾比盖尔所寻求的就是这样一种可衡量的东西，可以衡量她与火灾之间究竟有多少数量的这种东西。时间也是一种可衡量的东西，却完全不受她所控。她不能让一分一秒更快些，更不消提什么年月。艾比盖尔唯一可做的就是搬离那里，好让它也从心中消失。这就是艾比盖尔已经做了的一件事。

“好了，就快到了。”艾比盖尔抚慰自己，伸一伸她那已经酸痛了的大腿。开了很长的路之后，她已经痛苦得全身都僵硬了。肌肉也是有记忆的，所以她的肌肉也开始想要像她一样忘得越多越好了。

洛蒂把她那辆巨兽般的雪佛兰萨伯曼开到艾比盖尔的休旅车旁边，开心地把喇叭按得嘟嘟响。“我都等不及要领你去看灯塔了。”她从车窗喊过来，“是不是很伟大？”

“对，是，这真是，”艾比盖尔脱口而出，“这真是……很伟大。”

“伟大”绝对不是她脑中出现的第一个形容词。这个词，在她的定义中，首先是按照字面意思来形容事物规模之大小，及其可能引起的影响。她觉得这个词所具有的积极含义还有待考察。

艾比盖尔随身携带着的是她剩下的所有家当。她不自觉地也在心中打包带来了一些她认为理所应当的假设：首先，礼拜岛上的居民应当是稳重踏实，生而严肃。她曾在心中描绘出面孔严峻又饱经风霜的渔民和表情热情洋溢且柔声细语的渔家妇女。但是，她没有见到这些画面，却只碰到了洛蒂。这女人无疑是艾比盖尔此生遇到的最傲慢恣意的人了。她两颊溢出的肥肉似乎在宣示着礼拜岛上从来没有发生什么可怖之事的可能性。而这又是另一个假设了。艾比盖尔希望这一假设将被证明是正确的。

洛蒂把她带入一个沙砾路之网。这张路网从镇中心辐射到岛的四周，路面越来越窄。各家各户房屋的建筑风格多变，从哥特式小屋到装饰线条怪异又华丽俗气的环绕走廊的19世纪维多利亚式洋房，各式各样都有。每条路都要比下一条路好看些。有些房屋前甚至是被野生葡萄树上蔓出的葡萄藤纠缠得一派混乱的门廊，像是为大门做了花边。艾比盖尔的头转个不停。她左看右看，想要记住这一路流淌而过的每一盎司的礼拜岛景观。她没有被自己打败，反而向兴奋感缴械投降了。

正前方，洛蒂的雪佛兰萨伯曼在沙砾的车辙上颠簸不停。车辙越来越深，她们就快到达礼拜岛的最南端了。已经过去了十五分钟，艾比盖尔距离镇中心越来越远，远得超过了她的预期。

“从现在开始，下一分钟，下一分钟我就到了。”

终于，矮树林地突然分开了，露出一片草地。站在那片草地之上的，就是灯塔。它看上去茕茕孑立，淡泊名利，就像是深入天空的一个楔子。艾比盖尔觉得自己的心也随之升起了。

灯塔建在海岸线上的一处褶皱之上，蓝黑色巨石形成的防波堤将灯塔与大海隔开。这座白色的灯塔发出一种内敛的威严感，仿佛周围之物都被全世界的重量拖坠至地面，唯独灯塔坚持不堕，头颅高高昂着。

然而这时，随着艾比盖尔渐渐驶近，惊恐的景象也开始出现。远远看来是整洁素净的白色墙面，实际上却布满了裂纹，处处剥落，最外面的一层白漆就像是正在蜕皮的皮肤一样。灯塔旁边是看守人的小屋，更加残破不堪。这个两层的砖房无精打采地靠在灯塔基座上，死死抓着它的美好生活不放。小屋的房顶已经塌陷，一部分百叶窗也散落得乱七八糟。这可没有一处是与洛蒂之前传真给她的图片相符的。艾比盖尔咬着下唇，想要压制住内心暴涨的愤怒。

“洛蒂一定能解释这一点的。她必须得解释清楚。”

雪佛兰萨伯曼停在了灯塔看守人小屋的门前。洛蒂从驾驶座爬到踏板上，然后跳入杂草丛生的空地上。巨型的越野车使她一下子变得矮小，高高的野草齐刷刷地遮住她膝盖以下的部分。若不是每分每秒都愈加气愤，艾比盖尔兴许会注意到这一滑稽之处。她也跳出车来，准备好为着房子的糟糕状况而将洛蒂痛斥一番，岂料洛蒂却来先发制人。

“亲爱的，我发现这地方跟我之前介绍的不一样呀。”

“对啊，不一样，真是大不相同，一点儿都不一样。”艾比盖尔同意她的话，毫不掩饰自己的愤怒。

“但是，我发誓这绝对就是你想要找的那种地方。”洛蒂的声音兴奋地颤抖着，“安静，平和，你会发现这就是你想要的独属于你个人的世界。”

洛蒂眼中的诚恳使艾比盖尔稍微软化。她也愿意让自己相信洛蒂。她也想让自己相信这一路的长途跋涉不会到头来是一场空。她也情愿认为一定发生了什么重大的误会。

“好，我们进去吧。”

二人一同登上门前那已经向下倾斜的台阶。洛蒂把钥匙插入门中，可是门拒绝打开，仿佛在请访客离开。

“绝对能打开。”洛蒂一边使劲，一边说道，“永远不用担心。永不。”

就是这个词。永不。艾比盖尔看着洛蒂与球形门把手之间的对抗，脑中不断浮出充满浮躁的气泡，直到门锁最终败下阵来。

“请让我带你四处转转。”洛蒂气喘吁吁地说。

门一旋转开来，一股恶臭就向艾比盖尔袭来，闷闷地给了她一记掌掴。整幢房子内弥漫着腐木的腥湿感和各种真菌发出的类似麝香的气味。

“洛蒂。”

“亲爱的，你耐心点儿听我说。我们去打开几扇窗户，这儿马上就会像雨后一样清新了。”

当洛蒂把百叶窗卷起的时候，黄昏没落的阳光照亮了这一残酷无情的现实。

艾比盖尔发现这幢灯塔看守人的房子居然也是装潢过的。令她大大失望的是，这一装潢工程还留下许多事情没有做完。一进入前门，就是这房子里主要用作起居室和餐厅的地方，但是“起居室”和“餐厅”两个词在这里只是勉强适用。沙发椅看上去很破旧，已经磨损到连内衬都露出来。窗帘年头已久，变成了灰黄色。几个毫不搭配的椅子、一个桌面已经坑坑洼洼的桌子、两张已经虫蛀了的碎呢子地毯和一个熏了一层煤烟的壁炉，就是这个房间的所有家具。

“洛蒂。”艾比盖尔又叫了她一声。

这个顽皮的女人假装很忙，跟一扇窗户耗上了。可是窗户丝毫不为其所动。这女人放弃了，说：“我们去四处看看吧，好吗？”

“好啊，那我们去四处看看。”艾比盖尔已经恼火了。

洛蒂示意她走过一个过道，到房子的另一边去：“在这里，我们有一个可爱的小厨房。”

此时她们来到了一个看上去有点儿发育不良的凹室，它能被称做“一个可爱的小厨房”，全凭里面的一个水槽和一些厨具。笨重的炉灶和一个单门冰箱好似古人遗物。按照房子的设计，几个橱柜各自分散，仿佛一排残缺的牙齿。弯曲变形的护墙板遮住了墙面的下半部分。墙面的上半部分是早已过时的花饰墙纸，白色的底上全是看上去已经枯了的蓝色矢车菊。

“需要一种女性的特殊灵感来点亮这里的历史文化痕迹和——”

“洛蒂。”

“艾比，你别担心。所有的东西都能用。电是通的，电话是通的，自来水也是通的，你还想要什么呢？”她旋开水龙头栓塞，棕褐色的存污从出口泼溅而出，过一会儿才流出来清澈的水。

艾比盖尔把手紧紧贴在后兜处，以表示自己坚决反对的态度。

洛蒂快速地绕开她：“接下来我们去看看第二层吧。”

艾比盖尔跟在洛蒂后面，艰难地爬入狭窄的楼梯间。她的眼前就是洛蒂那两团硕大又结实的肥臀。每一步踏下去，脚底下就会传来木梯长长的尖叫声。扶手栏也不稳当，颤巍巍的。楼梯间的尽头是一处平台。

“左手边就是主人房。”

她向艾比盖尔展示了一间宽敞的房间，漆成了白垩质感的药丸一样的绿色。墙边暴露着一个巨大障眼物：一张大笨床。上面有一条破损了的被子，堆在一块松木床头板前面。一盏黄铜制的床头灯摆在一个落满灰尘的床头柜上。旁边是一个看起来很质朴的梳妆台。一把摇椅蜷在墙角。这间主卧就像僧侣的起居室一样艰苦朴素。

“我敢打赌你能把这儿搞得像个家一样温暖舒适。只要几个绣花枕头和靠垫就能搞定了。”

“要搞定可不只需要几个绣花枕头和靠垫这么简单吧。”

“来瞅瞅另一间卧房吧。”洛蒂建议道。艾比盖尔还来不及说一句什么，她就急忙走开了。

另一间卧房并不比一间可以站进去一个人的衣帽间大多少。由于房顶的坡度，天花板很低。艾比盖尔进门之后只得急忙弯身低首。一张小型的写字台，一个像树桩一样又矮又敦实的书柜和一个金属架双人折叠床，就是这间房内所有的家具了。

“这是观察室。灯塔看守人可以在暴风雨的时候坐在这里观察外面的船只。这里一直是‘公鹿之光’，但是我在这个房间里也放了一张床，好多睡一个人。”

“公鹿之光？”

“就是看守人独居的灯塔，不让携家带口。”

尽管洛蒂事先不知道各种情况，她的这句话还是让艾比盖尔的心隐隐作痛。这话的言外之意给她带来一阵悲伤。

“艾比，这地方可以变成一个超级适合你的完美书房，或者客房也行。如果你的亲戚朋友听说你住在一个灯塔里，无数人都会过来看你，你这里很快就会宾客盈门了。”

“这一点我个人十分怀疑。”艾比盖尔无力地应道，“不会有什么宾客，所以不需要什么客房。”

“那就一定是个书房了。你看，还有一个书桌，都准备好等着你了。”

这个写字台就跟小学生的课桌一样大小。艾比盖尔可不敢相信自己的膝盖能够放到桌子下面去。“这桌子有点儿……小。”

“这是因为古代的人比我们现在的人都矮很多。现代人跟前几辈的人比起来都是巨人。”

考虑到说话人本身的型号，这个论断极具讽刺意味。艾比盖尔倒是可以很好地诠释这个论断，因为她被洛蒂的身影压抑得连娇小女子都称不上。

“这可是千真万确。”洛蒂叫道，“我在电视新闻里看过一个真事。他们预测说按照目前的增长速度，十年之后我们就会变成像高康大一样的大巨人，像篮球运动员一样高。”洛蒂说着，惊奇地睁大眼睛。又一次，她正在设法转移艾比盖尔心中的不满情绪。

“最后，同样重要的是，我们不能忘掉我们的主菜啊！”洛蒂说道，她懒洋洋地拉长声音讲出后面那个法语词，“你得过来好好看看这个。”

女主持人洛蒂手腕一抖，开始展示她最拿手的游戏节目：她打开门，是一间浴室。相比之下，刚才的书房还更加宽敞一些。古董一样的马桶缺了马桶盖。固定陶瓷盆的地方裹了一层生锈。脏兮兮的片片污迹之中，猫脚鱼缸外缘下部的油漆已经脱落。

“这个浴缸是不是很神奇？这怎么可能是真实的人类随时能用的？”

这间浴室唯一真实的一面就是它是真实的可怕。一面镜子歪歪斜斜地挂在水槽上面的钉子上，地砖之间的水泥填缝黑黑的全是泥污。

“整幢房子真的是由内而外地渗出魅力来，难道不是吗？”

艾比盖尔试了一下水龙头。水管里发出萧萧的呻吟声，然后更多的棕褐色泥污喷溅而出。

“其实这房子渗出的东西还真不错。”

洛蒂就当完全没听到这句话，隆重地拍了拍手。她说：“既然你已经瞅遍了这个房子，我们就开始说正事吧。”

“正事？”

“灯塔呀，亲爱的。是灯塔。”

Chapter 2

/

/

/

灯塔第一夜

我爱你

已经爱到希冀的顶点

我想你

已经深深地沉没在思恋你的洋底

——沙黛妮·沙阿《爱的边际》

艾比盖尔之前假设楼梯间旁边那扇门的背后是一个小房间。可是，它并不是。

“这是通往灯塔的入口。”洛蒂如此解释道。她把门打开，让最后的夕阳之光从上面洒入起居室。“多棒啊，是不是？”

“是，是很棒。”

艾比盖尔的假设成真的平均成功率本就很低，现在更是愈发的低。一般情况下，她都会试图避开这些假设，以及类似的名词，比如：预设、推理、推测，都是一些看起来艰深复杂的用词，其实都跟猜想基本一个意思。“假设”常常带有一种学术气氛，而“设定”又有一种科研的倾向。它们的意思其实基本一样。造成这些名词之间的区别的，都是内涵上的细微之别。“猜想”这个词，听起来内容宽泛，有风险，不可靠，就算是一个有一定教育背景的正确的猜想，也会被认为是瞎猫碰见了死耗子。艾比盖尔更喜欢用“推论”或者“推断”

这两个词。长久以来，她都能够熟练运用这两个词，并非最近才开始用的。出发之前，她在心中对礼拜岛和灯塔作出了各种的假设，如今其中的大多数已被证明是错误的。

“我很想带你去到灯塔上面看看。”洛蒂说，“可是我这该死的坐骨神经痛不会同意的。”她的手不停摩擦着腿，努力作出“实在不行”的样子来。

出于好奇，艾比盖尔把头伸到入口里面去看。一条由熟铁建造的螺旋梯贴着灯塔的内壁蜿蜒向上。从灯塔底部向上看去，不由得使人头晕目眩。若是从塔顶向下看，想必也是同样的头晕目眩。灯塔内壁的白色墙面被旋梯的影子投上了令人眼花缭乱的格纹图案，把整个灯塔内壁变成了一个黑白色的万花筒。艾比盖尔如同中了符咒一般愣住了。尽管看守人的小屋毫无疑问就是一处废弃的破屋，而灯塔却是如此的格外非凡。

“那么我以后再去也行。”艾比盖尔随口答道。她还是对洛蒂在房屋状况这件事上撒谎觉得十分反感，所以她不想给洛蒂一个重新制造热心形象的机会。在艾比盖尔出发之前，洛蒂曾经告知她，住在看守人的小屋里需要做一些维修性质的工作。因此，她已经与洛蒂谈好了房租的折扣。但是，艾比盖尔现在认为就算房租价钱已经优惠了，洛蒂还是应当付钱请她来住在这儿。

“就如我们第一次电话时我所说的，灯塔已经不再投入使用了。”洛蒂就这么开始了，“尽管如此，灯塔的闲置并不意味着它的美丽和意义会随之降低。”这明显是一个经过精心准备的开场白，相信之后的讲话也一定是排练过很多遍的。

“礼拜岛灯塔始建于1893年。这一工程经过一年零九个多月才得以竣工。我们看到的这架壮观的旋转楼梯，从底部一直到灯塔顶部的塔楼，共有一百零二级台阶。在这里，我们拥有最早期的菲涅耳光学玻璃。这是顶级的产品，专为灯塔所制，以确保光线能够最亮，照得最远。在美国现存的灯塔之中，本灯塔是历史最悠久的灯塔之一，排名为全国第二十三名。据估计，礼拜岛灯塔的信号灯在服务期间曾经指引了几千艘大型船只的安全航行。礼拜岛灯塔，是记载和证明美利坚民族优秀历史传统的一张荣誉证书。”

洛蒂抱起双臂，以表明她已经完成了这场高谈阔论。很难辨别她是因为灯塔的历史而感到骄傲和自豪，还是因为自己成功地背熟了这篇演讲稿而洋洋得意。

“既然你要担当起看守人的角色，那么你应当在灯塔的工作方面负起责任。”

“几分钟之前你才说过：灯塔已经不再提供服务了。”

“的确如此，灯塔不用工作了。但是，我们得做个表面的样子呀，对不对？”

艾比盖尔看了一眼下方起居室里那些破损不堪的家具。

“只是做个表面的样子。这座灯塔是礼拜岛岛民们自豪感的重要来源。因此，我们所做的表面功夫对于维持本岛的传统来说，是十分重要的。”

这下，洛蒂完全抓住了艾比盖尔的弱点。艾比盖尔完全不想冒犯任何一个人，更别提是全岛人民了。“是什么样的岛上传统呢？”

“你能这么问，我感到十分开心。”洛蒂用钥匙打开了另一扇门上的门锁，就在楼梯间下面。可她并没有把门打开。“你要好好看管的是这个热水设备。这是一项十分讲究和繁琐的任务，尤其是在冬天的时候。”

如果热水设备就是所谓的岛民传统的一个重要方面，艾比盖尔无法预测其他的岛民传统可能会包括什么东西。

“那么，锅炉室呢？”

“什么锅炉室？”

“没有锅炉室？那你怎么能为这么大的建筑供暖？”

“我们用的是老式的法子。”洛蒂用下巴点点那个熏满了黑烟的壁炉。木架下面的灰渣已经堆积了很高。

艾比盖尔当初同意租下这个破房子的时候，完全没有料到烧柴的壁炉会成为她在这里唯一的取暖方式。恐惧感开始在她的肋骨以内的胸腔里面震荡。

“我还要向你说一下，地下室里有一个古老的水窖，用来储蓄地下水。之前我们已经看到从那里溢出来的水了。噢，对，你要记得去检查一下发电机，确保它能正常工作。岛上一旦停电，你这里的电最先断掉。”

洛蒂从此开始了无关痛痒的侃侃而谈，说着有关灯塔和小屋的各种琐事，不分巨细，从怎么打开烟囱的烟道，到怎样防止水管冻结。这些注意事项和措施听起来就像人们努力谨防发生的那些后果一样令人感到悲哀。随着注意事项的列表越拉越长，艾比盖尔已经快把禁止事项和必须事项搞混了。

“洛蒂，对不起我想打断一下，好吗？我们能不能说一些基本的东西，比如说电闸箱之类的？电闸箱在哪儿呢？”

“亲爱的，这个就在地下室。”

“那么我们可以去那里看一看。就算今天的观光结束了。”

“我——我——我可不能下去！”洛蒂下意识地向后退去，想要远离地下室的门。“我的意思是，我这人有坐骨神经痛嘛，没办法走下去。”

“那我自己去。你只要告诉我怎样找到电闸箱就行。”

“现在？”

“现在不行吗？”

“因为现在我们还有其他很多事要做呀。很多很多事。真的很多。我们——我们可以去看看那个，那个——”她结结巴巴地胡乱讲出一个答案来：“杂棚。”

“杂棚？”

“就是一个杂物棚。里面有庭院里用的水管、搂草用的长柄铁耙、修剪花草用的大剪刀之类的。这些东西都有很多相关的细节问题要说明白。”

不知洛蒂心中想到了什么，总之她的脸突然变得通红。艾比盖尔十分愿意跟她一起走开，不管去什么地方，只要能让她冷静下来就好。艾比盖尔做个手势，请洛蒂带路。“那么请你带我一同去杂物棚吧。”

“太好了，请跟我这边走。”洛蒂拍了拍她胸前那颗心形吊坠，假装是在整理那个链饰。艾比盖尔观察到了这一点，是因为洛蒂的表现与她之前在轮渡上被丹尼突然吓到时的反应很相似。

“洛蒂，你还好吗？你看上去好像被吓到了。”

“我没事，亲爱的。”她坚持这么说着，冲到了门口。“真的，我真的没事。”

房子外面，鸟儿唧唧喳喳地宣布太阳已经落山。蟋蟀也在广播着当下气温的变化：它们的叫声随着温度的降低也渐渐弱了下去。尽管礼拜岛与波士顿都位于同一条海岸线，同一个大陆，同一个半球，但是使这座岛有一种远离尘世喧嚣之感的应该就是此时此地的天气。或者，也可以说是因为艾比盖尔意识到了这一点。海边的风向十分明显，从海鸥怎样在天空盘旋和院子里那高高密密的野草怎样随风翻滚都能够一眼看出来。当两人绕着灯塔外面走路的时候，洛蒂看起来步步艰辛。

“你一定已经发现了吧？灯塔这里没有提供电视，可是小房子里面倒是有根电线，你可以打电话给大路上的有线电视公司，让他们来把看电视这事儿安排好。”洛蒂接着问道：“你带着电视机过来的，对吧？”每走一步，杂草都摩擦着洛蒂的腿，发出刷刷的声音，仿佛在让她闭嘴。“嘘！嘘！”

“没有。我没有带电视机来。”

几个月以来，艾比盖尔的生活早已调成静音模式，变成一部默片。画面分辨率也是差到总是出现波动的线条和雪花。现在，在这个岛上，音量终于回来了。她所遇到的人与事也终于变得大声而又清晰了。所以她根本不需要带电视机来。

洛蒂一脸惊愕。她停下脚步："真不可思议！艾比，你疯啦？"

"这一点目前还有待商榷。"

"要是我没有电视，我一定会死得很惨的！每天我都会感谢上帝赐予我们电视这种东西。那，电脑呢？你是不是带了电脑过来？"

"没有。"

艾比盖尔的笔记本电脑也是那场火灾的遇难者之一。她十分欣赏电脑这种东西，把它当成一种好工具。但是如果要她离开互联网、电子邮件，甚至是手机，她都能够活下去，只要有一根陆地通讯的电话线就行。离开很多东西，她都可以活下去。当更多其他的什么东西非要离她而去的时候，她也只能学着继续活下去。

洛蒂继续谈论这件事："我个人不是很喜欢用电脑的。我就是用我老公买的电脑玩一玩单机游戏。就是这样而已。实际上，对我来说，这东西就是一个比较大的镇纸。噢，你看，那边就是燃料室。"她指着灯塔底部旁边的一个看上去又弯又驼的奇怪建筑。"从前呢，人们煤油储存在那里面，为灯塔的灯提供燃油。现在呢，里面是空的，所以这个地方你完全不用操心。"

"成百上千的注意事项列表中又少了一项。"艾比盖尔心想。

"对了，我的天啊，我的神！艾比，你没有带电视也没有带电脑！你在这儿可怎么过啊？"

"我带了书来。"

"那我真希望你带了很多书来，因为你真的需要很多很多的书。我只要一天就能看完一本言情小说，我翻书就好像抽舒洁纸巾一样快。你看过这种书吗？都是些少女落难碰到肌肉型男的欢乐故事。上帝啊，饶恕我吧！我一看那些爱情故事就热血沸腾！我一定要借给你几本看看。"

艾比盖尔对洛蒂的什么言情小说一点儿兴趣也没有。她尽力维持礼貌的语气，答道："我没想给你增添麻烦。"

"这可不是麻烦！一点儿都算不上麻烦！"洛蒂突然变回了精神十足的样子。短短一分钟之前，她还虚弱得像个摇摇晃晃的船只残骸。"到了到了，这就是杂物棚。"

这个棚子是用木板和防波堤那边的大石块搭建起来的，给人一种过度的安全感。洛蒂打开门上的挂锁："这些是木柴。那边是煤油灯。这两样是必不可少的。这边还有一些铲子、几个桶、一个割草机……"

在洛蒂逐一列举各种工具的同时，艾比盖尔在心中做出了一个重大决定。这决定在她的胸腔内横冲直撞。*她要正式地成为礼拜岛灯塔的看守人*。无论需要做什么，她都得去做。她会过上小说人物一样的传奇生活，离奇的情节就是这里的各种杂务琐事，比如她会去清洁灯塔顶部的玻璃，还要拔掉塔顶长出的野草。在这个昏暗脏乱的杂物棚里堆着的各种落满灰尘的工具和那些一眼看去就知有很多年头的灭蚁喷雾罐——这些迹象都暗示了艾比盖尔多么地低估了维护灯塔这个工作——哪怕是个破旧的停业了的灯塔。

"你都听明白了吧，艾比？"

"每字每句都明白了。"

洛蒂说的那些，她连一个音节都没有听到耳朵里。

"如果你有其他的问题的话，可以去找开杂货店的摩尔·布雷斯韦特。他能帮你。"

"他是上一个灯塔看守人吗？"

"摩尔？噢，我的神啊，他可不是。他就是一个岛民，土著居民。上一个看守人走了之后，是摩尔一直在看护这个地方的。"

"上一个看守人是什么时候走的？"

"饶了我吧，这个我真是记不得了。"

艾比盖尔确信这是个大谎话。她已经数不清这是洛蒂撒的第几个谎了。

“这种地方连个脑残儿都能看管好。”

如果“脑残儿”是在比喻某人是“白痴”的话，艾比盖尔心想，那这句话就是自打两人见面以来从洛蒂嘴里说出来的第一句实话了。

“我该回办公室了，就留下你自己收拾东西吧。”

“对。当然。没问题。”艾比盖尔把她送到了前院，尽管她有些头晕。

洛蒂爬到了她那雪佛兰萨伯曼里面，然后把一串灯塔和小屋的钥匙扔给艾比盖尔：“差点把这个忘了。”

钥匙环沉甸甸地落入艾比盖尔的手里。起码有十几把钥匙，艾比盖尔一时数不清楚。

“等等。这些钥匙上面连一个标记都没有。”

“噢，天啊，我脑子真是进水了！这些钥匙我一直在用，所以我都记得哪个是哪个。我会给你弄一个备忘录，然后给你一些那种塑胶的小玩意儿让你在钥匙上做标记的。我超爱那些东西。它们真是科学奇迹。真的很神奇。”洛蒂一边说着，一边发动引擎，“艾比，你要记得有什么需要就给我打电话，或者找摩尔也行。这地方从里到外他都很熟悉。”

洛蒂按了一下车喇叭，喇叭“嘟嘟”地叫了几声，然后走了，把艾比盖尔留在那片生长得过于茂密的杂草之中。她站在庭院里，先是望一下高高的灯塔，再看一看手掌里面那一堆身份不明的钥匙，想要减轻头晕的感觉。刹那间，艾比盖尔意识到，自从自己踏上了礼拜岛，有关她的身份的一切方面全都发生了改变。她已经从一个备受尊重的词典编纂者变成了一个因年久失修而摇摇欲颓的灯塔的看守人。她从住在城市郊区的上流人士变成了一个住在不知道距离某处有多远的荒岛居民。她，艾比盖尔，被这座岛转变成了艾比，一个她一点儿都不熟悉的人，一个完全的陌生人。

“要小心你希望得到的东西。”

黄昏从地平线上飘走，海岸线变成了浅灰色。艾比盖尔还在坚持不懈地收拾车里的东西。外面的空气稳步地变冷，悬崖峭壁上的风也在不懈地吹着。她一趟一趟地往返于她的休旅车和小屋之间。每当艾比盖尔觉得“这下应该结束了”的时候，她都能在坐垫之间的缝隙里面或者座椅下面发现更多的书。她一发现车终于真的空了，就充满感激地走到房子里了。

房子里面有多黑暗，就有多寒冷。艾比盖尔轻轻按下灯的开关，位于房顶中心的黄铜吊灯闪烁摇曳，勉强照亮房间。两排牙齿上下交战的时候，艾比盖尔明白自己该做什么了。她得去生火。

“你可以做到的。你必须这样做。否则你会被冻成冰块的。”

她专心研究了一下壁炉，却发现该有的东西都没有。

“没有木柴，没有火。”

艾比盖尔长途跋涉到杂物棚，一路被风围攻。她一边在数不清的钥匙中间翻找，一边诅咒洛蒂——她临走时又把棚门上面的挂锁重新锁上了。艾比盖尔试了八次才终于赌赢了。

“这里将发生一场巨大的分裂。”她如此说着，抱起了一大堆木柴。她能抱多少就抱了多少。木柴从两手一直堆到了艾比盖尔的下巴，她大力地把门关上。在身体活动性极为有限的情况下把门重新锁上，实在是一个壮举。花了四次，她才成功。

当她把木柴堆到壁炉里面时，木架发出咕隆的声音。

“你绝不是唯一一个在抱怨的人。相信我。”

艾比盖尔退离壁炉边，带着积极防御的姿态，双手比出开枪的手势，自言自语道：“接下来是什么？火柴？”

在厨房各个抽屉里搜查的结果是一无所获。大多数抽屉都是卡住了的。在她费力撬开的抽屉中，有一个抽屉里有一套银器，还有一个抽屉里面是一个脏兮兮的打蛋器。第三个抽屉里面都是面包屑。

“不太乐观。”

墙上的橱柜是艾比盖尔最后的希望了。第一排橱柜的门后随意摆放了一套并不匹配的盘子和碗，接下来的两扇门后是五花八门的有柄大圆杯和玻璃杯，还剩下最后一个橱柜了。里面，在成堆的布满擦痕的锅碗瓢盆下面伸出了一个长柄火柴盒。艾比盖尔拿出那盒子摇一摇，听到了神圣的拯救之音。

“你有火柴了。你还有木柴。你可以做到的。”

在艾比盖尔打开烟囱的烟道然后从盒子里取出一根火柴的过程中，她的双手都在颤抖。正当她要动手划火柴的时候，她却自己给自己喊停。

“没有火引子。”

她需要一些纸或者报纸，但是她两样都没有。从一本书里撕掉一页纸的想法在她的脑中突然冲过，艾比盖尔迅速地否决这个想法。再次搜寻厨房里面的橱柜和抽屉一定还是一无所获。当艾比盖尔的目光落在有可能做引燃物的窗帘之上的时候，她突然想到了正确方法。她翻出钱包来，在里面搜出了洛蒂之前寄给她的礼拜岛旅游指南手册。

“人都在这里了，你还要这个小册子做什么呢？”

双膝跪在壁炉前面，艾比盖尔的指尖紧紧掐住了那根火柴，却没有办法去划亮它。她根本无法做到这一点，很挫败。她把小册子扔到一边，屈膝爬上沙发椅，蜷缩着身子发抖。她身体内的每一盎司都是那么寒冷，然而她却没有能力去点燃一根火柴。

那天晚上，当艾比盖尔睁开眼睛看到自己的家被烧为平地的时候，她还以为自己在做梦。房间的顶梁已经弯曲，发出刺耳的声音。窗户爆裂的时候发出疯狂的咆哮声，呼呼地吹出金属盒化学品燃烧的焦臭味。房顶轰鸣着砸在地上，四壁的倒塌声最终使这些刺耳的尖叫声达到高潮。艾比盖尔倒在街上，这一切她都看到、听到、闻到了。她几乎毫无意识，被浓烟呛得无法说话，喉咙也已经烧毁。她没有办法告诉消防员，她的丈夫和年仅四岁的儿子还都在房间里面。随着整座房子在她面前坍塌，空中顿时腾起一阵充满灰烬的高高的巨大旋风。烟云之中，还未燃尽的火星如同瀑布般落下，仿佛整个宇宙的星星都在此夜此时坠落到了地球上。无论是丈夫还是孩子，都没能逃过一命。此时，艾比盖尔想不到任何话，也说不出任何话，即使她能想到，即使她能说出。

她在医院醒来，看到她的父母、哥哥和两名警察的脸。她的父亲向她描述了她的伤势，告诉她愈后情况如何。她的气管受到了损伤，但假以时日，她就能够开始说话。她的母亲恳求她不要试图张口讲话。她的哥哥劝她听警察的解释。警察于是说，她的邻居拨打了911报警电话，之后看到了她的丈夫保罗把四肢瘫软且毫无意识的她从房子里抱了出来，轻轻地放在草地上，然后奔回房子里面去救他们的儿子。

艾比盖尔完全理解为什么保罗先救了她。他是一个数学家，并且按照数学家的行为模式来生活。儿子贾斯汀的重量差不多有三十磅，艾比盖尔的体重是儿子的四倍。这是一个很简单的等量关系。他一定已经决定好了先用多大的力气把她带到安全的地方，然后再回去救儿子。可他没有算到房子会坍塌下来。

两位警察对艾比盖尔保证，消防部门已经尽了一切努力去营救他们。可是那场地狱之火过于凶残猛烈，用了三个城镇的消防车才最终将火势平息下来。

艾比盖尔对这两位警察只有一个问题。尽管医生给她开的药让这个问题在她脑子里滑来滑去，几乎抓不住。剧烈的痛苦和药效强大的镇静剂的混合作用几乎完全摧毁了她的心理状况。她向他们示意自己需要一个便条簿。

她把那个问题写下来：为什么？

警察与她的父亲交换眼神。艾比盖尔感觉到她的家人全身紧绷起来，准备等待她的反应。火源来自家里最近新安装的烤箱引起的燃气泄漏。一根没有安装好的煤气管道使丝丝天然气从那里开始像血液循环一样充满了墙壁之中的缝隙，填满了整个房子的外壳，然后有个东西引燃了天然气。消防部门无法查明确切原因，可能是压力突增，可能是一根破损的电线。即使是按下一个有一点儿缺陷的电灯开关都足够点燃那些已经浸满了整座建筑的燃气。尽管有药物的影响，但是艾比盖尔能够听懂警察正在告诉她的话，而且，马上她就明白了是怎么一回事。

一周之前她和保罗买回了那个烤箱。他们花了好几个小时在各种各样的范围内比较了各种烤箱的功能和价格。艾比盖尔想要的烤箱有点儿贵，所以她对于型号的选择比较宽泛。但是保罗并不同意她的想法。

“就买你想买的烤箱。”他当时是这么说的，还握着她的手。“是你应得的。”一字不差，这是他的原话。“不用想多少钱的问题，只要想一想第一份烤出来的肉桂小甜饼。我几乎可以闻到香味儿了。”

肉桂小甜饼是她儿子的最爱。所以烤箱送到家来的当天上午，艾比盖尔就出门去买配料了。她计划第二天就为儿子做烤饼。可是她没有那个机会了。

整整一个月，艾比盖尔都住在医院里。她的家人和朋友每天都来看望她。但是他们的陪伴并没有给她带来多少安慰。那些药物让她太过头晕，一直昏昏欲睡，别人与她交谈，她最多只能点点头。她的伤势愈合得比医生预计的更慢。艾比盖尔在火灾中吸入了正在燃烧的灼热气体和烟雾的混合物，她的肺被灼伤，喉咙也被烧坏了。平常的呼吸已经成为一种酷刑。吞咽动作也是一场苦难。艾比盖尔可以感觉到空气的重量通过她的鼻孔，经过长长的旅程，最终到达她的胸腔。虽然药物使她的思维活动变得像胶水一样黏滞迟钝，可是她还是很感激药物使她不必经受最一开始那全部的严重伤痛。尽管如此，她心中的悲痛，却是一种独自的、与其他的伤口都无干的巨大的疼痛。没有一种温度计能够测量出它的度数。具有讽刺意味的是，她被烧坏的部位都在体内。火焰放过了她的皮肤，却深深侵入了她的体内，留下了烧毁的焦痕，永不愈合。

这场大火把艾比盖尔所珍惜的一切全都烧成了黑炭，还把这些做成了她的过去和她的将来的烙印。她的哥哥是一个律师，已经起诉了安装烤箱的公司。这场官司得花上几个月，甚至长达几年的时间才能解决。同时，保罗的人寿保险单的赔款只是一种无用的安抚。尽管这笔钱意味着艾比盖尔在一段时间内都不必工作了，但是她并不在意这件事，因为她喜欢自己的工作。她是一家专为国外市场制造电子词典的公司的首席词典编纂顾问，一个真正令人垂涎的好职位。但是她已经没有工作的动力，也没有能力长时间集中注意力了。每当她试图进行阅读，单词就会在页面上打仗。保罗生前的一些对话片段总会突然出现，不知道从哪儿冒出来。而且，总是莫名其妙的，她能感到自己的手划过儿子贾斯汀的头发。他的头发曲曲卷卷的，如果不管它，一直长的话，就会松松地垂到眼睛里。这一会儿，她会感到手指之间的头发，下一秒钟，这种感觉就会消失。这就是她的家人留给她的回忆，就像一张纸的边缘被烧成了黑色的炭，然后变成了灰烬。

从房间窗子看出去黑暗完全掩盖了海景。艾比盖尔对住两手哈气，把手暖一下，然后把脸上的一缕头发拨开，结果发现自己流泪了。之前她都没有注意到。

她的手表宣称现在时间是晚上八点，可是感觉更晚了。艾比盖尔已经几个小时没吃东西了。一整天的驾车自助游之后，车上还剩下一个苹果。这是现在艾比盖尔所拥有的唯一的食物了。

“要么吃苹果，要么吃抽屉里的面包屑。”

艾比盖尔一手拿着晚餐，另一手拿着行李袋，艰难地一步一步挪上了楼梯，把行李带到了卧室。还差两级台阶就到了时候，袋子的一个拎手挂在了栏杆上。她就像个楔子一样卡在了楼梯间里。她使劲拉使劲拽也无济于事。

“棚门难锁，抽屉打不开，还有恐怖的壁炉已经可以了。现在是想让我没有饭吃，没好日子过了吧？”

艾比盖尔用牙咬住了苹果，把拿着苹果的手腾出来，决定给这个粗呢袋子猛地来一下致命的拉扯。拎手一下子被拽断，脱离了栏杆。可是随之爆发行李袋的反击让她嘴里的水果反弹了出去。她眼睁睁地看着它沿着肮脏的楼梯滚滚跳跳，然后旋转着停在了房子的前门处。

“好，晚餐是不可能的了。”

艾比盖尔太累了，已经无法在意这件事。她把粗呢行李袋丢到床上，床上立刻掀起一阵令人沮丧的灰尘，像乌云一样浮在空气中。

“与晚餐一样，好好睡一觉也是不可能的了。”

艾比盖尔把床上的东西全都剥光，取下没有洗过的被子和床单，换上了她自己带来的一套大小毛巾。她把毛巾摆得像拼接格子布似的，还留下几个大毛巾用作毛毯。当这房间里冷到显而易见这些毛巾不足以保暖的时候，她换上了睡衣。房间里面真的很冷。艾比盖尔在身上又堆了一件衬衣，一件毛衣，以及一条运动裤。

“我可不觉得你会解决刷牙这个问题。身上披着这么多衣服，你连胳膊都别想动一动。”

水龙头里面咳出了与今天下午看到的一样的泥污，喷涌出来，进入了盆底。艾比盖尔让水龙头继续一直开着，直到她终于将一缕清水从水管中哄骗出来。她的影子被框在水池上方挂着的镜子里。她几乎没有认出来自己。添在身上的衣服使她的规模大了一倍。她的头发被风吹得狂乱。她的眼睛布满了血丝。她的脸已经哭得肿起来。

这是艾比吗?

如果她的全名“艾比盖尔”代表着火灾之前的那个她，现在的这个她需要用哪个名字来定义，还有待确定。

她拖着脚步回到卧室，渴望能够睡一觉，于是揉揉眼睛，然后她想到自己需要取出隐形眼镜。当她回到浴室时，灯灭了。艾比盖尔不记得怎样打开开关。她试了一下开关，焦急等待着焦煳的烟味或是火焰突起的呼呼声。随着开关咔哒的声音，灯泡先是暗了一下，然后亮了起来。

确信什么都不会发生之后，艾比盖尔关掉了灯。

“你忘记摘掉隐形眼镜了。又忘了。”

她转身回来。浴室的灯又亮了。

“这只是一次短路。一次电线短路。这是一个老房子。只是个短路。”

艾比盖尔急急忙忙地取出她的隐形眼镜，带上框架眼镜。关上电灯开关之后，她又使劲在上面按压了一会儿。灯泡暗了下来，将她丢弃在完全的黑暗之中。她爬上床，把头靠在用她的T恤作枕套的温暖又舒服的枕头上，用那些毛巾裹紧自己的身体，瑟瑟发抖。

风在外面呼啸着发出刺耳的声音。虽然这栋砖房不透风，可是窗户却是透风的。每一阵风都使玻璃窗在窗扉里面来回发出咣咣当当的抖音，就像收音机受到干扰时的阵阵噪音，随机的、恼人的。

“好，现在平静和安宁也是不可能的了。”

艾比盖尔因为脸上温暖的感觉而突然醒来。她从床上跳起来，嗅了嗅空气，寻找这种热量的来源。她的心怦怦乱跳了好几秒钟之后，她才发现是从窗口进来的晨光把她唤醒的。

“要控制自己，艾比。”

晚上的时候，她把毛巾当成毛毯胡乱缠住自己。她不得不把它们从胳膊和腿上解开。自从火灾之后，艾比盖尔就睡得断断续续的。她翻来覆去，把床上的东西弄得很乱，团在一起或者扭成结。常常她醒来会发现皮肤上有各种痕迹，是她前一晚睡梦中留下的一片狼藉的战场。她很感谢自己总是记不得究竟是什么样的战争。

脚下是冰冷的地板，凉气透过袜子直直地透进来。艾比盖尔穿上了鞋子。她站起身来的时候，弹簧床发出牢骚的声音。

“绝对是我的感觉没错儿。”

她全身都在酸痛地呐喊着。在尘土飞扬的床上睡了一晚，导致她的眼睛极为干燥。她的梳妆包里面有眼药水。她一打开卧室的门，就看到浴室的灯又亮了。

“这绝对是短路了。”她坚持道，“你需要做的，就是去找洛蒂，并告诉她电路短路这件事是不可接受的。你不能让自己的灯在大半夜突然就开开关关的。她应该立即派一个电工过来。还有一组家政清洁人员。”

除了那个灯，浴室里就跟昨晚艾比盖尔离开时一样。她的牙刷就放在水池边上，旁边是一管旅行装牙膏。她的隐形眼镜盒就放在马桶水箱的顶部。她一把隐形眼镜戴好，就重新检查了一下灯的开关。似乎没有什么不妥。艾比盖尔又把灯关上了。

在楼梯间里走到一半，艾比盖尔又转身回去，再次把灯的开关打开。

“这样的话，就再也不会发生突然灯亮的惊喜了。”

楼下，艾比盖尔在壁炉边上发现了旅游指南小册子和一盒火柴，都是她昨晚生火失败的证据。每当她呼气，她都能看到自己呼出的白气。昨晚就把火生好才是明智的选择。她没有准备好。

她的习惯催促她走去厨房。她要给自己泡一杯茶。

“除非你一点儿茶都没有。然而你也很可能连一个茶壶都没有。”

在橱柜中的搜索结果是一个缺了口的水壶，腹部弯曲。

“一身两命。”

艾比盖尔游荡到客厅，看了一眼手表，差几分钟就到早上六点了。她有好多年没有这么早醒来了。自从贾斯汀长成一个婴孩儿，她就没有这么早醒了。她会被儿子柔软又坚持的哭声唤醒，然后放轻脚步走入他的房间。地毯将她的脚步声消掉。然后她把贾斯汀抱入怀中，他就会停止哭泣。她的触摸能够使他安静下来，多么令人感到欣慰。她的触摸能有这么大的能力。她在寒冷之中开始微笑，然后全身颤抖，想要甩掉这回忆。艾比盖尔摩挲着双臂，不知如何是好。

“灯塔。”

为什么洛蒂一直保持大门上锁，是一个谜，以及一件多余之事，因为前门就像一个地下金库一样安全，就算用正确的钥匙也几乎难以打开。艾比盖尔没有弄懂洛蒂此举之意，按说应该是出于好意。一旦把握了洛蒂的逻辑，也就意味着她放弃了自己的逻辑。

在旋转楼梯上走了几步之后，这个铁架子开始发出不祥的咆哮声。艾比盖尔吓得一动不动，害怕楼梯已经撑不住了。为了评估楼梯的结实程度，她摇了摇栏杆，然后跳到了下面的平台上。这个熟铁梯子看上去很牢固，所以艾比盖尔开始小心翼翼地向上攀。距离顶端还有一半路程的时候，艾比盖尔做了一个错误的决定——她向扶手下面瞥了一眼。蜿蜒的楼梯沿着周围的墙壁向上旋转，令人头晕眼花。底部是混凝土石板。

“提醒自己：不要往下面看。”

灯塔变成了一个巨大的扩音器，把她的话用回音放大。这句话就像落入下水管道中的硬币声音一样快速地重复着。艾比盖尔忍不住又尝试了一下。

“噢，你可曾看见。”她唱道。

这一小节音乐在墙壁上来回反弹。这种震动感令人印象深刻。

“走路要当心，席琳迪翁。”

艾比盖尔已经自言自语这么多了，这是头一句没有被自己的耳朵过滤掉的话。因为回音听起来跟她平时听到的声音并不匹配。在她认为自己的声音听起来会怎样和她的声音真正听起来是怎样之间，有着巨大的差距。这就是艾比盖尔总是让保罗留下语音邮件信息的原因。

他的声音并不是特别深沉或者独特，但是讲话之间却有一种庄严感。他的每个字讲出来都很完美。艾比盖尔在研究所头一次遇到他的时候就发现了这一点。他们在图书馆的时候，艾比盖尔在他所在的同一张桌子的另一个椅子上面坐下。旁边桌上的几个女生的讨论声越来越大的时候，保罗发现了被讨论声困扰的艾比盖尔。

“你们能小点声音吗，请问？”他问她们。

他的语调和音量刚刚好。姑娘们立刻停止了讨论。保罗快速地看了艾比盖尔一眼。她微笑着谢谢他，他也给她一个微笑。尽管如此，让她迷上他的并不是他的微笑，而是他的声音，和他说出的那十个字。

随后的一个星期，艾比盖尔每天都回图书馆去看他是不是在那里。他在，用着同一张桌子，坐在同一个位子上。他们两个人都没有足够的勇气去接近另外一个。直到一个下着雨的黄昏，艾比盖尔在图书馆的大厅里遇到了他，他于是开始了两人之间的对话。她是那么迷恋他那种带有明确目标的谈话方式，以至于她连他的一句话都没有听进去。句意从动词和名词之中脱离出来，并把这些单词变成了一连串的音节，一种纯粹的共鸣。保罗的声音就像耍蛇人的笛子一样，令人着迷，失去理性。艾比盖尔闭上了双眼，爱上了他。

他们二人开始约会。约会一直持续到艾比盖尔完成了语言学论文和保罗结束了他的应用数学方面的博士论文。最初的时候，两人聊天的话题看起来枯燥无趣，她也很难理解。为了好好听保罗的讨论，她对自己发誓说他一定是在描述一件艺术品。他对数字的热情就如同艾比盖尔对于单词的热情。他的兴奋感染了她。当他画出勾股定理的时候，他完全变了模样。当他在餐巾纸、垫纸或者是报纸还是什么手头方便的东西上面涂涂画画的时候，谈话越来越热烈。艾比盖尔被他关于数学的描述和他对于数字的尊重所俘获。如果他可以用这么大的热情去爱那些数字，她无法想象他爱她会是什么样子。

在他们各自获得学位之后，就一同住进了一间三室的公寓。当时他们在各自工作领域的荣誉柱上的位置还都很低，只能购买食物和必需品度日。艾比盖尔曾受雇于一个网络搜索公司，保罗曾经在一个智囊机构工作。由于他们的职位发展潜力大大超过了起薪，他们愿意付出应有的代价。此外，艾比盖尔的父亲会偷偷塞给她一些现金，她也会收下。她的父亲为她选择词典编纂者这一工作感到十分骄傲。他告诉人们，这就好像天主教家庭中的长子进入了神学院一样令人激动。艾比盖尔感到受宠若惊。她清楚地告诉自己的父亲，她愿意自己承担自己的收支。他对此表示默许的方式是以更少的次数寄给女儿更小额的支票。她并不介意没有钱，只要她还有保罗。

有一天晚上，他们走到最喜欢的中国外卖餐馆，在菜单上选购最便宜的小菜。保罗把艾比盖尔拉至一边。

“我有一个主意。我认为我们应该劫了这间饭馆，拿上钱，然后跑到拉斯维加斯去结婚。”

艾比盖尔知道他是在开玩笑，但他没有放弃这个主意。保罗把她拖入一家小商店，把手放在口袋里，伸直中指，假装口袋里面携带了武器：“我带头，你跟着我。”

“保罗。”艾比盖尔抗议道。

当她把保罗的手从他的上衣口袋里面扭出来的时候，他拿出了一个天鹅绒的首饰盒。保罗单膝下跪，然后打开盒子——那是一个精致的订婚戒指。

“我从来没有像爱你一样爱过任何人。艾比盖尔，从来没有。你愿意嫁给我吗？”

厨师和店员都期待地在旁围观。艾比盖尔无法说出话来。她擦了擦眼睛，努力说出了这三个字：我愿意。

保罗的一切她都没有——活泼、勇敢、淡定。他拥有令人意想不到的能力。与他在一起让她觉得好像，也许，有一天她也可能会做一些令自己意想不到的事情。

艾比盖尔将永远不会再听到丈夫的声音了。这一个事实，回响在她的心中。她想到这一点时，她的手正紧抓住铁梯的扶手不放松，她的目光落在了灯塔的墙壁之上。她已经忘记了刚才自己对自己的警告。楼梯旋转向下，慢慢延伸远离，就像她的回忆一般。

她攀登完毕所有剩余的台阶，到达灯塔顶端。一间灯室，一个圆形炮塔和玻璃窗组成的墙面创造出了一个巨大的灯笼，就像皇冠一样戴在灯塔之上。通往灯室的入口是一个陷阱口一样的活板门。一盏大型的灯就坐落在灯室正中间。这个大灯被装在厚厚的玻璃板之内，每块玻璃板都镶在刻有浮雕的同一轴心的凹槽之中，就像一张巨大的唱片。她的手沿着玻璃向前滑走，绕过灯的基座。艾比盖尔没有注意到有一个锡桶，一脚绊倒。锡桶也被踢得在灯室里面转来转去，发出叮叮哐哐嘈杂声。

“如果说之前我还没有醒来的话，现在我完全清醒了。”她说着，把桶扶好，放回原来的位置，不再理会它。

从灯室往外看去，这景象十分激动人心。海洋向东方无限延伸，而岛上的树木和沼泽的剪影则趴在西部。随着太阳在地平线上缓缓升起，它辐射出的金色光芒渗入云中，云的内缘被染成了粉红色。这正是一场日出的完美典型时刻。

艾比盖尔走到灯塔顶外的护墙处，刻意没有将灯室的门关上，以防此门一旦被锁，她就会被困于此，毫无办法逃离。她是礼拜岛上新来的一个人。岛上几乎没人知道她会选择住在灯塔里面。谁会想到来找她？谁会想念她？

艾比盖尔心中不变的是一种想念的情绪。她想念她的丈夫。她想念她的儿子。她想念一家三口即将开始的新生活。她已经开始想念那个她弃之而去的留在大陆的女人。就是她从艾比盖尔变成艾比之前的那个女人。

一圈低低的栏杆围绕着灯塔的护墙。栏杆太低了，简直没有办法用手扶。她用指尖掠过栏杆边缘，怀着一种将日出分门别类的冲动，为它找到一些合适的形容词，把它归入合适的类别。她真希望自己现在有一个照相机。

“一张照片足以胜过千言万语。”

这是艾比盖尔讨厌的一句老生常谈。言下之意是单单语言是不够的，不完美的。对她来说，这是一种终极的侮辱。然而，在火灾期间，她觉得这句格言完全是经受得住事实考验的。虽然承认这一点使她有一种受伤的感觉，但是她还是承认，的确有的时候语言是不够的——这真令人心碎。

从旋转楼梯下去，她意识到下楼远比上楼可怕得多。若干台阶在她的体重压迫下呜咽着，其他的台阶则发出嘶吼的声音——钢铁摩擦着钢铁。艾比盖尔数着声音嘈杂的楼梯，以维持自己的冷静。

“八十三。六十七。五十四。”

到了旋梯底部，数字结尾是十几左右。虚弱的她全身松弛地往客厅的沙发上一坐，激起一阵灰尘。

“真可爱呀。”她被呛到窒息，一边还这么说。

这房子实在是迫切需要彻底的清洁。艾比盖尔坚决认为洛蒂应当对此采取措施。若是现在就去镇上找她讨价还价，要求为租金打一个折上折或者要求一个免费的家政服务，这个时间还是太早。即使洛蒂同意给她某种形式的补偿，谁知道她什么时候会抽出时间来做这件事？艾比盖尔完全不能接受在毛巾上面再睡一晚，她决定把行李全都取出来之前就去洗好衣物。洛蒂曾经提到有一台洗衣机和一台烘干机。它们只可能被放在那一个地方。

地下室的门就在楼梯间下面。虽然洛蒂将灯塔入口的门锁打开了，但她并没有将此门打开。所以艾比盖尔花了十分钟将钥匙环上的全套武装整理排序。她被一扇又一扇锁着的门浪费了大量的时间。这件事令她感到震惊。

“单单住在这里就会变成一种全职工作的。”

她刚把地下室的门打开，就被迎面而来的一种令人厌恶的气味击败了——一种混杂着百花香、必不可少的真菌气味和另一种她分不太清楚的香味的混合气味。她按下了灯的开关。

“至少这个是管用的。”

如果这个房子里面的某处电路短路的话，灯泡可能会随心所欲地时而点亮或突然熄灭。在一个陌生的地下室的黑暗之中被捕获，完全不是以一个理想的方式开始这一日之计。

“请你一直亮着。”艾比盖尔恳求道，向前迈出采取试探性的一步。“请你一定要亮着。”

楼梯在她的脚下发出声音回答她。

“难道这房子里面的一切都会吱吱叫？”

下一个造反者尖声回答了她的问题。

“这只是一个修辞性的反问句，不用回答。”

两架灯具仿佛一双括号，分布在地下室的两端。墙上还有一个小窗户，但是常年的污垢仿佛映在上面的树荫一般。第一盏灯就在楼梯旁，第二盏灯远远地在房子的另一端，厨房的正下方。这盏灯的灯光造成了一种黑暗之中的阴影森林的效果。一个灰白的方形的东西从艾比盖尔对面角落发出隐隐约约的光。艾比盖尔认为它必然是洗衣机。在黑暗中潜行时，她遇到了一个什么东西，重重地碰到了她的小腿。她不得不眯起眼睛看路：她正朝一堆被灰尘包裹着的板条箱走去。

“更多的灰尘。一个姑娘要有多幸运才能得到如此之多的灰尘？”

艾比盖尔沿着墙摸索着路，挣扎着一步一步向前走。石头的触感是冰冷而又勇敢。那种不寻常的气味越来越强。她无法辨认味道来自何处。很快，她就来到了洛蒂曾经提到的那个蓄水池。这是一个深深建在大地之内的庞大的洞穴，大得足够容纳一个紧凑型轿车。这就是那股奇怪的恶臭味来源之所在。

艾比盖尔从蓄水池边走开，好恢复呼吸。但是她却退到了一个冰冷的固体上——一个很深的瓷制水槽。这一定是刚才发出隐约的灰白色光芒的东西。水槽旁边竖着一个古旧的洗衣盆，以及一个可以手动拧干衣物的L 字形曲柄。

“我早就应该知道。这一定是洛蒂所说的什么洗衣机和烘干机。”

头顶的灯泡开始闪烁。

“然后，今天我们的地下室之行已经到此结束了。”

艾比盖尔在冲刺着跑向楼梯的过程中与另一堆箱子撞上，碰到她的另一只小腿。然后她爬上楼梯，奔回客厅。客厅真是大慈大悲，又明亮又自由，没有让她擦擦撞撞的障碍物。

“真是意外惊喜。找到相对应的擦伤吧。”她一边给小腿做按摩，一边抱怨道。

之前她丢弃的苹果躺在地板上，提醒着艾比盖尔：她需要一杯咖啡，一些吃的，以及最重要的是，她必须去上门拜访洛蒂。也许她之前在镇上看到的那家咖啡馆会供应早餐，也许有人会告诉她哪里可以找到洗衣店。

昨天晚上她从床上剥下来的满是尘土的床单之类的东西被随手放在主卧的摇椅上。艾比盖尔把它们和毛巾一起团成球。鉴于她需要穿的衣服的数量以及为了保暖而穿在身上的睡衣，洗衣已经成为一个真正的威胁性的问题。

“所以请帮帮我吧。岛上最好有一家洗衣店。地下室里那个古老的洗衣盆是不可能代替一个洗衣店的。”

艾比盖尔把早上的衣服脱下来，又重新穿了一遍。她去掉了昨晚睡觉时穿着的衣服，穿上了从那个粗呢行李袋里面拿出的一条卡其裤和一件针织上衣。尽管如此，她并没有过于担心自己的外表看上去怎样。她已经注意到，整个房子里没有一面足够看到完整身长的镜子。浴室里面那一块微不足道的镜子竟是这地方唯一的镜面。艾比盖尔不得不怀疑，一段时间之后她就会忘了自己颈部以下究竟看起来是什么样子。

Chapter 3

/

/

/

一切皆陌生

因为我爱

沙滩上七彩的海贝

磨砺得像思绪那样精微细致

——凯丝琳·莱恩《我爱故我在》

早晨的退潮暴露在海岸线上由巨石堆砌的防波堤上。这是保护灯塔的一道自然防线。防波堤沿着海岸线一路向前，就像是一座堡垒的墙沿路歪倒，就连海岸的冲击都不能够使这些巨大的岩石侵蚀磨损。这道海堤就是毅力真实存在的证明。当艾比盖尔站在看守人小屋前面的门阶上，试图找到正确的钥匙去锁门的时候，她也振作起来，有了毅力。

“错了三个。还有一打。”

这种沙砾质的毫无平坦可言的路是专为慢慢进城的人而修的。在开往镇子的路上，她试图记住路标，草地、一排电话线杆子、一棵光秃秃的树。大街的名称和小街小巷的名称都是那么相似，容易混淆。贝赛德车道、贝奇科默路、贝里兹韦大道。它们真的十分容易混淆。

“根据你的租约，你有十二个月的时间来学习这些名字。”

她的家人曾试图劝阻她搬家。北卡罗来纳州距离波士顿那么远，一年之期又是那样久。她有存款和尚未解决的保险赔偿金，所以并没有找工作的压力。没有什么东西能束缚她。如果艾比盖尔厌倦了礼拜岛，她总是可以搬家的。尽管房屋的状况十分可悲以及洛蒂的形容歪曲了现实，艾比盖尔还是不愿意讨厌这座房子，也不想讨厌这座岛。

弥漫着晨露的海边空气在小镇广场上的鹅卵石上留下一层湿湿的光泽。广场看上去仿佛是废弃的，除了三个男人和一个女人正在用一根长木杆一寸一寸慢慢地往一辆皮卡车上面装载冰箱。

“哇， 居然有四个人。这真是一个聚众暴乱的场面。”

相较于玛莎葡萄园岛、楠塔基特和外滩群岛中其他比较热门的小岛，礼拜岛是一个相对不知名的旅游目的地。这里没有过度的商业化或者过分拥挤的印记，连锁餐厅和昂贵豪华的精品店在这里出现一定是不合时宜的。这个海岛的魅力就在于没有旅游胜地那种自负的样子。商店的橱窗都被手工画制的海报装扮起来，外面的遮雨棚已经被风雨磨损破旧。一间叫做“柯西壶”的咖啡馆的玻璃门上有一条裂痕，裂痕上面有一个“营业中”的标志，这对于艾比盖尔来说已经说得上是一种邀请了。

她进门的时候，一个铃铛叮当响起替她向内通报。这家咖啡馆有一种路边小餐馆的感觉，大红方格的油布毯钉在桌子的下面，而木质镶板则发出经过几十年的打磨才能形成的光泽。在这个地方，丝毫没有镇上随处可见的跟海有关的广告。也许当地人也受够了那些东西。

两名老年男人，都戴着约翰迪尔牌的帽子，坐在角落的一个卡座上。另一个身穿帆布夹克的男人正在柜台上调制一杯咖啡。一名女招待站在调制器旁边，往自动售卖机里面重新加糖。

“请找个地方随便坐吧，亲爱的。”她说，“过一分钟就来找你。”

艾比盖尔就在柜台边的一个位置上坐下，卡座上的那两个男人的目光一直跟随着她。她朝他们投去友好的一笑，得到的回报却是他们的皱眉。

“难搞的两位。”她小声道。

“说什么呢，亲爱的？”

“没什么。”

由于火灾暂时剥夺了她的声音，所以艾比盖尔经常自言自语。在别人能够听到的时候自言自语，也许不是明智之举，尤其对于一个新来之人来说。她不得不制止自己了。

“咖啡？”

“那太好了。”

女招待的脖子上悬吊着一副双光眼镜。她的化纤质地的围裙上面花也似的点缀着纽扣和胸针。尽管看上去她的年龄仿佛有六十多岁了，但是艾比盖尔还是能看出老太太年轻的时候一定是一位美人。

“来了。这是用一个新壶煮的。”

她递给艾比盖尔一个菜单，同时给她倒上满满一杯咖啡，快要溢出来了。艾比盖尔刚喝一口，差点吐出来。这咖啡滚烫滚烫的。

“烧到自己了，是不是？”女招待问道。

这已经不是头一处烧伤了。艾比盖尔这样想。

“我去给你拿一杯冰水过来。”

女招待递给她喝。冰水是从一个果冻罐子里倒出来的。又是一处乡村风格的体现，提醒着艾比盖尔：她已经不再生活在大城市了。

“想好你要点什么了吗？”

“煎鸡蛋和烤小麦面包。”她口齿不清地说出这句话。

“没问题，亲爱的。”

女招待一甩手拿走菜单，然后消失在厨房中。艾比盖尔喝着冰水，给自己的味蕾降温。坐在角落里的两个男人继续密切关注着她。在这种蓄意的注视之下，艾比盖尔感到不舒服，于是她转身面对相反的方向，去看吧台。零星的照片被贴在了吧台的一边，大部分都是当地棒球联队的快照。运动员们穿着比赛服和训练服，露齿大笑。艾比盖尔很高兴能看到礼拜岛的这一面——人们真正在微笑的这一面。

“这是我们的球队。”身穿帆布外套的人骄傲地告诉她，“去年季后赛夺了锦旗。”

“他们真棒。”艾比盖尔说。她极为兴奋，至少有人愿意与她聊天。

这个男人从他的钱包中取出一张照片，低下身来靠近她：“这两个都是我的儿子。他们打左场和右场。但是你要知道，这已经是几年前的照片了。他们已经长大成人。现在他们的孩子也在少儿联赛，就跟他们小时候一样。”

有一组老照片照的是一家人在房子后院烤肉野餐。这个男人搂着他的妻子。她穿着印花宽松长裙。这对夫妻的两侧站着两个男孩子，他们都穿着喇叭裤。

“这两个孩子真好看。”艾比盖尔说。

他对着照片看了一会儿。他脸上那感谢的表情告诉艾比盖尔，他已经有一段时间没有听到什么夸赞的话了。

“那是因为他们长得像他们的妈妈。”那男人回答道，自卑地耸耸肩，“我们之前曾经有很开心很有趣的日子。真的。”

这时候，艾比盖尔闻到他呼出的空气中的酒精味儿，也发现了他那件法兰绒衬衫的一个纽扣系错了，导致整件衬衫从领口到底部都歪歪斜斜地在身上晃荡。她已经猜到他可能是谁了。

“早餐来了。”

女招待像是故意闯入这场对话，放下一盘食物。然后，男人把照片塞回他的钱包，扔在柜台上二美元，同时跟艾比盖尔和女招待点头告别，就向门的方向退去。

“放轻松，汉克。”她说。门上的铃铛响了一下，通报他已经出门。“我觉得你可能想要安安静静地吃顿饭。”

“那是汉克·斯考克斯？”

“你听说过‘那个汉克’啦？”

“算是吧。他是不是把自己的船撞到轮渡码头上的那个人？”

“他确实是那个人。”

看样子，就算这故事里面有更多的故事，女招待也不愿说。

“伙计，你们的厨师工作真是神速。”艾比盖尔说道，笨拙地硬是换了一个话题。

“如果你来对了时间，饭菜做得就很快。如果今天你来早了一会儿，那你就得等着了。”

“早一会儿？”艾比盖尔已经觉得自己很早了。

“我的主啊，是啊。在男人们当天出海之前，如果需要的话他们就得站着吃饭。这屋子里面一个空位都没有。”

艾比盖尔之前从来没有想过，岛上如此安静是因为大部分岛民外出在渔船上了。他们要谋生。这一发现使她心中的一块大石头终于放下了。礼拜岛并不像它最初表面看上去那样荒无人烟。

“你是头一次来我们岛上吧，我猜？”

“是不是很明显？”

“劳动节之后，我们就没有见过多少新面孔。”

门上的铃铛又响了。一个女人冲了进来，头发湿湿的，看得出刚刚晨浴过。她身上那件号码过大的运动衫由于在洗衣机里面转了太多遍，已经有点儿褪色。

“我能打包一个咖啡吗，露丝？我孩子还在车里，然后实际上我已经迟到了。”

“当然没问题，雅尼娜。”

艾比盖尔戳戳她的煎蛋。这些东西尝起来味道不错，然而吃的时候肉体很痛。如果软软的鸡蛋也有问题的话，她不确定自己是不是应该试着尝一尝那份吐司面包。当她又喝下一口水的时候，她发现雅尼娜明显在上下打量她。这个女人的目光直奔艾比盖尔的左手。这一举动使她自已成为二十四小时之内来检查艾比盖尔手上的结婚戒指的季军得主。

“好了，给你。”露丝把盖子扣在纸杯上面。“替我向克林特和孩子们带个好。”

“我会的。”雅尼娜在走出门的路上还向艾比盖尔怒目而瞪，真令人难堪。

“打扰一下，露丝？请问我是怎样得罪了刚才那个女人？”

“是谁？雅尼娜？亲爱的，你一直坐在那里，身上好似穿着修女的长袍。她看你手上没有带着结婚戒指，就会觉得好笑。”

艾比盖尔被这句话震撼到了。之前其他人去看她手的时候，她都注意到了。唯独没有注意到露丝。

“请问，我究竟错过了什么事？”

“礼拜岛上有两种男人：已婚男人和老男人。一个单身女人来到镇上，就好像一匹狼跳着圆舞穿过一座鸡舍。它们的羽毛都会竖起来的。”

“意思是，我就是那匹狼？”

“是啊。你看，岛民们全都一个样，就像柴油发动机似的。他们需要发动一段时间才能热起来。尤其是对待镇上新来的外人。但是一旦他们对你热情起来，他们就会像橡胶轮胎一样可靠。但是，刚刚那个雅尼娜·维尔茨，我可不指望她能热情起来。就是这么回事。”

说完这些，露丝去给约翰迪尔帽子兄弟的咖啡续杯。艾比盖尔又设法多吃了几口鸡蛋，放弃了咖啡以及烤面包。不到一个小时的时间里，艾比盖尔已经和镇上的醉鬼建立了友好关系，并不知不觉地挑衅了一个都不算正式见过面的女人。

“这必须是最新的世界陆上极速纪录。”

“你说什么呢，亲爱的？”露丝一边问，一边过来算艾比盖尔的账单。

“没什么。我的意思是，对了，我刚才想说，你能告诉我在哪里能找到摩尔·布雷斯韦特？”

“就在他的商店，‘小岛五金杂货店’。如果门锁上了，就用力敲门，或者直接打道回府，下次再来。他的店不到十点不开门，但是他通常都在那里，转转悠悠的。”

“再次谢谢你。然后，这里结账。”艾比盖尔注意了一下账单总额，付了钱，然后把小费放在柜台上。小费是她用餐花费的两倍。

“你不要担心，亲爱的。”露丝说道，笑出了皱纹。“新面孔从来都不会新很长时间的。”

长是一个相对的概念。按照目前的速度，艾比盖尔不能确定她还能在这座岛上坚持多长时间。也许是整整十二个月的租约期，也许再坚持十二天，也许是十二个小时。

她的脚步声空冷冷地响彻在小镇广场的鹅卵石之上。即使是正在营业的商店，看起来也是空的。关于这一点，丹尼曾经在轮渡上警告过她。

“线索就是满地的风滚草。”

摩尔的杂货店的门是锁着的。这是露丝之前说过的可能发生的情况。就像洛蒂的房产中介处的店面一样，摩尔的小岛五金杂货店也曾经是一处私人住宅。这座附有半个小阁楼的矮矮胖胖的平房里，一大块玻璃面板现在伫立在原本是客厅窗户的地方。玻璃板上有锡箔制的金色和绿色搭配的店名字样。透过玻璃往里看，室内一片漆黑。艾比盖尔敲了敲门，等待着。然后敲得更使劲了。没有任何反应。于是她按照露丝的建议，绕到房子后面，发现房子的后门半开着。

她用肘轻轻把门推开，然后说：“喂，里面有人吗？”

门一打开，面对的是一间厨房，里面随处扔满了工具盒，钓鱼用品和泡沫塑料冷却器之类的东西。在这里，艾比盖尔可以通过整个房子看到她刚才一直敲着的房屋前门。

“喂，有人吗？”她叫道。

突然，一个穿着海军式运动外套的大个子男人从角落里冒了出来。艾比盖尔吓得跳起来，发出一声短短的尖叫。

“心脏骤停了吧。我们都骤停了。”那人同样吃惊。他这么说着，煽动恐惧气氛。他身形巨大，眼睛简直能与高高挂在墙上的油画外框相平，使得房间里的其他一切都相形见绌。“你这是想要我的命吧，这位女士？”他问道。他用一只大大的手掌抚摸自己脑袋上那稀疏的灰白色的头发，好让自己镇定下来。

“我惊吓到了您吗？”

“请原谅，但是我可不希望有些女人在可恶的这么早的钟点在厨房附近偷偷摸摸的。”

“我很抱歉。真的，我确实很抱歉。我敲了前面的门，没有人答应，但是这个门是开着的，所以我……”

“你料想自己一定会让一位老年人心脏病发作吧。”

“我可不觉得您看上去是老年人。”

“现在你只是想阿谀奉承，是想取悦我。”

“那我的阿谀奉承管用吗？”

“有那么一点儿管用。”他承认道，“店铺还没有开始营业，但是也欢迎你来。如果你能顺利通过这一路上的垃圾的话。”

厨房里就像是个渔猎之神社。鱼竿竖在房间的各个角落，干饵罐头堆积在地板上，罐头堆正上方是几十个各色各式的诱饵，悬挂在特制的货架上。墙面上只要有空，全都贴满了珍贵的捕捞照片。

“请听我说，我很抱歉我鲁莽地闯了进来。我叫艾比盖尔·哈克，是新的灯塔看守人。”

“我应该已经猜到是你。”他说着，语气也温和起来，“我是摩尔·布雷斯韦特。小岛五金杂货店店主，钓鱼爱好者，五十五年来一直是礼拜岛‘男子身高竞赛’胜利者，很乐意为您效劳。”

她伸出一只手来，摩尔轻轻地摇了摇她的手，看上去很担心自己的力气，好像完全不受他的控制一般。

“洛蒂告诉过我，你可能会来这儿找我。我应该说，请随便坐。”

每一把椅子上都高高地堆满了捕鱼方面的杂志。杂志上面放着的是各种钓鱼线轴。

“没关系的。我也不会在这儿待很长时间，还有太多事情要做。我来这儿是想询问有关看守人小屋的几个问题。”

“请讲。”

“是这样的，浴室里面的灯一直自己不停地开开关关。我很担心有可能电线线路有问题。如果你能推荐一名电工的话……”

“线路没有问题。上个星期我亲自检查了一遍。”

“也许你应该再去检查一遍，因为——”

“我再去检查一遍也不会有什么差别的，除非我给整个房子重新布线。”摩尔说。他的身子就如灯塔一般矗立在艾比盖尔面前：“他总是把那盏灯搞得一团糟。”

“他是谁？”

“看守人啊。”

“我以为我才是灯塔看守人。”

“你是。你现在是。”

“那么他是谁？”

“他的名字是卫斯理·贾斯珀。”

“洛蒂并没有提起过其他任何一个看守人。”

“当然不会。我敢打赌她不会提起来。”

“为什么这样说呢？”

“因为贾斯珀先生已经不完全是灯塔看守人了。”

“我没有听明白。”

摩尔重重地倚在冰箱上，对于继续提供进一步的信息表现出明显的恼火情绪：“这位女士，我现在坦率地告诉您，灯塔里面是闹鬼的。”

“什么？”艾比盖尔相信自己一定是把他的话听错了。

“灯塔在闹鬼。”

“请再说一遍。”

“闹鬼。”说完，他解释道，“我说这个词可不是夸张地吓唬你。”

“我当然明白闹鬼这个词的意思。但是，你在开玩笑，对不对？”

“我应该把这件事交给洛蒂的。那个女人简直可以将一双蜥蜴皮靴子卖给一头霸王龙。所以，对于她在你往那一道虚线上签名之前完全不提闹鬼这件事，我一点儿都不吃惊。”

艾比盖尔简直不敢相信自己的耳朵：“喂，您听我说，布雷斯韦特先生。”

“叫我摩尔就好。已经没有人叫我先生什么的了。”

“好，摩尔。如果这就是非本岛居民来到这里的入岛仪式的话，我们就让这仪式到此为止吧。我费尽千辛万苦开车来到这岛上，几乎没怎么睡，我在喝今早的第一杯咖啡的时候烫坏了自己的舌头，所以现在我完全没有心情来搞这些恶作剧。”

“千辛万苦。现在听起来有一点点骄傲了。”

“这个单词的意思是——”

“哦，我知道这个单词的意思是什么。”摩尔开始清空制冰器里面的冰块，把它放回冰箱，好像什么问题都没有。“没什么，就是在这些地方你平时不常听到这类词。我挺喜欢这个词的。我觉得我以后说话的时候会更常用这个词了，‘今天早上我千辛万苦在海湾钓鱼’。或者说，‘今天我在店里千辛万苦工作了一整天’。听起来挺特别的，是不是？”

艾比盖尔还没来得及回答这个问题，他继续说：“烫伤了你的舌头，是不是？伤口一定很痛。露丝·凯普肖确实总是把咖啡弄得像火山熔岩一样烫。下一次去的时候，你就告诉她在你的杯子里放一个冰块。”

“布雷斯韦特先生——摩尔，让我们把话说清楚好吗？你到底是不是打算告诉我，浴室里的灯一直亮着的原因就是因为灯塔的老看守人的鬼魂在那里作怪呢？”

“差不多就是这个意思。然后，你不要介意有人用烟斗吸烟的味道。按说这应该是你用来判断贾斯珀先生是否在周围出现的证据。”

这就是艾比盖尔在地下室的水池边用鼻子嗅了嗅才发现的味道，是那种甜烟草与浓重又充满腐朽味道的香薰气味的混合气味。

“他不会去打扰你，只要你让灯塔保持原本的模样就行。多年来大家一直都说他是一个要求很高的人。这就是他不怎么喜欢洛蒂的原因。就是因为洛蒂让这个地方变得越来越糟，就要垮掉了。你可以自己去问问她。她绝对确信贾斯珀先生曾经试图把她推下地下室的楼梯。”

“对不起，您这是在说什么？”

“曾经有一次，我们这儿来了一场暴风雨，之后洛蒂去检查蓄水池。她在地下室的楼梯上走到一半的时候，地下室的门突然砰地关上了，把她的七魂六魄都给吓出来了。她当场就失足绊倒在地上。她的屁股都摔到胳膊肘那里了。她再也不会靠近那个地下室了，还把地下室的门一直锁着。还有灯塔入口的门也锁着。就算你在灯塔顶上挂着一千美元的钞票，你也不可能让她去爬旋转楼梯的。”

“我懂了。我懂了。你在嘲笑我付给洛蒂的那些费用。坦白说，这一点儿都不好笑。”

“每天我会因为很多事被指责，但是好笑可从来不是我被指责的原因之一。在万圣节吓唬小孩，我已经得到报应了。搞笑，我可不擅长。”

艾比盖尔愤怒地抱起双臂：“你能不能诚实地告诉我，你是真的相信灯塔看守人的小屋里面在闹鬼吗？请说实话好吗？”

“洛蒂那件事也可能是风突然把门关上的吧？也说得通。或者，也许不是风呢？我，我可不敢说肯定的话。但是这件事并没有什么大不了的。”摩尔向她保证，“这十二年里一直是我在照看这个地方的，而且——”

“十二年？十二年来这地方都没有一个真正的灯塔看守人？！”

“其实比十二年还要久。最后在这儿的那个家伙几乎都是二十年前的事了。他是个嬉皮士，开着一辆温纳贝戈，车窗上都是羽毛。他声称自己正在写回忆录，所以需要一个地方去‘接触自己的灵魂’。好吧，他倒是千真万确接触到了一个灵魂。他在这儿坚持了长达两天之久。千万不要以为贾斯珀先生会非常喜欢他。也许他曾经试着把那些羽毛放到看守人小屋的窗户里。”

“那么，如果这位贾斯珀先生不喜欢我的话，我应该怎么做？”

“为什么他不会喜欢你呢？你看起来很好啊。不过你这个人有点儿高度紧张的样子。”

“我不是高度紧张。我只是……很认真负责。”

“对。没错。你听我讲，我每次去检查管道或诸如此类的东西的时候，我都会问他好，然后告诉他，我去那儿只是为了保证灯塔的状态是井井有条的。给他一点尊重的感觉，他也会反过来对你表示一下尊重。就这么简单。”

就算摩尔这么总结，他所说的这些东西里面也没有一样是简单的。而且艾比盖尔已经到了自己的极限了。她情绪激动地穿过厨房，走到店里面，经过了堆满工具的过道和摆满了各种零件的货架，直直走向前门。摩尔在她身后大叫：“你要去哪里呀？”

“我去找洛蒂。我想要一些直接明了的答案。”

她试着去开门，但是门打不开。艾比盖尔不肯罢休，一直狂拉硬扯那个门把手。直到摩尔一步一迟地走过来为她放下螺栓。

“如果你想要谋求什么直接明了的答案，洛蒂应该是你要去拜访的最后一人才对。请你不要误会我的意思。我很喜欢她，就像喜欢一个小妹妹一样。好吧，我喜欢她更像喜欢我的弟媳妇一样。事实上她真的嫁给了我的二表弟。但是，事实就是这样，洛蒂是那种连一个小谎话都不会承认的人。而且，如果她能够防止租金流失的话，她一定不会看着租客白白走掉的。”

摩尔很诚恳地把这些讲给她听。不过，艾比盖尔的双脚移动速度比她的大脑更快。她跌跌撞撞地冲出了大门，要去洛蒂的房产中介所。

“哦，对了，千万不要移动灯室里面那个油桶。”他冲她喊道，“贾斯珀先生喜欢它原来那个样子。”

但是，艾比盖尔已经走远了。

一阵强风快速地吹过海湾，穿过广场，掠过废弃的汽水罐，礼拜岛邮局外面的旗帜随之高高飘扬。此时的艾比盖尔已经出离了愤怒，没有心情来好好感受这阵风。

房产中介中心门前草坪上的风车方阵和旋转木马已经哭泣着离开。房间里面的灯是关着的。外面的门是锁着的。艾比盖尔敲打着前门，大声喊：“洛蒂，我是艾比盖尔·哈克。我们需要谈谈！”

窗户上贴着一张便笺纸，上面写着“休息中”三个字，字的下面用粉红色墨水划了好几道，表示强调。

“多轻巧啊！”

艾比盖尔重重地走下台阶，站在草坪上那些旋转的各种饰物之中。前一天她给予洛蒂的耐心已经蒸腾成纯粹的气愤。

“你要稳住。”她对自己说，“一个陌生人给你讲了一个天方夜谭的故事，然后你就可以逃之夭夭了？他说不定很可能就是本地人人皆知的头号疯子。你若是继续站在这里对着自己喋喋不休没完没了，你马上就会变成疯子亚军了。”

花园里的那些侏儒守卫者们列在小径两侧，就像站岗的哨兵一般。艾比盖尔绕过它们，回到她的车里。一堆待洗的衣物正在后座上等着她呢。

“我把你们这些家伙都给忘了。”她对着那堆床单和毛巾说道。

艾比盖尔回到柯西壶咖啡馆，打听在哪里能找到一个能用的洗衣机和烘干机。戴着约翰迪尔帽子的那两位兄弟还坐在那个卡座里面，做出防御的姿势。露丝正在很专心地看报纸。艾比盖尔一进来，露丝抬头看了她一眼。

“这么快就回来了，亲爱的？这里的饭菜不会有这么好吃吧？”

“请您告诉我，礼拜岛上一定有一家洗衣店，否则我就得到海里去洗床单了。”

“我们也许的确是一个落后的小镇，但是这不是梅伯里。我们有一个不错的洗衣店。沿街往前走一个街区，你不会错过它的！”

由于这趟路距离很近，艾比盖尔决定把衣物捆绑起来，抱着它们走过去。当她在几家看上去一模一样的礼品店门前来回游荡了若干次之后，她的手臂开始累了，她心中的恼怒达到了顶峰。

“看在我这么可怜的份上，那个地方到底在哪里？”

艾比盖尔正要准备挥舞白旗——或者更确切地说是她的白色枕套表示投降的时候，她看见两家商店之间有一条小巷。狭窄的空隙之上悬挂着店面的招牌：那是一块木板，上面写着“洗衣店”三个字。那缭乱的笔迹真令人难以找到头绪。

“当然。不能错过它。我是多么的愚蠢。”

小巷的尽头坐落着一家车库改建而成的洗衣店，投币式洗衣机和烘干机在那里排成一排。此店隐藏在此地，好像是一处兼洗衣服的非法经营的地下酒吧一样。艾比盖尔突然开始觉得礼拜岛就像是某种形式的私人俱乐部，而她就是刚来的菜鸟，还没有人把秘密的敲门口令教给她。她把那些衣物堆在一个整理台上，然后开始从这一大堆里面分类筛选——把毛巾和床上用品分开来。这时，她听到身后有个人咳嗽了一声，宣示了此处还有一人的存在。

“你到这儿洗衣服来了？”

一个男人就站在洗衣店的门槛之上这么问她。一件粗条纹灯芯绒裤子，高高地系在他那粗壮的腰上。他的下颌明显突出，包住了上颌，是典型的“地包天”，活像一只牛头犬。而且，他比艾比盖尔整整矮了一头。

“嗯，对，是，我就是来洗衣服的。”

“有什么能比干净的衣服更重要呢？”

“同意。”

“你会需要洗衣粉的。你有洗衣粉吗？”

“没有。既然你提到洗衣粉了，我还真没有。”

他沮丧地歪着脑袋：“洗衣服不能没有洗衣粉的。”

“这一点你说的很对。”

“我可以借给你一些。”他这么说道。重音放在“借”这个字上面。

“真的吗？那我可以付钱给你的。”艾比盖尔就要伸手去拿她的钱包。

“我不想要钱。”这是暗示他想要更多的洗衣粉作为回报。他摇摇晃晃走到一个橱柜前面，取出一个又大又笨的容器，然后把它扔在整理台上面。

“你觉得你已经有足够多了？”

当他把洗衣粉给她倒入一个纸杯的时候，他的眉毛拧了起来。他面无表情地回答说：“你永远都不会有足够的洗衣粉的。你下次来的时候带来一些就好。就是这样。”

“我会的。”

她走到离得最近的那台洗衣机前，想要把第一批毛巾放进去。这个男人啧啧咂舌，表示不满。她试着走到第二台跟前，那男人继续做了同样的动作。艾比盖尔刚一走到第三台机器，这个男的就点点头表示同意。当她开始把第二拨衣服往另一台洗衣机里面放的时候，该名男子又开始不停咂舌，直到她选用了他认为是正确的那台机器。

“你有两毛五的硬币吗？”

艾比盖尔在她的钱包里掏来掏去，发现她的零钱不够洗两次。“这儿有没有一台可以找零的收费机？”

“我来给你找零。”

他拿走她手中的几张一元纸币，然后在他的衣兜里面捞了几下，拿出一大把两毛五的硬币来。

这件事真是太奇怪了。艾比盖尔终于忍不住问道：“你是洗衣店老板吗？”

“我是什么？”他回答说，受宠若惊的样子，“我不是。”

“那你就是单纯很喜欢洗衣服，是不是？”

“你当然可以这么说。如果你想走的话，你可以走了。我会帮你看着洗衣机的。”

“谢谢你。让我想一想。”

“洗一轮是二十五分钟的时间。到时候你就得回到这儿来，把衣服从洗衣机里面弄到烘干机里。”

这句话听起来更像是一个命令，而不是建议。艾比盖尔向这位“地包天”的怪异男子投去最后一瞥。她那毫不设防的衣物已经在洗衣机里面开始翻腾搅动。她抓起钱包就离开了这里。

二十五分钟不算很长的时间，不够用来在此地好好探索一番。但是艾比盖尔至少可以略微感受一下这个岛上小镇。其实，做什么都比留在那个洗衣店更好一些。海鸥的叫声招呼着她走向码头。前一天她看到的那些船只，大部分已经不见了，然而还有几艘留在那里。没有什么快艇或者是欢乐游的游艇，只有少少几艘小艇和单桅帆船，看上去已经有不少年岁，各自安详地上下摆动着。能够如此无忧无虑，真是令人羡慕啊，艾比盖尔心想，它们是多么淡然安静啊。

她沿着码头散步。潮水漫过来的时候，码头下面的桩子上附着的甲壳动物就会消失。大量斑驳的白色痕迹与黑色的船木形成鲜明的对比。艾比盖尔的嘴里就要讲出藤壶一词了，就像一个葡萄酒鉴赏家应当在品尝样品味道时讲一些话一样。这个名词听起来有些颠簸，音节挤在两颊，拍打着牙齿。这就是语言之美。声音造就了词语，词语表达了意义。如果没有把“怕”一词的元音和辅音都正确地发出来，说出来的也就不是恐惧的意思了。这一点同样适用于“爱”这个词。艾比盖尔通晓怕和爱这两个词。她知道这两个词都是怎样使她呼吸加速，皮肤发麻和感到眩晕的。爱和怕只是两个词而已，可是两者之间却是天壤之别。

早在艾比盖尔踏上礼拜岛第一步的若干年以前，她就已经知道在这里的海水之中飘荡是什么样的感觉。沿着海潮的水线捡拾贝壳，让清新纯洁的沙子从脚趾之间筛过，都是怎样的感觉。她甚至知道这里日落之时夕阳染在天空的颜色。保罗曾经告诉过她有关这座岛的一切。在这里，就在这座岛上，他曾经度过了儿时的盛夏时光。他的孩童时期的回忆充满了艾比盖尔的大脑，仿佛那些都是她自己的回忆一样。她几乎能够听见海浪在岸边轻轻拍打的声音。她的想象只能把她带到这里。他们曾经计划在礼拜岛度蜜月，但是艾比盖尔的父母招待他们去了毛伊岛旅行，作为他们的结婚礼物。后来，保罗向她保证，等他们有了足够的钱的时候，他一定会带她来礼拜岛度假。但是，当他们真的花得起这个钱的时候，各种情况一直发生，改变着他们的计划。时间一直不对。

就在快要发生火灾的前几个月，艾比盖尔开始用礼拜岛之旅这个问题纠缠保罗，还在言语中用儿子贾斯汀作为理由，刺激保罗。她说，她希望他们的儿子也能像父亲一样拥有同样的特别的童年经历。尽管日程安排很紧张，保罗还是在八月份刨出了两个星期，这样他们就可以一起到礼拜岛作一次家庭旅行。然后，他就可以让他的妻儿看一看他小时候喜爱的那些风景。特别要看的一个地方，就是礼拜岛上的灯塔，这是保罗记忆中最珍贵的纪念地。每当提起灯塔的时候，他的唇边都会无可避免地露出美好的笑意。

“那是我此生见过的最令人惊叹的美景。”他说，显出孩子气的崇拜神色。“在那里，好像全世界没有什么东西能比它还要大。我的梦想就是那座灯塔还在继续工作，那样的话我就可以住在里面，指引着小船渡过海上的大风大浪，让水手们安全回家。这真是我做过的梦中最好的之一了。”

保罗的梦也变成了艾比盖尔的梦。她常常醒来，发现自己整晚都做了同一个梦：梦里她与滞留在灯塔里的水手在一起。而她却从未见过那灯塔。保罗的葬礼前夕，她也做了同样的梦。火灾现场，他们找回了保罗和孩子的少许遗骸，仅仅是一些烧焦的骨头。尽管如此，艾比盖尔还是为葬礼订制了两具棺木，一具棺木给大人，另外一个给孩子。在贾斯汀的棺木之中，艾比盖尔为她的孩子放入了一辆玩具卡车，他曾经时不时地把这个玩具落在学前班的教室里。在保罗的棺材里面，放的是她的结婚戒指。

把艾比盖尔引到海湾边上的那群海鸥又把她从过往的回忆中呼唤回来。它们凄厉的叫声突然把她拉回了当下，眼前，此时此刻，艾比盖尔发现自己正站在码头的尽头，已经接近边缘，十分危险。她想不起来自己是怎样走到这里的。时间已经消逝了三十分钟，她都没有注意到。

自从火灾之后，她偶尔会出现类似梦游的症状。多少分钟，多少小时，都会变得完全模糊。她发现自己的灵魂可以丢下自己的身体，而自己的身体能自行采取行动，还有可能违背自己的意志，这一事实把她自己吓到了。

当她回到洗衣店的时候，那个下颌前突的男人已经走了。她的毛巾和床上用品湿湿地堆在整理台上面。他已经替她把它们都拿出来了。

“至少他不是鬼魂。”

“我也会这样的。”

艾比盖尔刷的一下脸红了。她急转过身，看到那人从一个储衣柜后显出身形。

“会什么样？”

“自言自语啊。不要觉得害羞。没有什么听众比你自己的两个耳朵更好了。”

“这话——”她不得不做出一个恰当的表达，没有侮辱性的表达。“也不是不对。”

“我给你买了一些烘干衣物需要的柔软除静电纸。”

“不用这个也没有关系的——”

这个男人摇摇手指：“我可不推荐你不用这个。不用的话会有静电的，有一万两千伏特那么高的电压。用了的话床单很柔很滑。”

“哇，谁曾料到这么好？”

他把柔软除静电用纸拿出来，好像在说：我用了所以你也应该用。

“免费的吗？”艾比盖尔问。

“是免费的。”

当她准备把那一堆床上用品随便放到一个烘干机上面的时候，她先问了他意见：“你能不能推荐一下今天应该用哪个烘干机？”

他面露喜色，开始侃侃而谈：“在我看来，迄今为止，八号烘干机是最适合床单和毯子的，但是对于精细织物来说不太理想。之前我在校准方面发现了一些问题。运行起来真的很热。至于你的那些毛巾，我会挑选第十一号机器的，因为它的热力会保持得很均匀。”

“这是八号烘干机。”就在那男人警惕的注视之下，艾比盖尔把潮湿的床单和毯子放了进去。

“四十分钟之后就好了。”他这样通知她。

“知道了。你能不能告诉我在哪里可以找到一个超市？”她可不想在这里一直与他讨论什么电压与温度配置的话题，她迫切需要一些食物和日杂用品。

“你去街上，右手边就有一个普通杂货店。你不会错过它的！”

“不会错过它的，哈？这话我不久前刚听过。”

一个街区之外，一个广告牌大小的标志竖在一个谷仓风格的建筑上面，上面写着“韦勒小市场”。艾比盖尔在洗衣店遇到的新朋友是对的。除非她被蒙住了双眼，否则不会看不见那招牌的。

这个商店有一种临时搭建的乡村小店的感觉。几排胶合板支撑的货架和陈列台堆积在倒立的板条箱上面，看起来像移动展台，仿佛随时都会在下一秒拆除并转移到新的位置。尽管收银处空无一人，但是艾比盖尔听到店里有东西移动的声音。她挑了一辆手推车，从一个过道逡巡到另一个过道，不禁悲叹自己为什么没有提前列好一个购物清单。

“不过没关系，你什么都需要。”

她的手推车有一个轮子不太稳定，因此这车子操纵起来比较麻烦。坏了的轮子一直发出单调又可怜的声音，并且不受控制地突然转向，冲向货架。她往购物车放东西越多，车子操纵起来就越费劲。由于洛蒂擅离岗位，艾比盖尔找不到人清理灯塔，所以她现在的首要选择就是日化用品。她不能在满是灰尘的情况下度过第二夜了，所以只要包装上声称腐蚀作用和去污能力最强的产品都被扔到了这个手推车里。

“越强越好。”

她还把任何能够博得她的好感的食物和饮料都扔了进来。饥饿感直接造成了这种结果。当手推车满得就要溢出来的时候，艾比盖尔打算去结账。

在收银台那里，有一个人无精打采地靠着，全神贯注地看着一本平装小说。是雅尼娜，她在柯西壶咖啡馆里遇到的那个女人。艾比盖尔把她买的东西全都取出来，心想雅尼娜有可能并不记得自己。不幸的是，这女人记得。

“你有优惠券吗？”雅尼娜突然严厉地问道。

在火灾之前的那一次购物之后，艾比盖尔就再也没有买过吃的东西了。她的钱包就在手推车的婴幼儿卡位上面放着，突然间让她想起贾斯汀。这一悲伤给她的震痛使她的整个脑袋在刹那间嗡嗡作响。

“我问你，你有优惠券吗？”

“我？优惠券？不，不，我没有优惠券。我的意思不是说我不用优惠券。”艾比盖尔结结巴巴地说，担心雅尼娜把自己的一时混乱误解为自以为是的高傲。“我只是身上没有带着优惠券。我是新来的。昨天我才刚刚来到这个镇上。我到现在都还没有收拾好行李，昨天整整一晚也没有睡好。然后我，我，我现在要停止这些话了。”

雅尼娜眯起了眼睛，然后开始一件一件地处理艾比盖尔要买的东西。当艾比盖尔开始装东西时，雅尼娜阻止了她。

“我可以给你装。”

“我本来还以为自己能帮上忙呢。”

“噢，你还是算了。”

艾比盖尔惭愧得脸上阵阵发烫。她没有办法想出一个尖锐的反驳，生生等了好几分钟，直到雅尼娜把东西装好然后告诉她消费总额。这价钱比艾比盖尔预期的更高。离开波士顿之前，她特地去取了一些现金，为的就是此类花销。艾比盖尔递给雅尼娜三张大钞，又为雅尼娜提供了一个讨厌自己的新理由。

她把找的零钱猛地塞给艾比盖尔：“祝您今天愉快。”

“谢谢，我会的。”

这真是一个蹩脚的回答。不仅如此，把晃荡不稳的购物车从商店一路推到她的休旅车前面，也很难被称做凯旋。

“这个女人是什么时候开始的？”艾比盖尔一边把购物袋胡乱丢到车里，一边骂，“我几乎都称不上是见过她，然后她就恨我了！你都还没有被正式介绍认识这个人，你怎么可以恨上这个人？”

然后艾比盖尔看到柯西壶咖啡馆里那两个约翰迪尔帽子兄弟就在角落站着，盯着她窃窃私语。她脸红了。

“下午好！”她对他们挥挥手。

两个男人歪歪斜斜地走开了，拖着得了关节炎的双腿，能走多快就走多快。

“真是太棒了。到如今你所遇见的每个人，不是恨你，就是认为你是个疯子。说到疯子，是时候去取那些衣物了。”

艾比盖尔来到洗衣店发现那个下颌反包的男人正在叠她的床单。

“得趁着它们还热着的时候叠好，否则就皱了。”他解释着，用手把布面抚平，把细细的折痕拍下去，“毛巾也是同样的道理。我已经把毛巾整理好了。”

“我不知道该说些什么好。我的意思是我真的不知道该说些什么才好。”

让这个男人来触碰自己的床单和毛巾令她感到十分不安。她不得不遏制自己，好让自己不做出痛苦或别扭的面部表情来。

“给你这些。我不记得你喜欢什么牌子。”在刚才的小市场里，艾比盖尔买了一整桶的洗衣粉和一盒烘干机里用的柔软防静电用纸。

看到她拿出来的东西，那个男人眨眨眼睛：“你买的这些都是价钱很贵的那种，都是很好的货色。你没有必要这样的。”

“这没什么大不了的。”

“谢谢你。”

“不用客气，请别再提了。”

她是说真的，她想，请别再提了。

她的经历已经从近乎怪诞的性质演变成了彻头彻尾的畸形遭遇。艾比盖尔急于回到灯塔避难。她把洗好的衣物都收起来，然后开始向门外退去。

“我得走了，好多事情要做，还要去找人。”

“好，祝你今天过得愉快。”

在回家的路上，艾比盖尔开始重温这一上午发生的各种事情。她在想自己需不需要费心费力来收拾行李。她完全可以解除租约，然后把差额赔付给洛蒂。然而，如果这样，就意味着她承认自己被击败了。

几个月以来，艾比盖尔一直都有一种深深的挫败感。那场火灾是一场伏击，悲痛已经完全制服了她，给她以精神上的痛击。有一些日子，她一觉醒来总觉得自己是活在别人的身体里。其他的日子，她会向上帝祈祷，让她活在别人的躯壳里。她常常盯着手指，但是无法回想起来指甲是不是向来都剪得这么短。或者她会一直照镜子，看着脸上的雀斑，无法确定这些雀斑已经存在了多久。她的手臂看起来很笨拙，她的腿看上去又瘦又长，胸腔轮廓对她而言有些过小，里面塞满了她那颗肿胀的心。艾比盖尔已经在挽救自己的这场战斗中惨败，已经承受不住更多的打击。

她正在驶过的那片草地，是回灯塔的路程已经走了一半的标记。这时，闪烁的色彩吸引了她的双眼，一小串灰蓝色突然出现在翠绿的芦苇草的海洋之中，一只苍鹭正在草地中缓缓漫步。这只鸟身体细长，带有一种纯粹又清透的美感，这让艾比盖尔把车速放慢下来。这只苍鹭优雅又轻快地在干枯的草地中穿行，然后它迈入了一片灌木丛，消失在艾比盖尔的视野中。

艾比盖尔决定把这次观察作为一个象征。保罗生前曾经喜欢过礼拜岛。她也要来喜欢这座岛。

“你要留下来。”她对自己强调，“留下来才真正是你需要的。”

把话告诉自己是一回事。相信这些话，是另一回事。

Chapter 4

/

/

/

幻想中的幽径

生活赐予我幻想中的幽径

我在幽径中偶然遇到了爱情

爱情哦，我尚未治愈

你留在我心中的伤痕

——特雷莎《希望之歌》

中午时分的太阳正挂在灯塔的顶端，在看守人的小屋那边投下一片宽大的阴影。艾比盖尔在沙砾路上停下车来，故意停在了那个阴影之外。她趴到方向盘上，望向灯塔上方。曾经无比壮观的景色，曾经深深印在保罗心中的景色，如今已经远远地陷入了严重失修的状态。这使艾比盖尔也陷入了深深的悲哀之中。

她把东西卸下车，将那些重重的购物袋堆放在地板上，然后把洗干净的衣物放在她赶紧用袖子抹干净的桌上。与摩尔之间的对话突然冲回她的脑中。艾比盖尔停了下来，研究着这间起居室，看看是不是有任何形式的改变。

所有的东西都还是她临走时的模样。

“你刚才期待会发生什么事？披着白色床单的幽灵吗？”

她不知道应该期待什么。这才是让她感到无所适从的一件事。

虽然冰箱需要清理，艾比盖尔还是得在食物变质之前就把它们放进去。干货可以等一等再收起来，因为橱柜和架子需要先取下来弄干净。她一边把一个集团兵那么多的清洁用品组合起来，放到一个柜台式长桌上面，一边跟自己说："这会成为你最好的改变。"

改变是生活的一部分，也是语言的一部分。词典编纂学领域的前辈们从美国词典中扔出去很多多余的字母，比如honour中的u，还有music中的那个古色古香的k，给出的理由就是实用、效率和美观。今时今日，她的目标不仅仅是宽容大量，实用、效率和美观也同样变成了她的首要目标。

搞定橱柜抽屉和架子，相对来说比较容易，但是那些已经经历过几代人的老电器们实在是让人感到吃力。艾比盖尔尤其对那个烤箱感到焦虑。她没想到带一台微波炉过来，现在十分后悔。如果带了，就会解决诸多问题。她的行李里面唯一的电子设备就是一台小小的收音机和CD播放机的组合产品。那是她从父母的车库里面捡到的一个过时的东西。

"来点儿音乐可能会让这儿舒服一些。"她说着，从起居室那一大堆盒子里搜索出了这个收音机。

不管艾比盖尔把天线扭向什么方向，她所听到的只是干扰声。所以她从手提箱里抓出一个古典乐CD就塞了进去。当整幢房子都充满了小提琴协奏曲那温暖的旋律，她戴上了新买来的厨房用橡胶手套，向碗橱走去，看起来好像要去给某人拔牙。

"不要担心。这一点儿都不会痛的。"

音乐确实使工作进行得更快，可它并没有减少任何的污垢。艾比盖尔估计，从上一个看守人以来，这个厨房就没有彻底打扫过一次。

"二十年了。已经逾期了。"

她把架子全都清空，沙砾像瀑布一样倾泻而下，倒在了长桌之上。她对那些倾泻物进行了观测和评估：裂纹的盘子、弯曲变形的塑料杯和缺胳膊少腿的烹饪用具。

“我只想说，你还没准备好举办一个晚宴。”

当她说话时，CD机开始卡。艾比盖尔正要去检查一下，看看机器是不是出了问题，摩尔讲的那个卫斯理·贾斯珀的故事又在她脑中重新抬头露面。

什么都没有，她跟自己说。

小提琴协奏曲又重新响起，她也将碗橱内外都洗刷得干干净净。接下来是冰箱，五颜六色的像彩虹一样分布的真菌已经完全在这里定居生活了。还有制冰器，制冰器的内壁上大概有一英寸厚的一层冰霜在闪闪发光。艾比盖尔用一把餐刀把冰弄碎铲掉，同时用自来水泼，好让它融化得更快。最后，她不得不面对烤箱。相对于刚才那些东西，烤箱仅仅经历了一次粗略的清洗。只是碰一下调频旋钮，就使艾比盖尔感到十分紧张。她决定将注意力集中在长桌和后挡板上面。

“这整个厨房应该可以经受得起披上一层新油漆当外衣。”她若有所思地说，“应该脱掉这层墙纸了。”

CD机再次卡了起来，小提琴的声音停停走走。艾比盖尔大声地咽了一下口水然后等着。几秒钟后，音乐重新开始。

看到了吧。什么都没有。

她壮起胆子，轻轻地拉扯了一下墙纸。它乖乖地脱落了下来。

“看，墙纸都坏掉了，粘胶已经完全没有了。把墙纸去掉，然后涂上新漆，这里将会变成一个改造之后的新世界。”

这些话，一半是结论，一半是建议。她已经准备好等着音乐开始变卡。但是这件事没有发生。

好，你已经饿得谵妄了。你已经精神错乱到对一个鬼魂提出装修建议，而你根本都不相信这个鬼魂存在！

自从早上在那间咖啡馆勉强碰了几下盘中餐之后，艾比盖尔到现在还没有吃东西。她洗了一个盘子，给自己做了一份三明治。火鸡肉、番茄和蛋黄酱，难以称得上是高级美食。但是，事实是，这个三明治轻易地放在了她那受伤的味蕾上，这种便利性使整件事情听起来都很神圣。

艾比盖尔把餐具转移到餐桌上面，好腾出橱柜，把橱柜也清理了。她必须得清理出起码一格柜子，否则她就没有地方吃饭。当她坐在房间里唯一一个看起来不会被坐塌的椅子上时，椅垫突然爆出一阵空气，她像是坐上了一个整人娱乐节目里常用的那种放屁坐垫上一样。

“真有意思啊。”

因为被早上那杯咖啡烫伤，她的舌头还隐隐作痛。她已经太饿了，没有心思在意这点疼痛。火灾之后，她一直是纯粹因为要活下去以及迫于父母的压力才去吃东西的。如果他们没有把饭菜摆好放在她面前的话，她就会完全忘记吃饭这回事。食物仿佛不再是必要的东西。她一直都是饱着的，肠胃里充满了没有人会渴望拥有的沉重感触。

当艾比盖尔完成了吃饭这件家务琐事之后，继续做之前停下的那些活儿。她没有把干货类的食物放到橱柜里，而是把它们直接搁在了桌子上，与餐具们放在一起。如果她要重新漆一遍厨房的话，为何要那么麻烦还把食物放进去?

艾比盖尔很恨自己在客厅处于凌乱状态时离开：堆满了各种箱子、盒子和包装袋，家具上堆叠着从厨房里溢出来的各种东西。但是，如果她要做事的话，她一定要把事情做对了。她走进厨房，处理墙纸，先从边缘已经自动剥离的地方开始。尽管蓝色和白色的花朵图案有可能在粘贴上墙面时就已经成为国家珍贵文物，泛黄的糨糊似的污垢已经渗透了白色的部分，把白色的花儿变成了一种苍白无力的阴影，给这间厨房增加了一种永恒的肮脏感。

“永别了，花样的壁纸。”

不是每一片墙纸都是心甘情愿从墙上下来的。艾比盖尔不停地去拉扯那些松散的边边角角，直到两个大拇指都被磨破。艾比盖尔只得求助于一把用来抹黄油的餐刀，去搞定墙上那一条一条的粘胶和顽固的墙纸。她加倍努力。在厨房的窗户透进来的灿烂阳光之中，飘落的碎纸屑形成的薄雾在漫无目的地游荡着。

随着下午的时间慢慢过去，艾比盖尔发现自己一直在等CD机发出颤抖的声音，但是音乐的播放到现在都没有间断过。她的脑袋开始嗡嗡作响，好像在小提琴的靡靡之声中迷失了自我。保罗喜欢听大提琴独奏。他们常常因为在车里听哪种音乐而辩论起来。他们争着听自己想听的交响乐，比较各种弦乐的优美之处，好像在争论各自的政治立场一样。保罗认为，大提琴能够与心灵对话，因为它声线柔和、圆润又低沉。艾比盖尔偏爱更轻柔，音域更高的小提琴。大提琴那种比较低的次中音对于她的品味来说太过忧郁。那时的她完全不知道真正的忧郁是什么样的感觉。

一条一条的墙纸在她的双脚之下积了一堆又一堆。同时，她的衣服上也沾满了斑斑点点，她的指尖也染上了矢车菊的蓝色。终于，一直努力刮着已经钙化的粘胶的黄油刀也在重负之下变弯了。直到此时，某个想法才姗姗来迟：艾比盖尔之前没有想到自己作为一个租户并没有权利去剥除墙纸。灯塔并不是她的私人财产。

“就应该这样。这是稳妥行事，我慢慢来。”

发生过的事，就是已经发生过的事了。没有人——包括洛蒂在内——能够对此事表示不同意：没有了墙纸的厨房看起来更加宽敞。这是在厨房空间设计和利用上的最高成就。艾比盖尔认为这是一场胜利。她休息了一下，打开窗子，让外面的空气进来一些。阵阵微风好像要把纸一样薄的百叶窗吹打出音乐的节拍。尘土堆积在窗帘的蕾丝花边里面，窗帘的边缘看上去都是粉扑扑的。

“你得走了。”艾比盖尔这样宣布，啪的一声用控制杆关紧了百叶窗。然后她听到“砰”的一声响。

是窗帘的声音。不，听起来没有这么近。是楼上传来的声音吗？放松吧，你反应过激了。

艾比盖尔打开了另一个百叶窗，看看是不是会再次发生这样的事。小提琴的声音继续演奏着。没有出现其他的声音。

“你正在丧失理智，艾比。”

噢，确实，你一定是正在失去理智，如果你已经把你自己叫做“艾比”的话。

经过了她的猛烈袭击，厨房看起来经历了一场洗劫。空空的抽屉被拉开，悬着。柜橱的门都大开着，架子上面光秃秃的。但是，最重要的是，所有的东西都干净了。艾比盖尔把厨具里面成年累积的油污以及水槽里面积攒了几十年的泥垢都清除干净了。艾比盖尔现在已经能够想象到，在眼前那斜挂着的架子和混乱的柜台上面，厨房曾经是个什么样子——像一个家一样，让人舒服。说不定，这里可以重新变回那样。

列在艾比盖尔日程表上的下一项任务，是主卧。她把新洗好的毛巾和床单放在摇杆上面，准备铺床。床垫被扒光了，正中间那个凹陷的地方看上去就像火山口的坑洞。

“也许另外一面没有这么，呃，这么凹陷。”

把床垫翻转过来，可费了劲了。死沉死沉的，床垫先是摇摇晃晃，然后轰然倒塌在下面的弹簧垫之上，将一张纸扇了起来。那纸翩翩飘落在地上，在满是尘烟的房间中，好像一片飘零的羽毛。

“有的人把钱藏在床垫下面，有的人藏的是成人杂志，此人在这儿藏的是——”艾比盖尔弯腰检查，“一篇文章的剪报。”

这张新闻剪报已经老化到变成琥珀色。它是被剪下来的，而不是被随手撕下来的。剪报的边缘是整齐的，明确的。标题是加粗体的字母，写着：“主教情妇坠海，船员全部遇难”。

艾比盖尔正要接着往下念，突然一阵尘土过来袭击了她那敏感的喉咙，让她不禁一阵咳嗽。她把剪报放在床头柜上，然后去浴室找水。在水龙头喝了一小口自来水之后，她就好了，尽管有些动摇。

“这儿会有一个大字标题：‘灰尘过多：一清洁女工呛咳致死’。”

艾比盖尔把清爽干净的被子以及充满柔软剂香味的床单一同放在床上，看起来比一开始的时候好看了许多。蓝色和黄色方格交织的手工织毯，经过多年使用已经变软。一定有人全心全意地对待过这个毯子。艾比盖尔想到这一点，觉得心生欢喜。

她把拖把和水桶从楼上运出来之后，就在卧室擦地板。没有了附在上面的那层能使一切变黑的泥土，木板呈现出了它们完全不同的真实颜色。

“从红木变成了糖枫树，真是有点儿吓人啊。可是，也很感人呐。”

桶中的水很快就从清澈干净变得脏而浑浊。艾比盖尔不得不一遍又一遍地把脏水倒到浴缸的排水管处，直到她可以自称地板已经干净时为止。无论是床头柜还是梳妆台，都没有像地板一样发生了色调上的大变化，但是，它们也都因为肥皂和抹布而发出一种新的光彩。艾比盖尔刚把梳妆台抽屉内侧擦干净，就准备开始正式把行李打开，收拾衣物。

从现代的标准看，这个衣柜真可以称得上是微型衣柜。但是楼下的冰箱却很宽敞。一个还没有完全弄好的木钉在衣柜里充当衣杆，五个衣架挂在上面。

“贾斯珀先生应该不是一个崇尚时尚的人。”

艾比盖尔的衣服全部付诸一炬，无一生还。所以，当艾比盖尔痊愈出院的时候，她的母亲下令，让她按照她的清单去买大量的能装满整个衣橱的全套日常服装。这是一种十分友好的姿态，母亲的意图是提供帮助，为艾比盖尔减少一件需要操心的事。然而，就在艾比盖尔把上衣一件一件挂起来，把牛仔裤和卡其裤一条一条叠好放在抽屉里面的时候，她有一种明白无误的错觉：她在机场行李传送带上拿错了行李箱，她现在正在收拾一个陌生人的衣物。这些衣服里，上衣的领口太高，袖子太长，裤子上褶线太多。即便是她母亲这样亲密的人，也不知道艾比盖尔究竟喜欢什么衣服风格。然而有的时候，艾比盖尔自己也不知道。

站在衣柜前面，她心中涌起一阵剧烈的悲哀和想念之情。她想念她的旧衣服。这些年来，她积攒的那些丝绸衬衣和名设计师出品的羊毛宽松长裤很难算得上是什么高级时装。但是，它们对她而言，意义重大。无论她是去做咨询工作还是去参加一个词典编纂学会议，花呢裙子和定制衬衫是她的习惯装束。就凭她的工资，这些高端产品并不是随随便便就能买来穿的，所以艾比盖尔总是虔诚地搜寻折扣店。有的时候，她的辛苦坚持不会白费，比如她有一次就遇到了折扣价为四十美元的一件纯开司米羊毛衫。那是一件奢侈的勃艮第酒红色的超软高领毛衣，给她本人带来了大量的称誉。艾比盖尔开始设想这件毛衣就挂在衣柜里面，被火焰突然点着，然后从衣架上坠落，灰飞烟灭。她叹了一口气，手指在纯棉织物和牛津精纺衣服上面划过，顺从地让自己成为眼下这一个新艾比。

她打开窗户，好让卧室通通风。尽管有胆汁一样的绿色油漆和好像得了黄疸病一样的化纤窗帘，这个房间还是看上去亮了一些。

“这是一个新开始。”艾比盖尔一边对自己说着，一边走去把最后一桶脏水倒掉，完全忘了床头柜上面的那一张剪报。

太阳正在落下，温度也在降低。那张小提琴协奏曲CD里面的小提琴四重奏已经单曲循环了无数次了。艾比盖尔关掉了CD播放器，音乐瞬间蒸发，房间里面的温暖随之侵蚀殆尽。如果不想被冻僵的话，她必须要生火了。

艾比盖尔不需要任何更多的木柴。壁炉的柴火架篮已经爆满。但是，走到杂货棚去取来更多的木柴还是延缓了她心生恐惧的进程。在高高的野草中慢慢前行的时候，艾比盖尔反复琢磨了摩尔·布雷斯韦特告诉过她的那些事。

“你为什么不去修剪草坪呢，如果你这么担心着要让‘无名氏先生’保持心情愉快的话？嗯？去修剪草坪，怎么样？”

她决定不再纠结摩尔在今早说过的话。用家务事来让自己分心，已经是一种刻意的做法了。但是她没有办法让自己不去想的事，就是她面临着在严寒之中度过第二个夜晚的巨大威胁。艾比盖尔打开杂物棚的锁，锁链颤抖着发出抽泣的声音。

“自己挑个号码牌——你可不是唯一在这里吱吱作响的东西。”

木柴都已经被分成了四等分，木柴边缘尤其锋利。当她搂起来一捆木柴的时候，两只小臂备受摧残。

“必须得有一种更加简单、更少伤害的方法来做这件事。”

艾比盖尔四处搜寻一个可用的容器，想把木柴装进去带走。她发现那一片煤油灯方阵后面有一个手电筒。鉴于这间房子的电线如此不可靠，一个手电筒应该可以很方便地派上用场。她伸手去拿那个手电筒，无意中打破了那一堆木柴精确又微妙的平衡，一根一根的木柴开始逐个跌落在她脚上。

“目前真是进展顺利。”

艾比盖尔空出双手，拧了拧手电筒的开关。什么都没发生。她把它摇了一摇。

“我想我应该把电池也放入购物清单之中，还有打底的清漆、滚轴和砂纸什么的……”

艾比盖尔将杂物棚彻底搜寻了一遍，想找到一些油漆工具。她发现了一些像石头一样硬邦邦的毛刷，鬃毛上面的油漆已经石化。再次去拜访摩尔的五金杂货店，已经变成一件完全合乎逻辑的安排。

“难道那不会变成一件乐事吗？”

她的手臂之间堆着木柴和手电筒。艾比盖尔用脚把门踢上了，没有再上锁。

“到时间该生火了。”

木柴已经堆在了架子上。火柴已经准备好了，在一旁候着。艾比盖尔想起她仍然没有可以用来引火的东西。洛蒂的小册子已经被埋在了那一堆乱七八糟之中。除了支票登记簿和支票簿，她没有任何其他的纸。床垫之下有一张剪报，只是艾比盖尔觉得把它烧了不太好。这张剪报艰难度过这么多年，并不是为了这样一个命运之终结。纸巾，她有好多纸巾，应该是最好地选择了。

她与惊恐的情绪搏斗一番，点亮了火柴。艾比盖尔试图朝火焰下方看去，却在这一瞬间失去了勇气。她把火柴棍扔到了壁炉里面。火焰点燃了那些纸巾，然后引燃了木柴。

“第一次总是最难的。”她对自己说。

尽管如此，艾比盖尔心里非常清楚：无论何时，只要她不点火不行，她就得跟这次一样百般费劲。她开始发抖，不仅因为寒冷，更因为她想到从今以后的每一天她都不得不做这些事情。

由于壁炉没有屏障，她可以靠得更近一些，在壁炉边上不眠不休守夜，心里埋怨着英文中火这个单词，fire这个词几乎就像它所指代的那个东西一样古老。它的族谱一直能回溯至千年之前。在希腊语中，火被恩赐的名字是pyr。在古英语中，火的标签上贴着fyr三个字母。在古高地德语中，火是fiur。火，是生命的基本元素，也是一个语言的基本元素。对于火的恐惧，也同样是二者的基本元素。因此，艾比盖尔的恐惧是有理由的。她完全有权利去怕火。

“也许你会习惯这件事。”她说，“也许你不会。”

夜晚沿着海岸线现身而出。艾比盖尔已经把散落在客厅地板上的箱子里面的书全都整理完毕。是时候为它们在楼上的书房中安个家了。她把火熄灭，然后拎起一个箱子。她每踏出一步，楼梯都会发出一声刺耳的歌唱。

“好好好，可以了。我已经听见你唱歌了。”

二楼是完全的黑暗，令人失去一切判断。艾比盖尔急忙打开所有的灯——也就是书房天花板上悬着的那个吊灯，浴室里面那个灯泡，还有卧室里面那个台灯。当这些灯全都亮了起来，艾比盖尔才可以呼吸得更轻松一些，继续专心收拾行李。

在楼梯间飞上飞下几个来回之后，书房已经被装满了。盒子箱子都堆在了书桌上，帆布床上和地板上。对于把书摆在架子上这个工程，艾比盖尔感到极为享受。当初她打包行李准备出发的时候，整个过程极为草率，不考虑顺序。所以，现在收拾行李的时候，每打开一个箱包，就像拆开一个礼物一样。对她而言，杂乱摆放着的这些淡棕色的箱子完全比得上圣诞节。在她整理这些书的时候，她会让自己翻阅每一本书的前几页，感觉一下书里的故事，或者浅尝一下一小部分的文字。那种感觉就像是突然在街上遇到了一个老熟人——艾比盖尔实在不能简简单单任其擦身而过。

艾比盖尔刚刚进行了这个大工程的一小部分，她的胃就开始咆哮，告诉她是时候该吃饭了。尽管她从小市场里买了足够的东西来供她选择，可以做一顿比较像样的饭，比如鸡肉饼和大米还有新鲜的青豆，但是她还是不想去做饭。因为要做饭就意味着她不得不去打开炉子。

“我是饿了。但是我还没有那么饿。”

她没有打开炉子，而是又为自己做了一个三明治，把它放在一张纸巾上面，然后带回了书房。她在书房里一边用大拇指翻看一本海明威，一边吃完了这个三明治。她是在父母家的阁楼里面找到这本书的，是《太阳照常升起》的第一版。这是她的父亲路过某地的街坊旧货跳蚤市场时遇到的，还当做礼物送给了她。

艾比盖尔还沉浸在小说第一章节之中，时间已经慢慢地消逝了。手中的书就像锚一样带着她沉了进去。书的纸张就像绒面小牛皮一样柔软。有关她的父亲把这本书带回家的那一天的情形，艾比盖尔有一个详细的描述版本。那是一个夏日，那时她刚满十四岁，她记得自己躺在门廊里读完了这本书的第一章。蟋蟀在酷夏的高温中一直高声地叫。艾比盖尔可以发誓她现在就能感觉到自己的胳膊肘抵在门廊板上面，以及能闻到邻居的游泳池传来的氯气的味道。但是事实是，她正窝在这间书房的那个小书桌上。

突然间，上面传来一下“砰”的重击的声音，在房子的砖墙里面来回穿荡。艾比盖尔跳了起来。

“什么都没发生。什么都没发生。什么都没发生。”

她在心中重复着这句话，每次呼吸都说一次。她想试着站起来，但是腿连稍微移动一下都做不到。

“坐着也很好。坐着也很好。我会没事的——”

又一声巨大的重击声，“砰”的在房子里面穿过。这次更加明显。这声音很大，又空荡荡的。不管是什么搞出了这声音，绝对不会是实心的东西。

那个油桶。

艾比盖尔的思绪好像艰难旋转的螺丝钉一样回到了早上，她爬上旋转楼梯，进入灯室，然后一不小心踢到了一个锡桶。她离开五金杂货店的时候，摩尔对她说的究竟是什么？他告诉她的是，不要碰那个桶。

可是这很荒谬。这世上没有鬼。

理性的思考并没有帮助艾比盖尔软化僵硬的姿势。她已经在桌边僵住了。她认真研究了一下自己是该爬到灯室探查一番，还是把这事放到明天再说。天亮了至少会有日光。

“现在天黑了。你又没有手电筒。在那个楼梯上一失足的话你就会——”

她宁愿不去思考“就会”一词之后会有什么。

如果卧室的门有锁，艾比盖尔就会上锁。然而没有锁。她换上睡衣，想要爬上床去，藏在被子里面。但是她还没有刷牙，也没有摘掉隐形眼镜。

“忘记刷牙。‘受惊’完全击败了‘口腔卫生’。”

她全速冲进浴室，然后在破纪录的短时间内取出了她的隐形眼镜。当她“砰”的一声把卧室的门甩在身后，也给房间里带来一阵快速通过的气流，把本来放在床头柜上的那张剪报高高地送到了她的头顶。然后这张剪报飘回了床底。艾比盖尔已经太累了，就让它留在那里自生自灭。她把被子拉至肩上，回想起贾斯汀常常被噩梦惊醒的那些夜晚。她和保罗会安慰他，抚摸他的头，亲吻他的脸蛋，然后告诉他，这些亲吻就可以防止噩梦再来找他了。

他信了你啊。

艾比盖尔曾经很珍惜那样毫无条件的信任。那样全心全意的信赖，只有一个孩子，她的孩子，才会赐予她。那是一种无与伦比的荣耀。但是现在已经没有了。这一次，她没有再为如何停止突袭而来的眼泪而烦恼。

Amo, amare, amavi, amatus.

Oro, orare, oravi,oratus.

为了保暖，艾比盖尔用手臂抱住自己。她一直小声念着拉丁文的动词，直到它们把她哄入睡眠。

海边的日出是完全不同的。匆匆而来，又不可能被人无视。艾比盖尔在床头柜上摸索着找到了眼镜，为的是看看手表。手表指针表示，已经六点多了。她觉得自己被掠夺了，觉得自己好像已经睡眠过多。但是，实际上没有什么事迫切地等着她，需要她来做。昨天胡乱又猛烈的清洁工作使得她的胳膊又酸又痛。当她用手去抚摸手臂的时候，她能感觉到床单被子在她皮肤上留下的凹凸不平的印痕。深深的山谷和沟壑在肌肤中纵横，就像一张地形图，图上全是昨晚她在梦中所至之处。

艾比盖尔没穿拖鞋，直接穿上了运动鞋，然后整理床。

“现在你看起来一定拥有强大的吸引力吧。睡眼惺忪，还穿着睡衣，两件毛衣，一双网球鞋。托了它们的洪福，这里现在连一个能照全身的镜子都没有。”

当她叠好被子，拉直床单，艾比盖尔突然想到实际上她完全没有必要整理床务，或者让自己看起来像模像样。现在她独自一人居住，没有人会看到她。她需要考虑的就是灯塔，以及与灯塔相关的诸多职责。

在被医院释放出来两个星期之后，艾比盖尔已经搜索到了洛蒂经营的房产代理机构，并在洛蒂连一张照片都没有传真给她的时候就同意租下灯塔看守人的小屋。这该成为她这一生之中最为冲动的行为了吧。艾比盖尔是这么猜的。

她把头伸到走廊里面，心中祈求着浴室的灯不是亮着的。

的确没有亮。

小心翼翼的，她开始巡视二楼，对各种细微变化都充满了警惕。她的隐形眼镜盒就在浴室的水龙头旁边，一动都没有动。成堆的书依旧躺在书房的那个书桌上面，提醒她昨天整理书架的工作就是那样戛然而止。她现在已经在怀疑昨天晚上那两声噪音是不是自己幻想出来的。

“只有一个法子能找到答案。”

今天早上这次去往灯塔顶端阁楼的路程比前一天要更快。虽然艾比盖尔已经没有那么谨慎小心，但是还算很谨慎小心的。她凭记忆一直记着那些吱吱作响的台阶的数目。

“六十七。七十一。七十九。”

这种小小的行动使她感到安慰。她喜欢知道未来有什么可期待的感觉。马上就要到达灯室了，艾比盖尔让自己坚强一点儿，准备迎接她即将看到的事情。

那个油桶看上去跟她离开之前没两样。

因为她在不慎撞上油桶之后扶正了它，所以艾比盖尔完全无法分辨它是否就在原本所在的地方，丝毫不差。她想搞清楚这件事。油桶的上缘与灯座底部的一块饰板齐平。饰板已经全部生锈，上面的内容难以辨认，只能看出底部是表示年份的四个数字——1893——正是礼拜岛灯塔建成的时间。艾比盖尔在心中记下油桶此时此刻的位置和样子，然后用网球鞋的前端把油桶微微移开了灯座基部，好让油桶一点儿都不会再碰到饰板任何一部分。

“这只是一个测试，试试看——看我是不是丧失了理智。”

她希望自己能够通过这个测试。

艾比盖尔绕来绕去地走下了旋转楼梯。站在旋梯底部，她向上面的灯室望去。这个网格状的钢铁制品就像细筛一样，薄纱一样的阳光穿过它洒下来。也许前一晚发生的事只是侥幸。也许这件事不会再次发生。也许这个词意味着有可能或者很有可能发生的某种情况，但是还是不确定。不确定性，打败了她的内心。

在明亮的晨光之中，厨房的景象十分令人警醒。看到整间房子都在耀目和清晰之中，她想回去睡觉了。厨房虽然干净了，但是墙上斑斑点点，橱柜歪歪斜斜，完全称不上漂亮。

“摄入咖啡因的话，可能会使这里更加不可容忍。”

她把水壶放在炉灶上，想要烧水沏茶。但是点火器就是打不了火。她能听见点火时的咔哒声，指示灯是坏的。

“太好了。”

点燃煤气灶是艾比盖尔向来很憎恶的一件家务琐事。用吸尘器除尘就不可能伤害到人，刷浴缸不会，或者给地板打蜡也不会。艾比盖尔把空气中飘荡着的煤气用手挥扫干净之后，划了一根火柴。煤气一把将它夺过，腾出火焰，迫使她向后退去。她怀疑自己是否终将习惯这种惊吓——火柴经由她而突然点燃。然而，就在这个看守人的小屋里，她将不得不一次又一次面对这种恐惧，不管她习惯与否。

艾比盖尔看着水煮沸，在水壶呜呜吹响之前，就把它从燃气灶上拿了下来。这是她在与保罗的共同生活中养成的习惯。多年来，她都比他早起半个小时，然后在静默之中完成早上的例行活动，小心地不去吵醒他。她会先淋浴，然后烤面包，泡茶，在正好的时间把水壶从炉子上取下来，不让它吹响。但是这些已经完全没有必要了。如果她开心的话，她可以让水壶一直呜呜叫唤下去。或者她就不收拾床铺，或者不去梳头发。艾比盖尔当然有很多事情可以做，但是其实也可以不做。自打她从学校毕业，就没有独自生活过。然而现在她只有自己。艾比盖尔想知道，经过一段时间之后，是不是她那些一直以来身为妻子和母亲的日常生活的作息安排都会自行解体，演变成新的习惯：单身女人的习惯。说不定现在已经变了。

艾比盖尔两次试图在烤箱里面烤面包，都拙劣地以失败告终。她放弃了。连续两次，无论温度怎样设定，面包都变成了煤黑色。就如同灯塔中的其他所有东西一样，这个烤炉有着自己挑剔的个性，艾比盖尔不得不让自己去适应。

早餐就是酸奶。随后，她忙着把垃圾扔出去，然后一直清理和收拾东西，直到时间够晚可以去镇上的五金杂货店了为止。

"这次不要在那里闲聊了。不要乱扯。不听瞎编的大话。只买东西。仅此而已。"

在小镇广场上挑一个停车位就像在干草堆里选出一根干草一样困难。这里的停车位比所有的人加起来都多。艾比盖尔选择了前一天停车的那个位置，原因只是那里感觉更加熟悉一些。

已经十点多了。小岛五金杂货店的前门依然紧紧锁着。她绕到了后门。摩尔坐在一个野餐桌旁，正取着一条大鱼的内脏。

"早上好。我是，呃，艾比盖尔·哈克。昨天来过的那个。"

"早啊，艾比。"

又是这个名字。

她咬着牙，硬挤出一个微笑："对对，就是我。"

摩尔正在用一把弧形的刀剔除大鱼的内脏，然后把那些东西都弹到草坪上去。"她可真是个美人儿，不是吗？"他一边说着，一边把他口中所说的美人一刀剖开，就像翻开一本杂志一样。"八磅半的南方比目鱼。还有一些没有市场价值的美洲鳎和吸进来的乱七八糟的东西。真跟捡垃圾似的。"

"我无意冒犯您，可是这条鱼是不是出了什么问题？"

令人惊讶的是，它的眼睛都是在其头部的同一侧面。因此，当摩尔把它的身子翻转过来，另一边都是空白，除了另一个鳃和一半新月形的鱼嘴。

她的话让摩尔咯咯笑了起来："比目鱼属于平鱼科。它们拥有真正精简高效的身体结构，只靠身体的一侧来游泳。所以它们的眼睛位于朝上的那侧身体。朝上面的一侧常常是黑色的，而下面的那一侧常常是白色的。有一些比目鱼的眼睛在左边那侧，就意味着它们左边的身体是朝上的。其他的比目鱼眼睛位于右侧的身体上。"

"有关这种奇怪的进化癖好，有没有什么特别的原因呢？"

"这就不知道了。说不定就像有的人是左撇子但是有的人是右撇子一样。大自然就是这样创造了它们。"

保罗也常常喜欢做出类似的结论，把宇宙间繁复的独特性存在简单地归结为朴素的、直接的事实。这种事实无可争辩，仅仅因为它们就是那样的事实。

"好吧，我来这里是因为我想从您的商店买一些东西。打底的清漆、砂纸和几个刷子。"

"请不要告诉我你要——"

"刷漆。这正是我打算做的事情。"

"我无法同意这是一件值得推荐的事。"

"摩尔，那房子真是一个大灾难。所有的东西都在分崩离析，看起来很可怕。我怎么能够想象自己住在那样的地方？”

“灾难？你不觉得这话听起来有那么一丁点儿刻薄吗？”

“自从那个嬉皮士走掉之后，那地方再也没有见过一个清洁刷或是油漆刷！”

“我必须得承认，房子内部是需要改进。不过，请允许我提出两个理由来跟你解释为什么粉刷房子是不明智的选择。首先，你不被允许这样做。这么说是因为你只是租客，租约不允许这样。第二，要是贾斯珀先生对你乱搞他的灯塔而感到敌意了怎么办？”

“我已经受够了这种无稽之谈，摩尔。我不想再听到任何有关贾斯珀先生或者任何鬼魂或者任何——任何不正常的什么东西了。”

“如果你来到礼拜岛就是为了‘正常’的话，艾比，那你真是来错了地方。”

他把剖开的鱼身子合了起来，所以两只鱼眼睛都望向了天。然后他走回了房间。

艾比盖尔压低声音说：“你这句话也许是对的。”

她跟着他走进店里，来到专卖油漆的过道。

“你有没有特别喜欢的什么颜色？”

她没有计划那么多，于是在脑中迅速掠过自己的选择：“我想买的是淡蓝色、奶油黄，还有纯白色。”

“就这些了吗？你需不需要一台新冰箱？或者一台大屏幕电视机？”

艾比盖尔揉了揉眼睛：“还有电池。我需要几节电池，用在我从杂物棚里面找到的那个手电筒里。”

“不用费这个劲了。手电筒已经坏了。”

“那你死活都留着它是因为——”

“一直没有来得及把它扔到垃圾箱里。”

“很好！我还有一个问题。不过我相信，如果我问出来的话，我一定会后悔的。为什么木柴会放在杂物棚里？难道木柴不应该储存在室外吗？保持所谓‘室外温度’啊什么的？”

“不是木材方面的什么专家吧，你？”

“这一点能够说明什么？”

“我把木柴放在那里，就没有人去偷它们了。”

“谁会去偷木柴？”

摩尔给她拿来了几桶油漆，放在收银台上，说：“以后遇到人真的来偷的时候，你会很震惊的。特别是这儿，岛上的大部分房子都是租出去的。这些房子一年之中最多只有三四个月是住人的。里面堆满了电视机、收音机和小家电。就在那里，唾手可得。洛蒂的丈夫，富兰克林，就雇了我做保安，在晚上去看管他们的房屋和财产。这样就不会轻易遭到那些人盲目抢劫。”

“保安？”

“我会在周围开车查看。检查他们租出去的房子，看看是不是有人入室行窃。”

“这种事情发生过？”

“那是三天前的一个晚上了，就在小岛最东边，一个夏季租屋的玻璃窗被弄碎了。那些人拿走了一台微波炉、一个烤面包机和几个电子游戏机中的一个。”

“也许我也应该加入这次行动。我需要一台微波炉和一个烤面包机。”

“要是你的东西被偷走的话，可不是什么开玩笑的事。”

艾比盖尔对这句话感觉十分不舒服。在所有人之中，她是彻底熟稔失去财产、失去所有一切的痛苦。“我是不是应该开始在晚上把门都锁好？”

“你？不需要。晚上没人会靠近那座灯塔的。”

“为什么？是因为那个破烂的沙发和裂了纹的汤碗并不是什么好的

诱饵吗？”

“不是这个，是因为他们会害怕。”

这句话的影射之意激怒了她：“摩尔，如果这是针对我个人，或者是在保卫你的领土，或者你只是不喜欢我，你就直说。但是，你应该知道，如果你是想试图让我离开灯塔，把我吓跑，这法子可不管用。”

“我没有说我不喜欢你，艾比。我跟你的房东完全相反，我只是想把实话都跟你直说了。”

在她心中，艾比盖尔的确相信摩尔是出于好意，而且她认为此人是为她好着想。但是他却让她感到担心和焦虑。

“那么，把我的油漆交给我，你就可以继续给鱼剔骨的工作了。”

摩尔把款项算好，记入收银机，然后又塞给她一个塑料手电筒做赠品。她把钱包掏出来。

“你不必付钱给我了。”

“为什么呢？”

他耸耸肩：“在我这里就是这样。”

“这个镇上到底是怎么回事？昨天，我使用洗衣粉当交换物，作为洗衣服的费用。现在，我在商店里买了超过一百美元的东西，你一分钱都不收我。”

“哟，你已经见过教授了？”

“如果你是这么称呼他的话。”

“这不是我想这么称呼的。他在麻省理工学院的学生都这么称呼他。”

“对不起，我没听明白。”艾比盖尔惊呆了。

“教授名叫伯特伦·凡·多斯特。他在麻省理工学院教授天体物理学，教了整整二十年。他是出生在这座岛上的，所以退休之后，他就搬回岛上住了。”

“你是不是正在告诉我，那个男人是一个火箭科学家？”

“他只是有一点点古怪，我保证。”

“这话说得真的很委婉。”

“他是这个岛上最聪明的家伙了。他得过各种奖，跟美国国家航天局合作过。如果像他这样聪明的家伙都愿意回到礼拜岛的话，这一定说明我们礼拜岛很值得回来。”

摩尔的骄傲让她想起了丹尼，以及丹尼是怎样鼓励她留在岛上的。艾比盖尔突然就把礼拜岛看成了一个漂亮姑娘——她想要人们赞许她，而且并不只是为了她那好看的容貌。对大多数人来说，这座岛是一个夏天的旅游度假地，一个逃避现实之所。对于本就住在这里的人而言，礼拜岛就是他们的全部世界。

“所以你是不是单独为我做一个个人账单？”艾比盖尔问。

“这要看你是不是会留在这岛上。”

“当你需要我付账的时候，你总知道在哪里可以找到我。我会一直在那儿的。”

“有这么大的油漆工程要做，你肯定会在那儿的。”他打开店铺的大门，为她一直用手撑着门，直到她把所有的油漆桶和工具都拖出去。“你需要我搭把手帮你把这些放到车里去吗？”

“不用啦，我自己可以的。”虽然很吃力，她还是决心自己一人完成这件事，“哦，等一下。我需要再来点儿火柴。”

摩尔把一个盒子放到艾比盖尔手忙脚乱应付着的购物袋里。又是一个免费的礼物。

“祝你好运。”他说。

“我可能需要的不仅仅是运气呀。”

“的确如此。”

Chapter 5

/

/

/

将我种在话语里

我很害怕，不再有云

不再有雨，不再有林中的树丛

因此，我希望你将我

种植在话语中……

——苏阿德·萨巴赫《将我种植在话语中》

运气，有关这个词，艾比盖尔知道很多。这个词汇源于中古英语单词lucke和中古荷兰语luc——gheluc的缩写形式。它意味着某个事情——或好或坏——影响了一个人的利益和幸福，并被认为是偶然的，随意发生的。根据现在她自己选择的角度和立场，艾比盖尔近段时间以来是没有什么运气的，她失去了她的家人；她也可以是运气十足的，因为只有她一人得以生存下来。所以她憎恶“离开”这件事本身，她憎恶离开任何东西，除了冒险的运气。

没有听从摩尔出于善意的提议，是一个错误。她的手臂感到十分酸痛，好像要从肘部脱离出去一般。艾比盖尔将东西整理好放入车中，准备返回灯塔。这时她想起自己还要在镇上多跑一趟路，做另外一件事。

“洛蒂。”

房产代理中心的门上贴了一个新的便利贴：“去大陆了。”草书字体，“陆”字头顶还画着一个小小的心形图案。就在屋前门廊里成堆摆放着的一群守护者的咯咯笑声之中，艾比盖尔把便利贴从门上撕下来，撕成了碎片。

“笑容最好赶紧消失掉，不然我把你们这些小小侏儒的牙全都踢掉。”

“这样威胁个头才相当于你十分之一的人，可真是不太友好。”一个男的声音警告她。

一个身着制服的男人正站在人行道上打量她。他戴着镶金边的墨镜。他仅剩的头发剃成了短短的板寸。

艾比盖尔的脸颊红了：“可能听起来是有点儿——”

“变态？”

“也不算恰当吧。”

“在我们这些地区，我们把欺负小瓷人儿这件事看得很严重。”

该名男子的表情是坚定的。

“好吧，我只是跟你开玩笑而已。”片刻的停顿之后，他这么说。

“哦，哦，是啊。我知道的。”

“你来这里找洛蒂吗？”

“我来试试看。我第二次来找她了。”

“她会一直让自己处于离开的状态，直到你们那个租赁合同上的墨汁完全变干为止。”

艾比盖尔惊得下巴都要掉下来了：“你怎么——”

“这不是什么直觉。这是众人皆知的小道消息。丹尼·米洛克告诉我，他见过你。”

“真难怪，在这里看上去每个人都知道其他人的一切。”

“礼拜岛上有很多事并不难怪，相信我，而是极为可怪的。如果你不感到奇怪，那你只是在这儿的时间不够长。”

越来越多不合逻辑的陈词滥调。正是我所需要的啊。艾比盖尔这么想。

“谢谢你的话。”

“我叫卡雷布·拉尔奈。我是这里的警长。”

“我叫艾比·哈克。”她与他握了握手，同时在心里震惊——她竟然用艾比这个名字来介绍自己。她马上就把这件事当做一种潜意识的小错一笔勾销掉了。

“见到你很荣幸。”拉尔奈说，“很高兴有人来照看那个地方。灯塔是我们这里最像纪念碑的一个东西了。”

又来了，本岛之尊严所在。但是，如果这就是岛民维护本地地标的方式，那么，保护历史遗产显然并不是他们维护工作的首要目标。这工作的首要考虑究竟是什么呢？艾比盖尔很想问问他。

“到现在为止，你在这里安顿得还好吗？”

她感到这位警长语调之中的兴趣。他是在试探。可是，他想要探查什么，艾比盖尔察觉不出来。

“这地方真的特别好，我真的太爱这里了！”她撒了一个谎。

“听到这个消息真高兴。”

随后，一阵令人尴尬的沉默出现在二人的对话中。他们都发现了对方的尴尬。

“警长，你来这里找洛蒂是为了什么呢？她是不是犯了什么罪，比如她是不是诈骗了她的房客？”

“不可能的事儿。我来找她谈谈几天前那晚的劫案。我还得把被盗物品的序列号送到大陆去。我来找她，跟她确定一下，她的被盗物品是不是已经登记备案了。”

“送到大陆？为什么？”

“他们会检查典当行。看看这些东西的序列号会不会跳出来。偷东西的人都会试着把偷来的东西卖掉的。”

“那么我应当——？”

“应当紧张吗？不必了。应当谨慎吗？正确。这些人看上去好像不害人的。他们直接破窗而入拿走东西。不过，你永远无法确定会发生什么。”

来自小镇警长的这番话，一点儿都不令人放心。

“好了，”他叹了口气，“以后我会再见到你的。”

“是的，当然会的。”艾比盖尔说，强迫自己挤出一个微笑。

拉尔奈警长已经走开了，又转身回来。“嘿，你今天晚上应该顺道来宾果看看。”

“宾果？”

“星期四是我们的游戏之夜，就在消防站。”

依据艾比盖尔的那本小册子，礼拜岛上到处都是各种非看不可的地方和非玩不可的活动，假大空的冗词废话。而消防站并没有在小册子推荐列表的顶部，也没有在艾比盖尔心中那个列表上。那个“宾果之夜”同样没有。

“这挺有意思的。镇上大部分人都会在那儿，给你一个机会来见见我们本岛人。”

“我会尽力顺道路过的。”

“希望看到你在那里。”他说完这句就挥挥手离开了。

尽管他已经尽力了，但是他的手势与他的语调并不是一致的。语言如水一般，它可以流畅地表达意思，也可以被抑扬顿挫的变化冻结住，或者被语气的扭转猛然暴露酝酿已久的欲望。艾比盖尔确信她与警长的这次偶遇并不算是偶然。他在这周围转悠，是为了嗅出什么来。问题就是：什么是什么？

在回家的路上，艾比盖尔仔细考虑她意外遇到本岛执法者这件事。这究竟是虚伪的场面话呢，还是说艾比盖尔应当把与众人会面这建议当做真实意思而非字面意思来看待？在词典编纂学看来，按照字面意思来对待词汇，实际上意味着把它们的意思大大贬值了。就算是其中最最常见的词汇也有着多重的意思，按照用法各有多少之分。Run，作为一个名词，可以代表一次旅程、一门课程、一个序列或一个周期。作为一个动词，它的意思有快速的徒步运动、经营、管理、流传，也可以意为一个人作为候选人进行竞争。一些词给人的第一印象并不可靠。这种字面意思的不可靠性是艾比盖尔所尊重的，因为这种性质暗示了语言本身也具有的复杂和精细的特性。她对警长的第一印象是否可靠呢？只有时间会回答一切。然而，她对于灯塔的第一印象完全证实了一件事：有一些书是可以通过封面就能判断的。

回到了看守人小屋，她把第一层的所有家具都搬到了客厅中间，然后把窗户全部打开，准备开始油漆。

“你忘了买罩布。但是，要再强调一遍，不管你在什么上面搞上了油漆，那都是在改善它。”

艾比盖尔打开收音机，摆弄了一会儿调频器，锁定了一个播放乡村民谣弦乐的电台。她又转了一下转钮，抓住了一小段零星的话，来自大陆那边的新闻广播台。她渴盼与外部世界发生一些接触，于是花了十分钟的时间，一边拿着收音机在房间里面走来走去，一边调整着天线，直到新闻广播台的声音清晰地传进来。当收音机放在楼梯间台阶上，天线像一把短剑似的直直向上时，接收到的信号最好。她在心里记下：天一黑就把收音机移走。

“上帝禁止你在午夜时分喝一杯水。你可能失足绊倒，于是身体也被刺穿。这真是个充满血腥和暴力的标题。”

虽然她心中想象各种新闻标题，但是艾比盖尔感兴趣的是真正的新闻标题。就在新闻广播台重播当地和全球重要新闻的时候，客厅迎来了今天的第一个被清理者。艾比盖尔把每个窗户上已褪色的窗帘都取了下来，把它们塞到了一个垃圾袋里。

“拜拜啦。祝你们旅途愉快，再见。”

正当她把窗帘摘掉的时候，艾比盖尔听到了有关枪战、汽车残骸和法庭案件新闻的各种细节。尽管有如此多的创伤和悲剧，艾比盖尔却好像完全抽离了这个现实世界一样。新闻报道最终被一个谈话节目取代。在这节目里，一些学术权威和专家向参议员候选人提出质疑。艾比盖尔没有十分关注这些。相反，她只是让捐款人的声音充满这个房间——当她打开第一桶油漆的时候可以出现一些人声。

政治辩论变得激烈起来，但是艾比盖尔却在欢快地刷墙，刷了一面又一面。用的是她之前选的那个温暖的黄色调。再涂一层涂料是十分必要的。这里的墙壁是如此渴盼着改造自己，以至于它们将油漆完全吸收进去，墙面顿时变干，成了苍白色。

正当艾比盖尔考虑是否再刷一遍的时候，下一个广播节目开始了。这是一个话题性的互动式来电对话节目。主持人的嗓音好像沙石一样粗砺，名字叫“沃尔特博士”。但是他的专业是什么，并没有提到。

一个女人打电话抱怨一家枪支商店关闭了。她说：“枪不杀人，人才杀人。”

对于这句话，沃尔特博士的回答是：“感谢您高屋建瓴的评论。如果您还有什么浅显易见的大道理，请速速回电话哦。”

这让艾比盖尔大声笑了起来。大笑这个东西，她已经有一段时间没有了。她感到内疚，所以闭上了嘴。她把牙齿锁住了，以防止再次发生大笑事件。她应当哀痛悼念的。爱丧失中的人不应当有笑容。或者只是艾比盖尔这么推定的。丧亲之痛是她的新工作。面对这一职位，她并不合格，也从未经受培训。这会成为她的终身职业还只是一个临时性就业选择，仍是一个谜。

一个接着一个的来电向沃尔特博士发招攻击。沃尔特博士将他们的意见当做愚蠢至极的说法加以驳回。节目就这样在继续。与此同时，艾比盖尔正在重新整治窗户和装饰，给它们刷上了一层清新的白色油漆。她上漆的精确度可以令她那做外科医生的父亲感到骄傲。凹凸的装饰板条刷好的时候，昏暗的天花板也要求上一层白漆。由于椅子已被证实是不稳当的，艾比盖尔只好挪用桌子，驻足于其上，用滚轮先刷一小块，然后推着桌子到房间的另外一边，去刷另一块天花板，直到天花板全都刷完。

“这真是一次高效又一流的工作。我必须得跟自己这么说。”她一边在房间各个角落之间游走，一边这么宣布。

客厅已重新焕发活力。同时，艾比盖尔也已经精疲力竭了。几个小时以来，她一直在刷漆，漆味儿让她觉得头疼。闭门不出这么长时间，让她很想出门走走。而且，她已经饿了。

她选择在沙滩上野餐，而不是在足迹斑斑的餐桌上吃饭。艾比盖尔包起一个三明治，然后抓起钥匙。开始刷漆之前，她把钥匙放在了一个小茶几上。那里还放着一个古旧的旋转式台式电话机。看到电话，她心中突然有一股罪恶的痉挛。艾比盖尔答应过父母：一安顿好就给他们打一个电话。她一直都在回避打电话这件事。毫无疑问，谈话必将充满了对于这座岛和这座灯塔的各种准备已久的问题。每个问题都是想要了解她的精神状态，以确定她是不是需要紧急救援什么的。艾比盖尔向这座巨大的黑色旋转式电话机投去最后一瞥，然后打开门，将之锁在了身后。

当艾比盖尔到了她到礼拜岛第一天就来过的岸边地带时，太阳已经斜斜地低了下来。她把车停在用板子遮起来的小吃店旁边，徒步走过了沙丘脊，然后坐在了潮线上面的一个沙丘顶部。在她的沙座之上，艾比盖尔吃完了三明治，然后看着海浪在沙滩上面懒洋洋地滑动。这座岛真是华丽又壮观。她明白了为什么保罗会喜欢它。她可以想象他拉着贾斯汀的手沿着水边走过。她几乎可以听到他们的脚步声。海水漫过贾斯汀的小脚，他咯咯地笑。这画面仿佛触手可得。他们感觉起来就像真的一样。如果她放任自己的话，她可以随时随地都看到保罗和贾斯汀。他们会出现在她的房间里，会陪她一同开车，会在床上与她同睡。无论何时何地，随时都能出现。

Chapter 5

/

将我种在话语里

黄昏降临海岸时，天气越来越冷，已经无法留在海边。艾比盖尔一直在哭，无意识地用手搅拌着沙子，好像要把自己从悲惨世界中挖出来一样。当她站起来，把身上的沙子拂掉的时候，她想到沙与语言是那样的相像。单独的一颗沙粒和单独的一个单词与它们和同类聚在一起的影响力相比，是那样的微不足道。数以百万计的颗粒造就了一个沙滩，数以百万计的单词的组合构成了一种语言。如果没有这些小小的部分，这个整体就不复存在。悲伤只是一个词。艾比盖尔希望把这个颗粒与整体分开来。但是这根本不是一个选择。

她擦去手上的沙子，回到车里。

没有街灯，没有门廊灯，也没有邻人窗户透出的微弱灯光，这个夜晚几乎是绝对的黑暗。还有看守人的小屋。出门前，艾比盖尔一个灯都没有打开。现在她摸索着走到了前门。进去之后，她摸索到了开关。客厅看上去比她印象中的样子要好很多，油漆的气味也已经消散了。

"那是因为你走之前把窗户都打开了啊，天才。"她责备自己，"难道拉尔奈警长没有告诉你要'谨慎'？"

犯罪分子就在这岛上悄声无息地夜间潜行，寻觅无人的房子进去抢劫。这个想法让艾比盖尔十分不安。除去艾比盖尔以及沙砾路上的车，看守人的小屋几乎一定会被错认为是空无一人的闲置房子。这太明显了。

"如果从正面来思考问题的话，油漆看上去的确很棒。而你自己，从另一方面来看，你本人一定看起来糟透了。你闻起来都糟透了。"

自从来到这里，艾比盖尔还没有洗过一次澡。她一直把清理浴室这件事往后推，现在已经没有任何借口了。她跨过楼梯间里的那个收音机，手里拎着一个装满了各种清洁剂的桶。她说："如果你要让自己变得干净起来，这地方首先得变得干净起来。"

只是用纸巾擦了一下，就显示出这个浴缸已经被铜绿色的脏锈全面覆盖了。尽管只要用最小的力气就能把浴缸表面擦干净，但是洗手池上的铁锈的合作态度却差了一些，马桶也反抗了一番。然而地板才是最棘手的，根深蒂固的污垢难以除去，拒绝从瓷砖上离开。直到艾比盖尔用了强性腐蚀的清洁用品猛烈攻击它，被那清洁剂弄得眼泪汪汪的，这些污垢才真正被软化了。

镜子是最后一个被清洗干净的。艾比盖尔被自己在镜子里的模样吓得喘不过气来。

白色的油漆在她的脸上点点滴滴的，几处油漆还与沙子结成了痂。她的头发被汗水打成了结，还有黄漆落在上面形成的斑块。她的衣服从肩膀散落至双脚。她几乎认不出自己的面孔来。艾比盖尔开始放洗澡水。几乎放满了水，几近浴缸的上缘。

“太糟糕了，你没有泡沫，也没有洗碗用的钢丝绒。只有这两样东西才能把你身上的那些东西弄掉。”

贾斯汀在浴缸里用两只小手拍泡泡的景象又飘到了她的脑海里，不请自来。艾比盖尔闭上双眼，关上情感的门。因为一连串的回忆就要像铰链一样咯咯吱吱地开始闯入了。

Nolo, sole, non vis, non vult.

Celo, celare, celari, celas.

热水在浴缸里面等着，水蒸气升了起来。她已经多年没有泡浴了。淋浴更简单，更快捷。更何况之前她也没有时间坐在浴缸里面泡个澡。现在，在这种情况下，艾比盖尔没有其他选择。而且她也有更多时间，多到她不知道用这些时间来做什么。如果这个猫爪浴缸的状况更好一些的话，这次泡浴应该会相当的令人愉快和舒适。但是，照它目前的状况，浴缸只是做好了返厂重塑自身的准备。而艾比盖尔觉得自己也是一样的。

当她把自己放到水里时，水从浴缸上缘溢出，流到了地板上。艾比盖尔的实践经验不足，她往浴缸里放的水太多了。

“看来你又得擦地板了。”

尽管开头不顺，但是散发着蒸汽的热水还是抚慰了她那酸痛的肌肉。用一个打了肥皂的毛巾把全身擦了一遍之后，她已经觉得干净了起来，起码有一种变回人类的感觉。

“全身泡浴实际上真的是很令人愉快。”

她的话在浴室瓷砖之间来回反弹，中间突然夹杂了断断续续的一声“砰”。艾比盖尔坐了起来，用双臂遮住自己。几秒钟的静寂之后，她做出了如下宣告：

“如果您是……某位人类的话，我现在正在浴缸里面。我是全身赤裸的。所以，我们能不能稍后再继续所有这些发出砰砰声音地来回碰撞什么的事情？”

整个房子都是安静的。这是他的回答吗？如果不是的话，艾比盖尔也不打算一直等到下一个回答的声音了。

她从浴缸里面爬起来，抓了一条毛巾，急忙跑进了卧室，把门猛地关上。全身湿漉漉的，颤抖着。艾比盖尔对天花板说：“我想，呃，离开一小会儿，给你一个小小的私人时间。这样你就可以独享这个地方啦。”

她随手套上干净衣服，飞快地冲下楼梯间，可是被收音机绊倒了。艾比盖尔被甩到空中，越过最后三个台阶，四肢着地摔了下来。她的两个手掌被磨得整个刺痛，腿也在颤。

“疼死了。”她倒吸一口冷气，惊讶反而多过疼痛。

艾比盖尔跌跌撞撞走出前门，到了她的座驾沃尔沃里。她坐在里面，仔细盘算应当做些什么好。她的头发正在不停滴水，上衣已经被浸湿。她无处可去。

“还有那个宾果之夜。”她叹了口气，“为什么不去看看？今晚已经不可能更糟糕了。”

要找到当地的消防站，艾比盖尔仅需跟随小镇中心街道的汽车向前驶去。她把湿漉漉的头发绑在后面，挽成了一个小圆髻，还把衬衣塞进了裤腰，努力让自己看上去能够拿得出手。这样匆匆离开，她完全忘记穿上袜子。下车走路的时候，她的鞋随着步子也咯咯吱吱的。

“你绝对会给大家留下特别的第一印象。你还给自己配上了音效呢。”

消防站是一个未经装修的煤渣块建筑，有两层高。一个夹芯板支撑着开着的消防站大门。板子上写着：“礼拜四宾果夜”。艾比盖尔把一缕湿湿的卷发理顺在她的耳朵后面，然后整理了一下残存的力气。

“这没什么的。”

一个大型会议厅横跨了消防站的整个二楼。这个会议厅已经摆满了一排一排的折叠桌和折叠椅。几乎每一个座位都有人坐。爆米花和焙烧热狗的味道似乎温暖了这里的空气。大人小孩都聚在桌子前面，绕着圈子闲聊。艾比盖尔听到人们讨论那些夜间入户盗窃案件。这些案件在每个桌子上都是热门话题。每个人都在猜测谁会是罪魁祸首。有人认为这应该是一群十几岁的年轻孩子，还有一些人认为是在夜里从大陆划船过来的底层社会的男人。唯一一个没有讨论劫案的是一个桶状胸的男人，穿着背带裤，站在房间的最前部。他一直忙着从一个旋转的笼框里面拿出宾果球，然后对住麦克风宣布数字。每当他喊出一个新的数字，他身后的胶合板制的宾果球布告板会亮一下。

艾比盖尔站在门口，感到有些局促不安。她正在考虑要不要回家的时候，听到一个熟悉的声音叫她的名字。

“嘿，艾比！是我，丹尼·米洛克。轮渡上那个。还记得吗？”

他推推搡搡地通过人群，朝她走来，一手拿着一个热狗，另一手拿着一杯啤酒。

“哦，你好呀。我当然记得你。”

丹尼的眼睛亮了起来：“真的吗？这几天在这里感觉咋样？还喜欢

吗？”

“感觉……丰富多彩。”

人们的目光纷纷投往她这里。她是一个陌生人。她与众不同。然而，在远处的角落，那些女人不仅仅只是看看她。她们盯着她，眼神凌厉，仿佛正在射出子弹，窃窃私语。

“为什么我有一种头戴尖尖的帽子手拿一柄扫帚走在耶路撒冷街头的感觉？”

丹尼的脸上毫无表情，无法从他那里得到任何参考信息。“你想坐下吗？”他嘴里嚼着热狗，问她，“我可以给你拿一些宾果牌，教教你怎么玩儿。”

“嗯……”

“亲爱的，你来啦！我给你留了一个位子呢。”露丝·凯普肖从附近桌子走来。这无疑为艾比盖尔送上了一个让她求之不得的借口。

“谢谢你，丹尼。可是露丝已经……嗯，你不会介意的，对吧？”

“不，很好啊。挺好的。”

“我等会儿再来跟你聊，好吗？”

“当然。等会儿再聊。很好。”他对她竖起了大拇指。艾比盖尔不确定该当如何应对，也对他竖起大拇指来。然后她在人群中蜿蜒穿行，前往露丝所在的桌子。

“谢谢你把我——”

“把你从丹尼那里救了出来吗？不要客气。”

露丝把一打宾果牌摊在她的面前。露丝已经把这些牌浏览一遍，用一个墨水马克笔在上面均匀标记过，就像一个富有经验的老手一样。她把手中的四张牌交给艾比盖尔，顺带给她了一根橙色马克笔。

“拿着这些，好吗？我这有一个热门的好牌，我得好好专心盯着了。”

“自从八岁以后，我就再也没有玩过这种游戏了。”

“这又不是国际象棋。这是宾果牌。现在好好看着这些牌。”

“是的，夫人。”

在念数字的空当，艾比盖尔扫视整个大厅。这里有这么多人，这么多陌生的面孔。她发现拉尔奈警长就在她右边的第三个桌子上面。他也看见了她，并向她点了点头。

看过了大半圈，艾比盖尔终于察觉到了坐在角落里的那一群女人一直密切关注着她。有一个女人直接用手对着她指指点点。雅尼娜·威尔茨就在她们之中，闷闷不乐地抽着烟。

“噢，我的小哥儿。”

“怎么啦？”露丝问她。

“就是你之前告诉过我的那些‘母鸡’。她们不太喜欢我在这里待着。”

“为什么？她们怎么你了？”

“她们一直怪兮兮地盯着我，指着我。我一点儿都不懂。我什么都没有做。”

“嗯，她们怪兮兮地盯着你指着你，很可能是因为我告诉她们，你的丈夫抛弃了你，然后与他的女秘书私奔了吧。”

“什么？那不是——”

“不是事实吗？不要这么想。我自由地运用了编造奇闻轶事的手段，就是为了防止她们把你从这个岛上赶走。现在她们可以怜悯你，而不是憎恨你了。”

如果她们知道事情的真相，艾比盖尔想，她们会真的同情我的。

“把这些都当做赞美吧。如果你长得像公牛的屁股一样丑，谁会管你怎么样。”

“这是一个具有独创性的好解释。”

“我只是随口一说。”

房间的另一端，一个梳着辫子的小姑娘大声叫了出来：“宾果！我赢了！”露丝一边诅咒，一边把自己的牌都揉皱。

“这个调皮捣蛋的坏妞！我已经有了N－31了。”

“我们可以把她的奖品抢过来的。她还很小，我敢打赌你能制住她。”

“不要以为我没有想过这件事哦。”

一轮又一轮游戏，来来去去。艾比盖尔已经让自己沉浸在游戏之中了。每当有人喊“宾果！”露丝就会因为自己的损失而挑刺找茬，然后扔给艾比盖尔一套新的牌。每一轮游戏结束的时候，人们都会撤离游戏桌，回到大厅里面的吧台。那里有各种食物。有一小撮男人一直坐在那里的高凳子上。

“我们的下一轮游戏要组成一个X！”宾果主持人一边宣布，一边旋转装着小球的笼子。当他马上就要拿出开号的小球时，汉克·斯考克斯——艾比盖尔在柯西壶咖啡馆看到的那个男人——跌跌撞撞走入了大门，在一摞折叠椅上敲敲打打。咔哒咔哒的声音一直不停，众人的脑袋都转向了他。

汉克的身子摇摆不定，明显是喝醉了。他身上穿着的衣服还是艾比盖尔在一天前看到的那一套。“对不起！”他装作耳语的模样大声叫着，随即滑倒在椅子上，接着摔倒在地。

拉尔奈警长从座位上一跃而起，准备把汉克拖出去。但是吧台那边的男人中突然冲出一个人来帮他。这个男人更年轻一些，头顶的帽檐把他的脸遮住了大部。他把汉克拉起来，扶他走到出口。这时，汉克的目光锁定在艾比盖尔身上。

“嘿，我认识你哦。”他对她说，好像她是一个失散多年的朋友。

现在，众人的脑袋又都转向了她。

突然，他的口气眨眼间就转了个弯：“你以为你在看什么呢？”他冷冷笑着说。他身边的人斜眼看着她，仿佛她才是那个侮辱汉克的人。

如果艾比盖尔可以用意志力让自己当场消失的话，她一定会马上使用这种超能力的。

“纳特，快把他从这里弄出去。”拉尔奈警长命令道。

主持人又把宾果球笼转了起来，试图再次让每个人的注意力都集中在游戏上。“诸位父老乡亲，快检查你们的牌吧。如我刚才所说，这次的比赛是要组成一个X！”

可是，艾比盖尔浑身颤抖。她是如此备感羞辱。“这可真是——”她开始说话，但没有说完。因为她无法决定哪一个词用在这里更加合适，是“有辱人格”还是“有损身份”。

露丝替她做出了选择：“真不要脸。这可真是不要脸。”

“他是怎么了？”

“他的心有问题。”露丝说。

“你是不是想说他肝脏有问题？他都醉成这个样子了。”

“汉克的老婆大约在六个月之前去世了。这就是他的心病。”

“噢。”艾比盖尔能说的只有这个字了。她为那个男人产生了一种抽象的同理心或者同情心。她不愿意把自己与他联系在一起，也不愿意承认自己与那个搞乱场面的邋遢醉汉有任何相似之处。“跟着他的那个，是他的儿子？”

露丝轻蔑地一笑：“主啊，那可不是他儿子。这是纳特·罗恩。他在汉克的渔船上工作。他从这条船跳到那条船，但是没有人愿意全职雇佣他。”

“为什么？”

“因为他的脾气又大又难搞。”

“那么为什么汉克会雇佣他？”

“因为像汉克·斯考克斯这样脾气的人也不多。纳特却能把他弄得就像一只小猫咪。”

“纳特本来就是岛上的人吗？原住民？”

“不是。他大约是四年前来到这儿的。没有人知道他从哪里来。按照我打听到的消息，上一个向他问这个问题的人最后伤口缝了好几针。”

“这个人真的很友好。”

“某时某地的某个人一定做了十分对不起纳特的事。他也从来没有忘怀这件事。”

“也许她和她的丈夫离婚了，她的丈夫与小秘私奔了。”

“说得真好！”露丝反讽道，“我要讲真正最糟糕的故事是：纳特·罗恩是这个岛上唯一一个看起来比较体面的男人，仅仅因为这一点，纳特需要一辆U型重载卡车才能装下他的情感包袱。”

“这就是您做出的临床诊断？”艾比盖尔取笑她。

“我说小姐，好好看着你的牌吧。”

原本坐在吧台那里的几个男人正在整理倒下的椅子，声音嘈杂。宾果主持人不得不高声说话，以盖过噪音。

“如果他们不参加宾果游戏的话，这些男的是来做什么的呢？”

“大部分都是消防队的志愿消防员。他们来做消防员志愿者，就是因为每星期有两晚可以在这里喝到半价的酒。”

“还真是舍己为人啊。”

其中一个男人，就是这里面个子最高的那个男人，主动要求来搭把手，帮忙整理椅子。其他人挥手要他走开。他跟喝醉的汉克一样，用脚后跟走路，摇摇晃晃。

“啊噢——我们可能马上就会有一个即时重播。”

“这是克林特·威尔茨。在他周围的时候你要小心。”露丝警告她。

“有什么特别的原因吗？”

“他长了一双被女人称为‘放荡之眼’的眼睛，但是我说那纯粹是管不住裤子的拉链。雅尼娜变成现在这副样子，完全十分有理由。”

“这是雅尼娜的丈夫？”

“现在明白她为什么看到你的时候对你不是很和气了吧？因为对她

来说，你就是诱惑她丈夫的诱饵。”

克林特·威尔茨走向了吧台，又要了一瓶酒。艾比盖尔发现雅尼娜一直用一种向往的目光看着他，眼神交织着同等程度的愤怒和悔恨。她的表情提醒了艾比盖尔：怀念你所失去的东西与惦记你仍然拥有的东西相比，可能是同等痛苦的。

“今晚的最后一轮比赛将是本晚的大奖！”主持人对着麦克风宣布，“是三百美元现金大奖！”

话刚落地，整个大厅的噪音水平一下子降至静音。露丝挽起袖子，就像准备参加一场肉搏战一样。“这可是今晚的大奖啊，亲爱的。这次的大奖上面已经印上了我的名字。当然我承认，每周我都会这么说。但是，这一次我是认真的。”

“你想要我做什么吗？”

“请你用你那鹰的眼睛看着他们的牌。”

艾比盖尔给露丝敬了个礼，按命令行事。

每当一个数字被喊出来，消防站大厅的紧张气氛就愈加凝重一些。最后，就连吧台那边坐着的几个男人都安静下来。艾比盖尔手里顾着两张牌，但是没有一张牌看上去有戏。露丝可以轻而易举地自己一人就搞定这两张牌。但是她装模作样，就像她真的需要一个助手一样。这种姿态让艾比盖尔十分欣赏。*这是一种改变：她变得有用了*。之前，她感觉自己永远不会变得有用，在看起来是永恒的时间范围内，都不会。

“宾果！”一个身穿毛背心的秃头男人大声喊道。

“噢，该死的！”露丝把手中的牌全部撕碎，堆成了一小撮。

“这个家伙差不多要七十岁了。”艾比盖尔用嘴角轻轻说出这句话，“你可以把他的钱包拿走，他可能都不会注意到。”

“这位老不死的埃尔顿·库尔格斯会很乐意我在他的裤兜里翻来翻去的。趁我现在还没有把这个老放屁精掐死，我们赶紧离开这儿吧。”

于是，艾比盖尔与露丝双双加入了从消防站排到外面的长长的大队之中。拉尔奈警长在外面追上了她们。

“很高兴看到你赶过来。”他对艾比盖尔说。

“是啊，很好玩。我已经有好多年没有玩游戏了。”

“没有玩过？好吧，露丝可以变成你的专业教练。她可是本岛的高手高手高高手。如果你要在这里找个人给你讲讲玩牌的规矩，非她不可。”拉尔奈双颊上面带着那种“乡下的”纯朴的好意。

露丝戴上一个假笑：“非我不可。我就是宾果大师。”

“你们女孩子要注意驾驶安全。”他一边叮嘱着，一边溜达着走开了。

“他是不是总是——”

“管你的闲事然后还做出没有管闲事的样子？是啊。但是他是我们这岛上唯一的法律代表人。他和他的副手，泰德·奥恩赛。要说卡雷布·拉尔奈，就是一件事：他不会错过任何小把戏的。所以这也使他成为一个该死的好警长，同时是一些人的眼中钉肉中刺。”

这番话证实了艾比盖尔早先的怀疑。警长对她并不仅仅是好客。他是来摸底，试探她。

“卡雷布最近更有理由变成一种痛。”露丝继续往下说，“他有一个女儿，住在罗利市。她今年二十六岁了，得了胰腺癌，但是没有得到太多的医疗保障服务。所以医院的账单越堆越高。他的老婆已经在女儿身边陪了好几个月了。卡雷布只能尽全力去帮忙。他要加班，所以不能经常去大陆那边看望女儿。真可怕。她还这么年轻。”

艾比盖尔刚刚认识拉尔奈警长，但是她的心已经随他而去。她找不到一个合适的方式来表达，没有一句话不是陈词滥调，没有一句话可以表达真心。“真令人难过。”她这么说。

“这可真是的。”

“露丝，你需要我陪你走到你的车那里吗？我听说岛上附近出没着强抢掠夺的重案犯。”。

“那些抢劫案啊，已经是镇上的热门话题了。每个人都在到处瞎说乱讲，但是没有一个人有什么线索。如果一个人真的在乱说的时候讲出了谁是真正做这件事的人，那该多方便啊。”她摇了摇头，“谢谢你的好意，但是我的车就停在这儿。”

露丝成功地在消防站正门前方占领了一个车位。

“你真幸运。我的车停在好远的地方，我觉得我简直可以把车留在家里了。”

“这可算不上幸运，如果你提前来一个小时的话，你也有。”

“哇，你真有敬业精神。”

“我相信你的意思是‘精神错乱’。”

“从技术上，这两个词并不是同义词。但是有的时候，它们的用处却是相同的。”

露丝进入了一辆复古式的天蓝色轿车中，上面贴着“弹劾尼克松”的小标语。车里的操作盘上有一个狭槽，可以放入八轨的磁带。粉蓝色的真皮座椅还是崭新的。这辆车看起来好像很少离开过车库。

“还是有一些里程的。你开车开得多吗？”

“亲爱的，我住在一个小岛上，是不会有太多的地方可以去的。”

“我已经开始意识到这一点了。”

露丝发动了她的车：“很高兴见到你出来跟我们混在一起，艾比。”

艾比盖尔并没有告诉过露丝自己的名字。但是她知道自己的名字，艾比盖尔对这一点毫不惊讶。

“你不要担心。是摩尔把你的独家新闻转给了我。而且我答应你，下次的咖啡不会这么烫了。”

看着露丝驶走，艾比盖尔很想知道摩尔是不是四处说了她的闲话。或者有可能是，他也想保护她。虽说艾比盖尔来到礼拜岛并不是为了广交天下好友，但是她遇到了雅尼娜、约翰迪尔兄弟、汉克·斯考克斯和他的小伙计纳特·罗恩——她看上去好像是专为四面树敌而来的。她希望摩尔没有成为敌人中的一员。

“我回来了。”艾比盖尔宣布道。她犹豫地把头探入看守人小屋的前门。回到家并没有遇到前一晚那样彻底的黑暗，艾比盖尔感到一种解脱。然后，她意识到她并没有在临走的时候刻意为晚归而留灯，而是匆忙之中忘记把灯关掉。

由于窗户是关着的，油漆和清洁产品发出的刺鼻气味已经团结在一起，形成一种强烈的恶臭。尽管这样，艾比盖尔还能闻到昨晚火的味道。那种味道她永远都不会忘记，就算实际上空气中并没有这种味道。

“听着，我已经过了相当艰难的一天。如果今晚没有出现更多声音的话，我会很感激的。辛苦您了。”她补充道。她摆正了翻了个个儿的收音机，然后爬上了楼。

艾比盖尔换上了两层睡衣，以破纪录的速度摘掉了隐形眼镜，然后全速冲出了浴室，确认开关是关上的。艾比盖尔在关上卧室房门之前回头望了一眼，检查了一下。灯的确是关着的。

“从现在起，只要保持不变就好了。”

Chapter 6

/

/

/

别为他哭泣

所有亲爱者的灵魂都在高空的星上

多么好啊，没有朋友可失去

没有人可为之哭泣

——阿赫玛托娃《亲爱者的灵魂都在高空的星上》

第二天早上，艾比盖尔睁开眼睛，发现自己脸朝下，而且是挤在枕头和被褥之间。她的双臂双腿与被褥纠结在一起，好像穿了一件紧身衣。她把手脚都扭动开来，大腿上面一片片刺痛，都是新的淤血。

“到底你是做了什么样的梦啊？”

无论怎样努力尝试，艾比盖尔都无法把夜间的梦境召回至梦醒后的白昼之中。涌现在她脑海中的是她用灯室里的油桶精心安排的那个测试。

“这就是你那些众多独创性的想法之一。”她一边说，一边还在苦笑。

如同一直困扰着她的梦境一样，对于这个测试，也许她不知道结果反而更好。她坐在床上，自己跟自己辩论。

“灯塔自己又不会跑到什么地方去，而且还有几万吨的油漆工要做。噢，你这是跟谁开玩笑呢？你可真是个懦夫，你都不能直面自己的工作。”

当下这一时刻，这可能是真的，但是在更广泛的意义上，又不是真的。艾比盖尔在医院重症监护室的康复治疗过程中，有三个室友，每一个都比她早被放出重症监护室，这就是她的病症有多严重的证据。而她在那里，只是为了医治她的身体创伤。她留有勇气，只是储备太少，少到她今天无法让自己去灯塔的顶楼走一趟。

吃完了一碗麦片粥权当早餐，是时候为厨房粉刷油漆了。给厨房的墙来一次彻底的砂纸打磨，就可以去掉还残留在墙上的最后的墙纸粘胶了。只是艾比盖尔没有预想到这次的任务要求更高。不到二十分钟，她的手就挤成了爪子，她的呼吸变得沉重起来，衬衫上落了薄薄一层尘土。

这一准备性的工作，虽然很痛苦，但最终被证明是值得的。砂纸让墙面变得更加光滑，能够均匀地接受黄色的油漆。因为冰箱和烤箱后面的墙壁很难够得到，艾比盖尔对其一概不予理会。

“不管怎样，没有人可以真的看到它们背后的墙面。”艾比盖尔一边坚定地对自己说，一边冷漠地用滚轮在墙上刷来刷去。紧接着，她觉得自己听到了一声软软的“砰”声。

“好吧，也许我应当去找一把刷子，然后把那些地方也刷上漆。”

相较于墙，护墙板更需要来一次严肃认真的打磨过程。她那单薄的砂纸片很难应付已经石化了的油漆斑点。所以，她又用了一柄黄油刀，去削掉那些异乎寻常的油漆斑，然后为护墙板上了一层新鲜的白色油漆。下一个是橱柜。艾比盖尔用一把从杂物棚里打捞出来的螺丝刀去除了所有的大小硬件，然后用滚轮和小刷子为一个又一个柜子和一个又一个抽屉上了漆。明亮的白色油漆真是一种立即见效的改善措施。她考虑是不是花钱买一些新的门把手来搭配。

“如果摩尔没有发出暂停销售重塑用品的禁令就好了。”

艾比盖尔把漆好的空橱柜打开晾着，就走开了。刚刚解决掉那些被她当做临时午餐的东西—— 一个瞬间就被狼吞虎咽的冰冷三明治——艾比盖尔就开始把油漆用品陆续运上了二楼。在书房、浴室和主卧这三个选项之中，艾比盖尔最不希望开始的就是浴室了，只是不想进去而已。书房的排位紧随浴室，可以算是并驾齐驱。

“好吧，卧室先来。”

她把沉重的梳妆台和床头板推开，让它们远离墙壁，然后把摇杆和床头柜也挪到房子的中间。如同她之前在楼下所做的一样。在一个家具被挪开的角落里，躺着那张剪报。

“嘿，你在这儿呐。”艾比盖尔拿起剪报，开始大声地读那篇文章，“昨晚的货运船，主教情妇，是——”

一阵尖锐的铃声突然打断了她，差点儿把她的小魂魄从皮肤里震出来。第二声铃声响起的时候，艾比盖尔才反应过来：是电话铃声。她把那张剪报塞到口袋里，然后急忙下楼。

“喂？”

“艾比？艾比？你在吗？”

“洛蒂？是你吗？”

“是的，亲爱的，是我啊。”一阵噪音出现在线路中，把她的声音淹没了。

“洛蒂，你都去哪里了？我——”

“你说什么，亲爱的？我听不到你的声音。这该死的手机是我老公给我的。这质量真对不起它全身的塑料材质。”

“你——都——去——哪——里——了——”艾比盖尔把每个字都大声地叫出来。

“我在哈特拉斯的急诊室里。我妹妹摔伤了屁股。她滑倒了，然后跌在了她的腰带上面。我从昨天早上就来照看她了。”

得知洛蒂不是刻意回避她，艾比盖尔感到自己的不安情绪得到了一丝抚慰。但是仅仅是一丝而已。

“我打电话来是想问问你怎么样，亲爱的。你怎么样呀？”

“我……”

线路中的噪音又开始尖叫。

“你说什么？”洛蒂喊道，“我没办法听明白。”

“我……”

“再说一遍好吗？”

这是你的机会，离开这儿。告诉洛蒂，你已经做了本来应该是她来支付的清洁工作。告诉她，她本可以直接提到一个可能存在的鬼魂这种小细节。告诉她，你想解除这个租赁合同。

艾比盖尔深吸了一口气：“我很好，洛蒂。这里的一切都很好。”

“太好了。嗯，我得走了。我觉得这个手机的电池马上就要——”

断线了。艾比盖尔挂了电话，四处张望。家具胡乱地堆在客厅中心。锅碗瓢盆散放地板上。她买来的那些食物和日常用品还有一多半等着安置。但是这整个房子毫无疑问看上去已经大不同了。

“也许这里的一切真的都很好。”

对于艾比盖尔而言，一边听着广播，感受着从窗户外面吹过来的海风，一边为卧室粉刷油漆，并不像什么体力活。她将那些米色的涤纶帘子从窗帘杆上解下来，然后赋予它们新的用途：罩布。很快，新的淡蓝色的油漆就遮住了陈旧的绿色，好像是在模仿清晨时分的天空。

艾比盖尔昨天听到的那个互动式来电对话节目又开始了。沃尔特博士正在讨论现代爱情和求爱的新规则。讨论的话题是第一次约会时的礼仪。

一个人在电话中咆哮：“我明白女人想要的是什么。根本不是那些甜蜜动人、善解人意的废话。她们需要的是一个男人知道什么是什么，她们需要男人明白应当好好处理各种事务。为她们打开门，然后谈一谈自己的感受啊什么的，并不会为你取得任何实质上的进展，只能让你在周六的晚上自己待在家里。”

“听着，你这个好色的登徒子。”沃尔特博士打趣说，“我真的偷偷地怀疑你根本没有办法得到一个女人恩赐给你的约会，除非那个女的喝醉了，或者很脑残，或者是你花钱找来陪你的。所以啊，你为什么不试着站起来说话呢，因为在我们说话的过程中我都能听见你的指关节一直在地上叩叩敲敲。你这个未开化的克鲁马努人。”

这位强势的博士在这个家伙回嘴之前果断地挂断了电话。

“就得这样跟他们说话，沃尔特博士。”艾比盖尔为他欢呼。

“你是不是有一个恐怖的约会故事？你是不是一个不可救药的浪漫主义人士？你的骑士是不是已经丧命？这里的电话线已经为你开通了。”

一个又一个的来电都在讲述相亲时发生的各种灾难，也有最终修成正果走入婚姻的完美配对。与此同时，艾比盖尔将注意力转移到卧室的墙上。油漆正在变干。然后她开始注意卧室里面的家具。她把晾衣竿架在了一个布料面板上面，然后用一把小刷子给它上漆。她为它涂了厚厚一层白漆。下一个就轮到了床头柜。床头柜短短粗粗，稳稳当当，油漆显然给它带来了灵气。同样的事情也发生在了呆板无趣的梳妆台身上。用砂纸打磨一番之后，梳妆台也上了一层白漆。艾比盖尔在涂刷抽屉的间隙暂停了一下，朝着灯室的方向偷偷看了一眼天花板，想要确认她这么做是不是可以。唯一的声响来自沃尔特博士，所以她继续粉刷油漆。

“这个混蛋居然失约了。”一名女性听众抽泣道，“难道你不觉得这样做太残忍了吗？尤其是对我这样的人，我已经穿上了自己觉得最漂亮的衣服，还做了美甲！对我来说，这可真是太卑鄙下流了。”

这位通常言语粗俗的博士突然变得温柔善良起来。他说：“不要哭，我可爱的小姐。我敢肯定你那晚看上去一定很美。我还敢肯定地狱里面一定会为这些让女性苦等的爽约男人专门留了一层。日常的礼貌啊。”他叹了口气，“它们都去了哪里呀？对你周围的人类表示一下尊重，这世界也会向你回馈一些尊重的。”

是她自己考虑不周吧。艾比盖尔这么想。粉刷一个不属于她的房子，粉刷这些不属于她的家具，从某个方面来看，她的确考虑不周了。但是从另一个方面来看，她把这些看做正在对一个被长期忽视的家进行修葺。无论如何，在这一点上的争论已经毫无意义了，因为整个粉刷工作已经结束了。如果这被看成是一种挑衅而非一种帮助的话，她觉得自己一定会像沃尔特博士一样很快就能发现这一点的。

最后，艾比盖尔还有一件事想要尝试一下。她之前在每一个家具下面都放上了旧的布料，以保护地板，同时使这些家具更易于移动。艾比盖尔把床推到了房间的一角，形成一个小小的角度，把床头柜和晾衣竿的位置交换了一下，再把梳妆台挪到了窗户之间的位置。这样的新摆设看起来更加舒适，合理地利用了房间空间。这间卧室从一副便宜的海滩汽车旅馆的模样变成了一个时髦又别致的小屋。

“一些窗帘。一个新的灯罩。这里竟然有可能变得可爱起来。”

艾比盖尔欣赏着自己新布置的房间，脑子里却闪过贾斯汀出生前的那一年，她与保罗刚刚搬进之前的那处老房子。每一个房间都有无限开放的可能性。保罗在这家公司已经开始挣越来越多的钱，所以他们的这所住处是原来那间房子的三倍大。他们甚至远远没有足够的家具来填满这个新家。但是，保罗对此的态度是：“如果我们没有，那么我们可以去买。”他让艾比盖尔全权负责房子的装潢。那座房子是一种殖民地风格的建筑，那是她最爱的风格之一。每个房间里都是高高的天花板、镶嵌式地板、嵌木细工的橱柜，还有错综复杂的皇冠装饰板。这对于她来说，是十分传统的。虽然她已经为正确地选择了在历史学上来讲十分正确的颜色以及订购了定制家具而感到开心，但是她最珍惜的还是房子仍然空空的，充满了各种可能性的那一刻。她的眼里已经涌出了泪水。

“不行。”艾比盖尔说，“我不想这样。我没有打算弄成这样子。”

她拒绝让自己给下午完成的杰作染上这样的阴影，或者这么快就消失。艾比盖尔快速冲下了楼梯，无法控制地快速通过了前门，然后在高高的草丛之中弯下了腰。她不知道自己会不会晕倒。

“呼吸。”她告诉自己，“深呼吸。”

艾比盖尔摇摇晃晃地来到车前。她一面慢慢念诵拉丁语的动词，一面加速离开了灯塔。她想要不顾一切地去随便什么地方，除了这里。

一排一排的船沿着码头堆积在一起。那些成列的桅杆背后是渐渐暗下来的天空。皮卡车在小镇广场上排成了一队。这是艾比盖尔来到岛上之后看到的最拥挤的景象了。运气不错，她已经习惯了的位于柯西壶咖啡馆外面的那个停车位，还是空的。这为她提供了多么明显的一个理由，可以让她停下来。

“你饿了。只要你一吃点儿东西，你就会感觉好很多。”

艾比盖尔面黄肌瘦，身上全是油漆，就这样推开了咖啡馆的门，旋即不得不阻止自己再把门关上的冲动。这个地方挤满了人。柜台边的每个高凳子都坐满了人，也没有一个卡座等待着新客光临。她一进来，所有人的目光都转向了她，包括雅尼娜·威尔茨在内。她正在喝咖啡，还点着一支烟，与艾比盖尔在“宾果之夜”见过的一个女人坐在一起。

这可真是：才出龙潭，又入虎穴。

“真高兴看到你来这儿，艾比。”有人喊道。

是丹尼。她本应该知道，他坐在她身边的第二个桌位上。

“这次露丝可没有为你留一个位置呀。想跟我们坐在一起吗？我们这儿还有位子。”

“当然。”艾比盖尔说着，经过雅尼娜身边，那女人对着她的脸吐出一阵挑衅的烟雾。“谢谢你的邀请。”

丹尼请她来到他与父亲同坐的桌位上，做出华丽的绅士姿势请她入座。雅尼娜和她的同伙就在两个桌位之外的地方。在过道的另一边，艾比盖尔认出了前一晚见到的那位纳特·罗恩。他与另外三个男人在一起，每一个都穿着绒布衬衫，帆布夹克，戴着鸭舌帽和踏着沉重的靴子——堪称本岛非官方渔民制服。大部分的食客面前都有一杯咖啡，但没有餐盘。要么艾比盖尔已经错过了吃饭时间，要么只是没有人在吃饭而已。柯西壶咖啡馆看起来是这个岛上的一处娱乐场所，而非仅仅是一个吃饭的地方。这些人的嘴里没有被吃的东西占着，于是这间咖啡馆里的每个人都放弃了各种对话，想要加入即将展开的下一幕表演。

“嘿，爸爸，这是那位小姐。是我们那天从大陆上带到岛上来的。她叫艾比。”

丹尼的父亲哼了一声表示欢迎和问候，然后不停摆弄他手里的咖啡杯。他看上去如艾比盖尔一样，已经痛苦地意识到了众人对他们的关注。

“你是不是刷漆了？”丹尼问。

“是啊。然后我把自己搞得乱七八糟的。”她承认。

“也没什么坏处。”短时间内艾比盖尔听过的最真实的一句话就是这句了。“你饿了吗？我给你拿个菜单过来吧。”

“没有，不用，我可以——”

丹尼已经站了起来：“我去拿。”

“嘿，丹尼。这是你的女朋友？”纳特·罗恩从过道的另一边问过来。

“哦，不是。”丹尼慌慌张张的，“我只是——”

“第一次约会一般不会把女朋友带出来给爸爸看哦。”

纳特所在桌子的其他男人用鼻子嗤嗤地笑了起来。丹尼的父亲一言不发地喝着咖啡。

“如果你需要学习怎样招待一个女人吃饭，我可以给你做一些指导。费用全免。”

“听着，你这个好色的登徒子。”艾比盖尔打断了他，“我真的偷偷地怀疑你根本没有办法得到一个女人恩赐给你的约会，除非那个女的喝醉了，或者很脑残，或者是你花钱找来陪你的。为什么你不多管管自己的事呢？”

沃尔特博士的这句话毫不费力脱口而出。那挑衅的意味悬在空中就像刚刚爆过的鞭炮的火药味。每个人都听到了她的话。她这句话刺痛了纳特。他的脸红了。

丹尼鼓掌：“哦——喂，是她告诉你的哦。”

纳特从座位上弹了起来，眨眼间就单手卡住了丹尼的喉咙，用另一只拳头猛砸丹尼的肚子。这两个男人的帽子都从头上飞走了。丹尼狼狈地蠕动着，没有一个人上前干预，包括他的父亲在内。艾比盖尔一下子跳了起来，但是只能站在打斗圈外，对这两个男人大声叫喊，让他们停止打架。而其他人全都在怂恿撺掇他们继续。接着，摩尔·布雷斯韦特走进了咖啡馆。他大步流星，瞬间就走到了纳特和丹尼之间。他把一只大手放在纳特的肩膀上，把两个人强行拉开。但是纳特挣脱了他的控制，打出了最后一拳。丹尼向后爬去，以躲避这次打击。摩尔向纳特扑过去，可是笨拙地扭伤了，向前倒在了地面上，硕大的身形把椅子连带着撞倒了。摩尔摔倒在地上的那一声响让整个咖啡馆都安静了下来。

露丝从厨房冲到了摩尔的身边。“所有人都出去。咖啡馆今天打烊了。还有你，”露丝对纳特·罗恩说，“不要再来了。”

他一把拿起掉在地上的帽子，大步走出门外。他的同伴们跟随他身后也出去了，然后出门的是其他的食客，有一些还抱怨着他们杯子里的咖啡才刚刚倒上。雅尼娜路过艾比盖尔的时候，向她投去充满厌恶的一瞥。其他人都盯着她。仅仅是一个简单而又突然的举动，艾比盖尔就引发了一场打斗，三个男人因此受伤。她赶紧走到摩尔身边。

“你没事吧？”

“如果躺在地上这样子算是没事的话，那我就是没事的啊，我是花花公子呢。”

“让我来帮你一把。”

“你可帮不了我，除非你的皮夹子里面装着一个千斤顶。”

“我已经抓住你了。” 伯特伦·凡·多斯特，洗衣店里面的那个男人，拖着脚步从柜台那边走来。“我刚才看见你摔倒了，摩尔。摔得疼吗？”

“你当然可以这么说。”

“你的衣物都还好吗？”他又问艾比盖尔。

“伯特，也许现在不是说衣物什么的好时候。”摩尔表示。

“只是想随便说说话而已。”

露丝关上了咖啡馆的大门，还上了锁。头顶的铃铛也停止了响动。“丹尼，你和你父亲扶住摩尔的一边。伯特，你来搀着他另一边。”

他们三人一起把摩尔扶起来，放到了一个椅子上。艾比盖尔试图与丹尼的父亲进行眼神交流，但是他拒绝碰到她的目光。她首先想到的是，他为这场由她引爆的打斗而生气。然后，她渐渐明白了。他是因为他的儿子丹尼以及他没有出面支持自己的孩子这个事实而感到尴尬和羞愧。

“让我再看看你那一只脚踝，摩尔。”露丝脱下他的靴子，他有些退缩。“这只脚踝已经肿起来了。你觉得你能着地吗？”

摩尔把这只脚放在地板上，试了一下：“不会很长时间。”

“应该没有骨折。”

“你怎么知道？”丹尼正蹲在地上，检查自己的情况。

“因为如果真的骨折的话，当他站在那只脚上的时候他会很想呕吐。早年的时候，人们用一个音叉来判断骨头是不是折了。音叉振动会使骨头振动。而且这种呕吐测试也是必需的。”

“我这里有很多叉子。我可以给你拿一些。”

“不用了，亲爱的。”露丝拍拍丹尼的肩膀，告诉他，“我觉得这只是比较严重的扭伤。”

“我们是不是应该把他送到医生那里？”艾比盖尔问，“为了安全起见？”

露丝摇了摇头：“我可不想去麻烦急护中心的那些妞儿们。”

“我们岛上有一个紧急护理中心。”伯特解释道，“有两个护士和一个医生可以出诊。人们平时尽量不去打扰这三位，除非真的有紧急情况。”

“露丝是对的。”摩尔说，“只是扭伤，看在上帝的份上，又不是中风。不用去找他们。”

艾比盖尔的大脑仍然在处理这个事实：岛上实际上基本没有医疗服务可用。“你的意思是说，礼拜岛上没有医院，只有一名医生？”

“在淡季，就是这样啊。”露丝直截了当地肯定了这一点。

“但是，我们还有露丝。”丹尼在旁一唱一和，“实际上她自己就是一名医生。”

“真的吗？”艾比盖尔问。

露丝绕开了这个话题，指挥丹尼和他的父亲送摩尔回家。“伯特，你与他们同去吧。他们一定会需要你来搭把手帮个忙的。你要看着他躺到床上，然后把一个冰袋放在他那个脚踝上。明天早上我会过去检查他的情况的。”

“露丝，不需要麻烦你这样——”

“不要跟我大惊小怪的，摩尔·布雷斯韦特。”

摩尔于是屈服了。几个男人把他架在肩膀上，帮着他蹦跳着跛行走出咖啡馆。艾比盖尔所能做的一切就是为他们打开门。

“对不起，摩尔。”

“你不需要说对不起的，艾比。”

实际上，她有好多人好多事需要说对不起，包括她自己在内。艾比盖尔想要听到的只是摩尔没有责怪她而已。她已经责备自己太多了。

艾比盖尔和露丝一起从咖啡馆的窗户望出去，看着那几个男人把摩尔送到了他的卡车里面。

这都是你的错。艾比盖尔这么想。

“这不是你的错。”露丝告诉她。

“哎呀，我脑袋里的声音难道已经这么大，大到旁边的人都能听见了。”

“你不要把自己搞得这么痛苦。我的硬币告诉我，纳特早在你一针见血地击中他的要害之前，已经渴望着大打一场了。”

“你也听过那句话吧？”

“当然我听了！”露丝碰一碰艾比盖尔的手臂，表示她猜对了。“沃尔特博士自己也不会说得比你更好。”

“你觉得会不会有其他人听出来我是剽窃了电台主持人的话？”

“不会的！不过他们可能会发现你是一个爱找麻烦的人。”

“爱找麻烦的人？那可能仅仅是因为我在这里过得压力很大。”

“谁会这么说？波士顿是一个很难的地方。”

“那也没有礼拜岛这么难。”

“这一点你说对了，亲爱的。来吧，和我一起来把这些椅子给摆弄好，好吗？给我这个快要累死的老婆娘帮一把。”

艾比盖尔清理了打斗留下的混乱现场。露丝把剩下的盘子和菜都收走了。尽管咖啡馆已经关门了，但是热咖啡的香味和众人的体温还是在里面徘徊。艾比盖尔想起自己曾经就像罐子里面的琉璃球一样，在灯塔里面吵吵闹闹转来转去。她已经忘记在一个并不总是空着的地方会是什么样的感觉了。她收起盘子，跟随露丝走入了厨房。

“这位就是我们的泽克。”

露丝向她介绍了一个强壮的男人。他围着一件围裙，前臂上有一个锚状的蓝色文身。那块儿蓝色墨水颜色偏深，图案看起来有点儿像一块黑黑的淤伤。他大力地用金属铲刮着烤架。炉子里面慢慢流出能够吃一整天的动物油脂。这使艾比盖尔很庆幸自己还没机会吃到什么东西。

“我们给你把盘子都拿来了。”露丝告诉他，他点点头。

“他又做菜又洗盘子？”

“他说洗盘子可以帮助清理他的头脑。”

“清理头脑。”泽克重复道，一边轻轻敲一敲他的太阳穴。

“如果你什么时候想到我家来清理一下头脑，我随时都欢迎你来。”

泽克没有回应。然后这句话终于被他搞明白了。他咯咯地笑了。“真好笑。”他说。

“是啊，这姑娘真的是个十分有趣的人。让我来告诉你吧。”露丝讽刺地说，“千万不要惹恼了她，否则你脑袋就会滚着出门的。波士顿职业拳击手。我们以后就这么叫你吧。”

“请不要这样。”

“再见啦，职业拳击手。”看到露丝把艾比盖尔送出厨房，泽克对她喊道。

“太好了。又一个绰号。”

“我得把收银台里面的现金整理出来。你不用留下来陪我了。”露丝说，“你已经做了很多了。”

“这个没有什么可争论的。反正我也没有很多其他事情要做的。”

“那你能帮我数一数零钱吗？”

就在露丝为当天的营业额记账的同时，艾比盖尔坐在柜台上整理硬币。

“一想到摩尔受伤了我就觉得很糟糕，很可怕。”

“不要这样。就算不是因为你，他也会过来劝阻这场打斗的。”

“我？这一点很重要吗？”

“他知道你在这岛上是孤零零一个人。而且，我已经告诉他了，你是一个寡妇。所以我觉得他是来找你的。”

“寡妇？你怎么——？”

“亲爱的，只有一个寡妇才能发现一个寡妇。”

“是不是因为我没有戴结婚戒指？”

“呿——不是。”露丝把一叠百元钞票放在柜台上，“让我这么说吧。你从我说话的方式就能发现我是从北卡罗来纳州来的。那么，我也可以从你不说话的方式发现你的丈夫已经没了。”

艾比盖尔都不知道她已经出卖了自己的身份，就在她连一句话都没有说的时候。

“我是在大陆上遇见我的丈夫杰罗姆。但是他生在礼拜岛上。”露丝跟她讲故事，“朝鲜战争结束之后，军队把他送到医学院读书。然后他想把这些回馈给他的家乡。这些年来，他一直是这个岛上唯一的一名医生。半夜的时候我们常常会接到电话。嗓子痛，手腕骨折，耳朵痛的小朋友，马上就要生产的女人。”露丝有一些惊讶自己曾经经历过这些，“我都得跟他去。就在这样的过程中，我也拿到了我这个名誉医生的学位。”

艾比盖尔现在明白了之前丹尼说的那句话。

“这么说，你不是本岛人？”

“在这里住的时间已经够长，长到我都觉得自己有点儿是本岛人了。”

“如果你已经决定留下来了，那你一定很热爱这个岛吧？”

“一开始一点儿都不。你相信我吧？如果冬天的时候轮渡发生了故障，我们就担心市场上是不是能买到吃的东西。你得好好分配手头还有的牛奶和鸡蛋。我们有三个孩子需要照看，这可不是开车出去玩玩这么简单的事。一个五年计划的时间里，这岛上只有一个真正的水管工。如果你的马桶坏了，你就得与大自然进行极为亲密的接触。我不能说这些都是不好的事。但是这里的事也不全是称心如意的。与过去的状况相比，现在这个岛就像是一个度假村。你看看。”她指着那座陈旧的老式咖啡壶和历经磨损的家具，“这些东西都在跟你讲故事。我的孙子辈的孩子们，他们从佛罗里达过来看我，然后觉得这里全都是老旧的过时的东西。我跟他们讲，‘这完全不是老旧的过时的东西。这才是时髦玩意儿。’最一开始的时候，我可能没怎么喜欢礼拜岛。但是，重点是，我爱着杰罗姆。他已经走了十一年了。没有一天我不……好了，你明白的。”

露丝关上了收银台，合上了抽屉，力气大到上面的金属发出铿锵的声音。

“是不是很明显呢？”艾比盖尔问，“关于我是……”

“我怀疑除了我其他人都没那么聪明可以直接看出来。噢，还有摩尔。”露丝有些抱歉地补充了最后一句。

艾比盖尔已经成为这个大家心照不宣的联盟的一个成员。没人愿意加入这个联盟，因为一旦加入就不能退出。她已经遇到了礼拜岛上的建党人，露丝和汉克。她是最新的入编者。

“那个，灯塔里面现在情况怎么样？”

“灯塔很好啊。一切都很好。”艾比盖尔看出来露丝正在试图打听她是不是已经听说了鬼魂的故事。

“啊，好。”露丝回答道，带着不相信的样子，“要记住，如果你需要任何东西，都可以让摩尔顺道过去——”

“我十分怀疑这段时间摩尔可以‘顺道’去任何地方。我会好好的。”

“我知道你会好好的，亲爱的。我知道你会的。”露丝这么说，也的确是这么个意思。在各种可能性上，她都是这个意思。

“明天，我可以跟你一同去看看他吗？”

“当然可以。八点半的时候直接在他家见面吧。”她把摩尔的地址草草写在她的点菜单上，递给艾比盖尔。“到时候早高峰就结束了。应该会很清静，我可以偷偷溜开。”

“这个早高峰究竟是在什么时候呢？”

“大概是早上五点钟左右。那些男的需要在五点半之前就到水里去。”

“多么艰苦的生活啊。”了解到他们的工作时间、工作条件还有体力劳动的形式，艾比盖尔认为这种挣取工资的形式真的是十分艰难又严苛。

“也许是吧。”露丝说，“但是，我在这里学到的是，在这个岛上的生活，只是你想让它多艰难，它才会多艰难。”

艾比盖尔选择让自己振作起来而且搬至礼拜岛，选择将自己的家人和朋友抛诸脑后，并且选择独自住在灯塔里面。比起生活本身可能达到的艰难程度，正是她自己才让生活变得更加艰难吧。

清晨的空气格外新鲜。艾比盖尔站在摩尔家的房子外面等着露丝，真希望自己多穿了一件毛衣。对于前一天在柯西壶咖啡馆发生的那些，她感到十分害怕。她迫不及待想要弥补。

摩尔住在礼拜岛的最北端。他的房子斜着深入至海湾。一艘孤零零的摩托艇拴在他的私人码头上。印花窗帘就挂在他的灰色鹅卵石平房的窗户之上。门前迎客的垫子上有郁金香样式的铜扣压花。邮箱上面钢印了许多玫瑰花纹。一个塑料的雏菊花圈为大门锦上添花。

“如果考虑更周全一些的话，应该带一束花过来。”艾比盖尔告诉自己。她正一步一步走在人行道上，为自己两手空空而感到内疚。“如果摩尔的前门布置有任何暗示的话，应该就是他真的很喜欢各种的花。”

露丝赶到的时候，艾比盖尔刚刚看到旁边邻居家里的那片种着万寿菊的花圃，打算窃取一些菊花，即兴做一个花束。

“你怎么不先进去呀，亲爱的？”

“摩尔应该想不到我会过来吧？我不知道他是不是，呃，是不是会为着昨天的事生气。”

“如果摩尔·布雷斯韦特真的生气了，相信我，你一定能看出来的。”

露丝就这么自行走入了摩尔家的前门，喊着：“我给你带来了一个客人哦。”

摩尔家里的陈设有些简朴，布置着充满女性气息的古董，以及大量的浅紫色印花棉布。艾比盖尔试图想象一个像摩尔这样高大的人是怎样舒服地坐在小小的装饰着簇绒流苏的沙发里面，又是怎样把啤酒放在那个矮小的枫木咖啡桌上面。扶手椅的椅腿盘旋扭曲，好像摩尔一直专注地盯着它们的话，它们就会分裂一样。

“‘那个谁’在这儿实际上是个笨手笨脚、横冲直撞的大公牛。”露丝低声说，“他的前妻喜欢这些个少女气息的东西。所以他也并不打算改变一丝一毫。”

“前妻？”

“他娶了一个夏天来岛上游玩的女人。这件事是在，呃，好多好多年以前了。几个月之后，她就忍受不了这里的生活了。与世隔绝的状态让她抓狂。她没有办法解决这个问题，所以与摩尔离婚了。但是只有一件事她没有告诉他，就是她当时已经怀孕了。摩尔是通过亲戚才得知到这件事的。于是他主动提出可以离开礼拜岛，搬到加利佛尼亚陪着她和小男孩儿一起生活。但是她告诉他不要这样，因为她已经与另外一个小伙子同居了。”

“我的上帝，这太可怕了。”艾比盖尔想要开始讲话了。这时，他听到摩尔的脚步声重重地走进客厅里来。

“我来了，我来了。噢，你也来啦，艾比。”他说着，看上去很高兴见到她。摩尔手里拄着一把雨伞当做拐杖，身上穿着特制的背心，上面全是装着鱼饵的口袋。背心全都湿了。

露丝合上她的手臂：“耶稣基督、圣母玛利亚和圣约瑟，你去钓鱼了吗？”

“大概可能是这样吧。”摩尔低下了头。

“你这样伤了一只脚踝还在那条小船上钓鱼！你会把你的性命丢掉的！我真的想把你软禁在这个屋子里面，直到你的脚伤愈为止！现在马上就一边去，让你的双脚休息休息！”她把他推往厨房的桌子边，然后开始做咖啡。

艾比盖尔与摩尔一同过去。“你现在感觉怎么样？”

“我的腿还有些疼。”

“疼得轻，还没拦住你去钓鱼。”

“只有把我全身都打上石膏，才能让我不钓鱼。其实就算全身打了石膏，我也会让身子浮在水面上，然后在嘴里放一根钓鱼线来钓鱼。”

“这一定会变成本岛一大景观。”

“你一点儿都不用着急等着这一刻，如果他还不放过他那只脚踝的话。”露丝一面威胁他，一面为他们摆好两个咖啡杯。

“你自己不来点儿吗？”艾比盖尔问她。

“鉴于我们的病人显然恢复得很好，我得赶回柯西壶咖啡馆了。摩尔，如果你需要我的话，就过来找我，叮当一声就好。”她抓起了她的钱包，向门口走去。咖啡在壶里继续咕噜咕噜的。“回见。”她说。

“翻新工程做得怎么样？”露丝刚一消失，摩尔就开始问艾比盖尔。

“完全可以说，我给那个家装上了一个新翅膀。”

“你真的装了？”

“不要诱惑我，我真的会去装一个。”

“我已经完全目睹到你能造成什么后果了。我可不敢怂恿你。”

“我正在进展中。我本来计划今天去你的店里买一些新的推拉式抽屉，用在厨房里。现在还是算了吧。”

“你可以去店里，想要什么直接拿。后门一直都是开着的。”

“你都不锁店门？遇到劫案怎么办？”

“如果这些盗贼想去偷十几盒三分钱一个的钉子，或者WD-40防锈油，那就让他们偷走呗。”

“哟，这可真是从负责巡看洛蒂房产的保安嘴里说出来的话呀。”

“说到这里，我倒是想让你帮我一个忙。”

“只要我能做的，不管是什么事，我都保证为你提供服务。食品杂货，洗衣做饭，打扫卫生，你只要张口，我就去做。”

“不是，不是，根本不是这些东西。因为我脚踝受伤了，所以没有办法开车。如果我没有办法开车，我就没有办法去巡查富兰克林家的出租物业。”

“你说你要我接替你去做守夜人？摩尔，我毫无冒犯之意，但是你是个力量强大的巨人。而我，如果罐子的盖子有点儿紧的话，我连能不能打开这个罐子都有问题。我们两个根本不能相提并论。”

“艾比，我的大脑可能会比正常人少那么一两升，但是我的眼光可是顶尖高。我知道你是一个……呃，一朵精致的小花。要做这个工作，体格根本并不重要。”

“让伯特替你来，怎么样？”

“他不会开车。”

“他不会开车？那他是怎样去各个地方的？”

“就靠步行。礼拜岛又不是那种无边无际的大都会。”

“那么，让丹尼去怎么样？”

“你别误会我的意思。丹尼是一个可爱的小孩子。他可不是工具包里面那些锐利的工具刀。”

“如果发生什么事怎么办？如果我看到强盗怎么办？”

“你就直接去警长的驻地站就行。你要做的一切就是看看哪些房子还没有被打破，而且窗户和门都是锁着的。轻而易举的事儿。”

“你是说我还得走出车去看吗？”

“除非你的胳膊真的很长，可以够到。”

就像她十分想帮摩尔的心情一样，她也十分不愿意让摩尔失望。她亏欠他的。

“我没法付钱请你做这个。所以你可以在店里随便拿你想用的东西。”

“这也算是出价吗？你明明已经准备好让那些强盗拿走你所有的东西了吧。”

“算你狠。那这个怎么样：你来替我巡查一个星期。等我的脚复原了，我会找个电工给你重新检查一下灯塔的电线线路。成交吗？”

摩尔从他自己的口袋拿出一张地图来。洛蒂的房产都用红笔画上了圆圈。艾比盖尔勉强从他手里接过了这张地图。

“成交。”

晨雾已经散去，露出毫不掩饰的蓝蓝的天。天空万里无云不知怎么让艾比盖尔感觉自己好像刚刚同意了一个很荒谬的坏主意。

“在这样美丽的一天，不会发生任何可怕之事的。”

你只能这样想想而已。她的头顶盘旋着这一句哀叹。

她回到灯塔的时候，门前的台阶上有一个硬纸板箱子正在默默地等着她。“祝你开心。”附着的便签条上这么写着，洛蒂的手写签名就在那句话下面。

箱子里面放了几十本平装的言情小说。每一个封面都印着体形丰满的女人们，她们的乳沟从紧身胸衣里面爆裂出来。还有那些肌肉轮廓分明的男人精力充沛地抱着她们。有的男人是军人打扮，有的是王子，有的是牛仔，还有的是警察。不管他们身穿什么衣服，每一个都故意地穿着一套破裂巧妙的衣服，以显示他们浑身起伏的肌肉。

“已经等不及让自己沉浸其中了。”

艾比盖尔把这个硬纸盒拿到书房里，与其他的箱子放在一起。书房是下一个需要粉刷的房间。那里堆满了书。比起用胶带封上皇冠造型的装饰板条和护墙板，艾比盖尔花了更多的时间把这个小小的空间腾出来。在她叭的一声把新的一桶黄色油漆打开之前，艾比盖尔先为收音机插上电源。沃尔特博士的声音正在播出。

今天的互动式来电讨论主题是一个为了向建设学校的基金提供资助而增加百分之二税收的计划。一名男子打来电话，批评这一增税计划。“我已经交了很多的税，多到可以赎回一个国王了。学校对我来说还好啊。应该对于现在的小孩子们也还好吧。我们完全不需要改变。”

沃尔特博士没有隐瞒：“鉴于您的语法低于规范水准，这位先生，您已经为支持学校增税百分之两百提供了切实的案例说明。我们接通下一位来电者。”

艾比盖尔鼓起掌来：“说得漂亮，博士。”

她最喜欢这个来电对话节目的一点，就是沃尔特博士常常说出她心里的话。他直接从臀部发射出子弹，完全不为他的话裹上糖衣。这是需要魄力的。魄力这种属性，艾比盖尔认为自己是极为缺乏的。

保罗也有同样类型的精神。他心里有什么就说什么，并在实际操作层面完全没有任何说谎能力。对他而言，说谎就好像是数学不好一样。无论怎样，最终都是错的。诚实面对错误，这是保罗对常在吃饭时间打来电话的电话促销员做的演讲题目。他十分冷静地让他们面对怎样考虑自己作为一个正直的公民的问题，如果他们总是这样故意在不适当的时间向陌生人打电话的话。听到他对他们做那些高谈阔论的长篇演说，艾比盖尔总会被逗乐。他对那些销售人员展现自己的论点，他们听得目瞪口呆，要么会很有耐心地听下去，要么就直接挂断。她很愿意相信，在他们多年的婚姻生活中，保罗对她的热情程度已经磨损褪色。但她常常怀疑这一点。

“让我休息一下。”沃尔特博士吼道，“当你长出一个人类的大脑的时候再回拨过来！”

他的声音切断了连线。随后是伴随电波传来的拨号音，一直哀鸣。

“你的确是很粗暴地对待了纳特·罗恩。”艾比盖尔告诉自己，

“即便是用了沃尔特博士的台词，你也得说得有头有尾。”

书房曾被用作观察室是十分有理由的。整栋房子里面，这个房间的景观最好。艾比盖尔爬上去给窗户的装饰框补漆的时候发现了这一点。这个位置为屋中之人提供了一个看到广阔的大西洋的强大优势，能够看到范围数英里的全景式景观。灯塔看守人的大部分日子都可以在这间观察室里面度过。正是透过艾比盖尔手下的这些窗户玻璃，他们看向远方。艾比盖尔想象着看守人看着过往的船只，不断变化的天气，潮汐来了又去。她站在窗口，觉得她看到了贾斯珀先生每一天都会看到的同一片海域。

当她完成油漆工的任务时，艾比盖尔把最后一个家具——书架，从大厅搬回了书房，然后开始整理她的书。

“你一定要真的把这些书都收起来。不许读。不许拖延时间。”

每本书都有一个自己的小故事——她自何处买了此书，读了多少次，为什么这本书能在她的心灵深处占据一个位置——但是，看到她的书堆积在一间狭小书房中的一个看上去极为简朴的书架之上，完全不是她之前所设想到的样子。这整件事就好像把一个充满温情的全家福放在了一个廉价的塑料相框里。书架一装满，就没有多余的空间可以放下洛蒂送来的平装小说了，除了窄窄的窗台。

“什么？你为什么成为一个对书这么势利的小人了？言情小说难道没有足够的高贵气质被摆放在古典文学和历史书籍旁边吗？它们不会有那么可怕吧。”

艾比盖尔蹲在地板上，拿起一本爆裂的“紧身胸衣”，开始阅读第一段。这小说的遣词用句还算是体面的，尽管有些夸张。她很快就一页一页翻看下去。这本书讲的是某个特定历史时期的爱情故事。故事直接回溯到一位美貌令人销魂的女继承人和一个海盗船长被曲折的命运和女方的追求者之一——一个卑鄙下流的伯爵——精心策划的阴谋诡计而被迫分开的爱情故事。读完一章，艾比盖尔就被故事吸引住了，以至于她都忘了自己是蹲着，直到她的大腿开始火辣辣地发痛。她正要到小床上去继续阅读的时候，从楼下传来隆隆的响声，让她停下了步子。她仰面倒下，摔倒了背部，冲力很大，她的肩膀被震痛。

“这真是太棒了，又来一块淤伤。”

艾比盖尔挣扎着站起来，揉揉她的尾骨。这个声音不是从客厅或者厨房传来的。这声音的源头似乎更深。

“我敢打赌那是你最爱的地方——地下室。”

她在书房里面来回踱步，想要召回自己的勇气。

“你要去看看它是什么。没什么可害怕的，都是你脑袋里面乱想的东西。”

在自己失去勇气之前，艾比盖尔飞奔到楼下，猛地打开地下室的门。常识开始来阻挠了。

“拿一个手电筒可能会有些帮助。”

因为摩尔送给她的手电筒是新的，电池也是新的，所以如果手电筒可以正常使用的话，毫不足奇。尽管如此，艾比盖尔还是失望了。

“现在你没有外援了。”

她试着踮着脚走到地下室，台阶照例发出了尖叫声。

“至少在这儿没有人能对我偷袭。”

尽管头顶的灯并没有减轻一些黑暗，尤其是远远的角落中，但是手电筒却做到了所有这些。地下室四周高高地堆满了大箱子。在它们的中间，影影绰绰的不知道是什么东西。艾比盖尔猜想，应该是被床单覆盖着的一些椅子。

这时，艾比盖尔突然勇气暴涨，把它们一把扯开。正如她之前所怀疑的，下面果然是一套用餐座椅、一个镶嵌式餐桌以及一张正式的、木边装饰的长沙发。在另一张床单下是一张滚动桌腿的餐桌和一个面貌英俊的写字台。这些东西都是古董，品质都很高。

“这些家具真让楼上那些乌合之众感到羞耻。”

地下室里突然又传过一阵轰隆隆的声音。艾比盖尔紧紧握着手电筒。

“谁在那儿？”

她全身颤抖，手电筒发出的光束也颤抖了。

“如果有什么人在这儿的话，请出来吧。你快出来，否则……”

她真的没有什么可以用来“否则”的。

站在蓄水池的边上，艾比盖尔嗅到了一丝她之前曾经闻过的气味，霉变的异香以及一股烟管的味道。这个味道就像刚才的噪音一样吓坏了她。

“我刚才都说过了：请您现身好吗？”

艾比盖尔用手电筒照着蓄水池的开口处。洞里面是空的。不过，从一个下水道的水坑里面倒是有一摊水在咕咕地冒着泡。冒泡的声音传到金属制的箅子上面，然后蓄水池的石墙充当了扩音器的角色。

“只是下水道里面的水。”她叹了一口气，转身上楼，却撞上了一堆箱子。

之前这里有箱子吗？

她记不起来了。

她不记得。

如果之前就有，那你之前怎么没有撞上它们？

箱子的盖子已经松动。里面都是一些革面装订的账簿册子。这些册子激起了艾比盖尔的好奇心，让她很想留在地下室中，尽管这里一片漆黑，她自己也十分担心。这些日记账簿当时应当十分昂贵，即使在现在的市面上也是很贵的。那种厚厚的，皮革的封面仍然具有柔软的触感。而书脊处仍然处于完美的状态。当艾比盖尔翻开一本账簿的第一页时，页面顶部稳稳当当地写着“卫斯理·贾斯珀”这个名字。

艾比盖尔把自己的焦虑驱走，开始一页一页翻阅。每个条目都记录了当天的日出和日落，天气，潮汐和灯塔运作的时间。她对于其中表现出的严谨性惊叹不已。这里面没有一处划掉后的字迹或者潦草的订正。作者的字体看上去是煞费苦心的精确。艾比盖尔将整个盒子梳理了一遍。每一个账簿都保存得同样完好无缺。

“就你们的年龄而言，你们这些家伙看起来还真棒。”

其他的箱子里面装着更多的账簿。艾比盖尔已经迷上了那些条目，从雷电暴雨到热流和无雷闪电之类的各种细节。她已经完全被贾斯珀先生的著作吸引了，就好像刚才被洛蒂送来的小说吸引一样。

艾比盖尔看看手表，已经过了七点了。她应该去做摩尔交代的巡查任务了。她不愿意停止阅读这些记录簿，但是她不得不停下来了。

小心翼翼地重新装好箱子之后，艾比盖尔回到楼上，把一些吃的塞到了一个购物袋里，带着出门。正当她拿着手电筒走出门的一刹那，她突然有了一个想法：如果你碰上了强盗怎么办？也许你应该带一些东西来保护自己。

她在厨房的抽屉里不停搜寻，想搜出一个能够将人挡开的工具。她能找到的最尖锐的工具莫过于一柄黄油刀，就是她用来刮掉墙纸的那个匕首。

“这东西的威胁性几乎相当于一个带叉的汤匙。”

她记得曾经在杂物棚里看到过一个锤子。手电筒指路，艾比盖尔深入到了夜色之中。杂物棚的门，她之前并没有锁上。因而那门正在微风之中摇摇晃晃。她就是否锁门这件事来回研讨一番，只是为了安全起见，以防万一。

“首要之中的首要事项，我现在需要一个武器。”

一个生锈的木柄羊角锤好好地躺在杂物棚地板上的一个木桶里面。

“现在已经有一点儿存在的气场了。如果顺利的话，你也不必非要让你的存在尽人皆知。”

要找到摩尔那张地图上标出来的房子，说起来容易，做起来难。深入这个海岛的内部，只有压迫性的黑暗。因为那些悬在空中的树影，岛上竟要比夜晚的天空更黑一些。一次又一次，艾比盖尔驶过路标，又原路重返回来。

“如果有一两个路灯的话，我就没有问题了。”

沿着她的路线，第一站位于此岛的西南端。在那里，艾比盖尔惊讶地发现了许多现代式房屋。它们建在桩子之上，高出水面来。

“这一定是一个冲积平原。”

这些房子全都是现代风格，突出强调了弧线甲板、棱角分明的屋顶轮廓以及大量涌入眼中的玻璃砖。这些房子具有庞大的规模，意在炫耀其财富和大气。但是结果自身完全不合比例，与周围完全格格不入，像是个华丽俗气的怪物大游行。

“来一次洪水可能会给它们改善一下。”

艾比盖尔眯着眼睛去看门牌号码，终于找到了一个与她手中的地图相符的一户。那房子就像一只大白鲸，房子下面还有一个车库。

“就是这儿。”她让自己镇定下来，从容不迫地慢慢呼吸，“不要忘记你的锤子。”

由于房子建在桩子之上，实际上第一层房屋要比地面高出一层多的高度。从外面根本没有途径和办法到达甲板之上的后门。前门就成为盗贼登堂入室最安全的地方。

“要做的事少了一点儿。”

艾比盖尔一手把持武器，另一只手拿着手电筒，已经没有更多的手用来检查房门是否锁好——而这是她的首要任务。她不得不把手电筒夹在腋下，好让自己还可以挥舞那柄锤子。

“现在我看上去才真像个小偷。”

她试了试门把手，它紧紧地保持关闭。

“任务一已经完成，还有十三个待完成。”

接下来的几个出租房屋也建筑在桩子之上，使得她的工作真正轻而易举。

“其实也没有那么糟糕。”艾比盖尔一边说着，一边嚼着一根香蕉。她驱车前往了岛上各个不同的地方，然后把车停在一个看上去布局凌乱的平房边上，周围全是重重的灌木丛和矮矮的小树林。它们笼罩在房子的每一个角落。这个地方真是鬼的化身。

“我这样说话会遭报应的。”

蓬乱的树枝掩盖着前门，窗户被遮在灌木丛之后，几乎难以见到。一个人可以轻易地偷偷接近这个房子，然后自己躲在树叶之中。

“如果要我来抢一个房子的话，我就抢这一个。”

艾比盖尔需要一个计划。

制造噪音，就能吓跑他们。假设真的有一个“他们”在这里的话。

“交叉手指为自己祈祷吧，但愿没有什么‘他们’。”她跟自己说。

艾比盖尔走出车子，戏剧化地哼着小调。“天哪，这是多么漫长的一天！”她喊道，“人啊人，能够回家我真高兴。”

手中的锤子已经准备好了。她检查了一下前门，锁得好好的，还有后门等着她去检查，以及各个窗户。她抄了一条近道，沿着一个长满杂草的卵石路直接走到了房子后面。石楠树挂住了她的衣服，抓伤了她的手臂。

“真开心啊。又是更多的擦伤和碰伤。”

对她而言，幸运的是，平房的后门是锁着。窗户也是严密关闭。

“完工。”艾比盖尔刚刚宣布这句话，就听到左手边的灌木丛中有什么在沙沙作响。她举起锤子，然后用手电筒来回扫射这个院子。蟋蟀的叫声震耳欲聋。

“谁在那儿？”她试图发出一声警示，结果听上去却像小声嘀咕。

她把手电筒瞄准了灌木丛，让它们沐浴在强烈的光束之下。树叶在光线照射之下显得黑亮，看上去有一些可怕，好像在隐瞒着什么。艾比盖尔往前走了一步。猛地，一只鸟从枝枝叶叶中突然冲出来，飞入夜空。那翅膀拍动的响声与她的心跳节奏相同。

“非常感谢你，小鸟儿。”

虽然精神紧绷，但也毫发无伤。艾比盖尔就这样完成了摩尔给她的任务。今晚再也没有什么事故发生。当她巡回灯塔的时候，这现实直直地击中了她的内心。

“你是一个博士，一个受过教育的女性。而你现在已经基本上变成了一个守夜人。”

她以前的生活到此已不再适用。过往已在火焰中随她的家而灰飞烟灭。在礼拜岛上，她并不是原来那个备受尊重的词典编纂者艾比盖尔，也不是原来那个母亲、那个妻子。她只是灯塔的看守人，夜间的保安员，只是一个对着自己说话、挑起打斗而且从头到脚都布满伤痕的女人。艾比盖尔将不得不重新定义一组新的词汇表，好让自己学会礼拜岛上的语言。

Chapter 7

/

/

/

那些夜晚

我不寻求美如梦幻的情爱——

我只求找到保持平静的勇气

只要有忍受悲痛的不屈意志

在我萎靡时，表情上不露出来

——克里斯蒂娜·罗塞蒂《我并不寻求》

十月已经过了一半，而叶子尚未开始掉落，也没有变色的意思。这个岛拒绝顺应季节的变化，固执地坚持保留已经逝去的夏季。早上总是凉爽的，但是一个小时又一个小时过去之后，太阳逼得冷风节节败退。在过去的这些天里，艾比盖尔都没有使用壁炉。她不是那么介意这件事的。

她把最后一桶油漆用在了浴室上。更多的奶油色调的油漆用在了厨房、客厅和书房。给这么个小小的地方上漆应该手到擒来，或者说，她就是这么认为的。

从墙的中间往上，用滚轮刷上温暖的黄色油漆，这很容易。但是从墙的中间往下，就一点儿都不方便了。艾比盖尔得躺在地板上面，让自己的身体扭来扭去才能够到马桶的周围，然后挪动到一个角落里，去粉刷浴缸后面的墙壁。她在刷漆的过程中，把腐蚀的釉质层从浴缸的外侧腹部片片剥下来。

“这需要用一些密封胶之类的东西来防止腐蚀。地板可以经受一次重装。一个药柜也不会造成什么损伤的。”

“砰”，艾比盖尔听到一声低沉的撞击声，压过了CD播放机播放的交响乐的声音。时机刚好可以当成是对于她的建议的回复。

“真的吗？说得直率一点儿，无论如何，我没有任何地方放我的牙膏。”

逻辑开始对她唠唠叨叨了。

你这是在跟谁说话？这真是荒谬。那些都是随机的噪音，不是什么神秘的天外之音。

一个令人担忧的想法进入了艾比盖尔的脑中，就像纸条滑入邮箱的开口处。如果她是真的要疯了怎么办？

“快要疯掉了的人是不可能对自己是不是已经疯掉产生疑问的！”

或许他们真的会？

艾比盖尔把油漆刷放在一边：“我真是受够这里了。我要去镇上了。”

她的停车位——她已经认为那是属于她的停车位了——已经准备好迎接她的到来。艾比盖尔径直走到了五金杂货店，然后绕到后门。绕到房子的后门，已经完全变成她的习惯动作。走到门口的时候，她心中突然一阵忧虑。通常情况下，她不会就这么走进一家商店，拿上想买的东西离开，又不付钱。

“摩尔的确告诉过你了：需要什么就拿什么。这是他给你的许可。”艾比盖尔说。她一边自言自语，一边打开了后门。

房间里面，色调昏暗。房间已经全黑。她用手去拍厨房的墙，寻找灯的开关，但是没能找到。她盲目地慢慢走进店里，但是途中撞上了柜台。柜台指引着她走到了货架那边。她来买油漆的那天曾经看到那里摆放着成桶的水泥浆。

“你好，艾比。”

她吃了一惊，全身向后弹回一步，手却碰到了一套扳手上面。

“谁在那儿？”这句话，艾比盖尔已经说了很多次，但是她不愿意承认这一点。

伯特伦·凡·多斯特从过道那边偷偷看过来：“我本来没有打算吓到你。你在后门的时候我就听到你了。我就叫了你。我还以为你刚才就听见我了。”

“伯特，你为什么会在这儿，而且还关着灯？”

“不需要开灯。每个架子上放了什么我全都记得。为什么要浪费电呢？”

“好吧。那么我想请问你，你在这里做什么？”

“七号洗衣机这一段的工作表现十分敏感又难搞。旋转带快要不行了。我来看看摩尔能怎么处理一下，这样我就不必买一个新零件了。”

“伯特，你是洗衣店的经理吗？”

“我？不是。”

“之前你也曾说过你不是洗衣店的老板。所以——”艾比盖尔无论如何也想不出一个有礼貌的方式来问为什么他花了那么多时间精力去管那里的事。

“这一定很奇怪吧。”

“不，不，只是——”

“我喜欢去那儿。那里很安静。没什么分心的东西。我也可以顺便为洛蒂照看那个地方，确保她的机器运转没问题。”

“那家洗衣店也是洛蒂的？”

“嗯，是她和她的丈夫共同所有的。他们夫妇在礼拜岛上占有的东西最多，真的。自从发生了意外之后，富兰克林已经不能为他们的生意做什么了。这就是洛蒂出面处理这些东西的原因。”

“意外？”

“撞车事故。三年前，一个夏天过来玩儿的人醉酒驾驶，撞上了富兰克林的车，把他撞入了一个沟渠里，他的脊椎撞断了三处。他永远不能走路了。解决了这场纠纷之后，他得了一大笔钱。但是富兰克林又不需要钱。他有的是钱。”这故事是伯特的一个痛处。

“我为他的电动轮椅做了改良，调整了轮子，改进了转弯半径，还重新改造了电线线路。这样他就能够有更好的控制力了。富兰克林说这个轮椅坐起来就像一辆保时捷一样，短短六秒钟就能从静止加速到六十码。”

艾比盖尔的下巴都要掉下来了，肩膀也开始紧缩。同情心融化了她，她的立场转向了怜悯。她曾经见过其他人在听了她的丈夫和儿子的死讯之后也表现出她这样的变化。当艾比盖尔站在这里，在黑漆漆的五金杂货店里，面对着伯特，她知道自己将要说出的话。这些单词已经组好句子，呼之欲出，尽管她自己却痛恨听到这些。

“听到你的朋友这样，我很难过。”

“他是一个体面的家伙。他为这个镇子做了很多。每个人都做了自己能做的事。”

礼拜岛上的居民之间存在着一种无法言说的契约关系。这个岛就像网一样，渔民将网投入水里，人们在密密的网格之中，都被这些密切地一起生活的生命拴在一起，全靠友谊打结。留在这里，意味着艾比盖尔可能会成为这个密网的一部分，这看上去有一些吓人。这种责任感可能大大超过她原本被这一契约所委托的内容。

“那么，你在灯塔那边情况怎么样？”

“还好。一切都还好。”尽管艾比盖尔常常这么说，并不意味着这是真的。

“没有什么超乎寻常的事吗？”

“噢，伯特，难道你也是这样子的人？你是一个科学家。你不可能会接受这种鬼故事的。”

“我必须得问一问。这附近的大部分人都听过。有的人相信这件事，有的人不信。不管相信不相信，贾斯珀先生的确是照看了这座岛和这里的水手很多年。我猜他有这个权利继续留在这里。”

不管这是一种权利，一种特权，一种诅咒或者是一种想象的衍生品，卫斯理·贾斯珀已经变成了艾比盖尔的一个问题。她谎称一切都还好，同时却将看守人的小屋从头到脚粉刷了一遍，期间还试图安抚某个她并不相信存在的鬼魂。如果艾比盖尔不能丝毫动摇他的存在，不管是真实的、想象的还是传说中的存在，她都会变成大家口中著名的住在鬼屋里的女人。她甚至对于被称为“艾比”都难以接受。她不能让这种情况继续下去了。

艾比盖尔回到家的时候，看守人的小屋寂静得有种残忍的感觉。她无法集中精力，渴望做一个不费脑子的事，让自己的思维休息一下。在客厅里漫无目的地游逛几圈之后，她停下来，站在窗边，望着大海，等待灵感的到来。几分钟过去，她变得不耐烦起来。她的目光飘过停在草地上的休旅车。野草高高的，已经有汽车的前灯那么高。

“洛蒂的确说过有一个割草机。”

有一个黯淡无光的手动机械割草机斜靠在杂物棚的一角。还有一个破旧不堪的耙子倚靠在它上面。

“看看它能用不能用，又不会造成什么破坏。”

艾比盖尔把割草机拉出来，进行检查。刀片已经粗糙，灰灰的，灰暗到拒绝反射一丝阳光。她把割草机推在草地之上，想要检测刀片是否还能割草。令她惊讶的是，这物件居然还可以用。刚刚被修剪过的那一片草地看起来真是极为明显的大大改善，激励着她继续向前奋战。

进展是缓慢的。每一步都像是一场战斗，但是艾比盖尔并没有停下来，她努力割草。这件事耗尽了她的心神，也烧干了自从在五金杂货店遇到伯特之后就在她心中波动的忧虑和烦恼。经过修剪的新鲜的青草味来得正好，可以令她分心。

在整个下午的割草过程中，她都在院子里面来回穿梭，偶尔停下来用袖子擦一擦前额。她的头发已经被汗水浸湿。衬衣也是。完成的时候，太阳已经开始落山了。

已经到了代替摩尔巡查的时间了。艾比盖尔只能等回来之后再淋浴。她装好一个三明治，准备当做晚餐。除了一块剩下的长棍面包，还有一块小面包。她的这个三明治真是一个悲伤的声明。她也曾经热爱烹饪。当她和保罗还是新婚夫妇时，收入甚低。当时她欣然接受了用极少的预算来做大鱼大肉的挑战。她完全不顾当时的窘况，运用自己的聪明才智和精心挑选的香料做到了这一点。她想念烹饪这件事，与其说是这种行为，不如说是它本身所具有的目的性——满足她的家人，为他们提供生命之所需。

艾比盖尔把她的晚餐塞入一个空空的面包袋，然后带到了车里。

这个晚上，月亮高高悬着，路牌也清晰可见——如果不被树枝或树叶遮住的话。艾比盖尔一边看着摩尔的地图，一边看着仪表盘上的指示灯，对于岛上的各种布局的了解已经渐入佳境。岛上的路的走向并不是按照某种系统网络设计，可以说正好相反。车到每一个转弯处都会把自己本身的线路拆开来，毫无规则也毫无悔改之心，就像礼拜岛上其他的一切存在。

最开始的那几处房屋与前一晚相比，没有变化，窗户的玻璃与合叶都没有搞乱的痕迹。艾比盖尔对此感到十分感激。在巡查路线进行一半的时候，她停下来休息了一下，开始狼吞虎咽地解决她的晚餐。她坐在休旅车里吃着饭，前面出现了两盏车灯，在远处发出光亮。那两盏车灯在闪烁。原来是一辆警察巡逻车。

“啊——噢——”

在后视镜里，艾比盖尔看到拉尔奈警长从巡逻车里面爬了出来 。

“晚上好，艾比。”

“我现在这样看上去一定有些可疑，在黑漆漆的路上坐在自己的车里，用手电筒照明，吃着三明治，大腿上面还放着一柄锤子。”

“反正不是我能预料到的场景。想要告诉我你正在做什么吗？”

“这说起来算是一个长长的故事。”

“我们这个地方也从来没有发生过什么短短的故事。”

“我是在替摩尔巡查洛蒂的出租屋，因为……我，呃，我欠他一个人情。”艾比盖尔刻意回避了她具体是怎样陷入这种债务关系之中的。

“哦，对，柯西壶咖啡馆里的那场臭名昭著的打斗事件。”

“臭名昭著的？”

“对于没有亲见只是听说此事的人而言。”

“真是太棒了。”

“因此摩尔派你来是为了——”拉尔奈想让她将句子补充完整。

“让我检查房屋的门和窗户，看看有没有房子被破门而入或者破窗而入。”

警长眉头皱起来了：“这算是保安护卫的职责？”

“摩尔几乎没有办法走路，基本上是因我的错造成的。我只替他一个星期，到他好一点儿为止。”

“一个星期，对吧？”

“我知道，我知道。我正在变成一种磁场干扰之类的东西，我造成了那一场打架事件，我还给灯塔看守人的小屋带来了诸多改变。”

她的话明显引起了警长的注意。不管艾比盖尔做了什么事，不管是买了一个油漆刷还是洗了衣物，她都设定某人已经将此事报告给了另一人。这种小道消息是怎么产生和传播的？而且，提醒她要警惕这一点的人难道不正是拉尔奈警长吗？

“我们正在谈论的，是什么样的种种变化呢？”他有点儿不好意思地问。

艾比盖尔的防御级别突然就提高了。她选择谨慎做出回答：“就是刷了一点儿油漆。就这样。”

“油漆从来不会给任何人造成任何伤害。”

“那么让我们希望真的如此吧。”艾比盖尔压低声音回答道。

“你是不是快要完成安全巡查的各种任务了？”

“我还有更多的房子需要查看，然后我就从大街上消失啦。”她开玩笑地说。

“小心。我们还没有抓到入户盗窃的那些家伙。好好利用你那柄锤子，小心谨慎，注意安全。”

“好吧。噢，我的意思是，明白了，长官！”

听了这句话，警官驾驶着他的巡逻车绝尘而去。

这两晚，除了这辆警察巡逻车，艾比盖尔还没有看到其他任何人驾车路过。可是，那晚的宾果之夜中，出现了多达几十个人。他们在哪里呢，艾比盖尔不知道。

在家里。她猜测，与他们的家人在一起。

小孩子们应该已经上床睡觉了。家长可能正在看电视，或者刷锅洗碗，准备结束整个晚上的活动。艾比盖尔羡慕他们。她看不见他们，不知道他们身在何处，住在哪里。但是，这些艾比盖尔不知道姓名，也没见过面孔的人们所拥有的生活，是她梦寐以求的。他们会在第二天早上醒来，然后他们的生活仍然一成不变。

摩尔地图上最后一栋漂亮房子，是一座门前盛开着鲜花的白色平房。艾比盖尔打着哈欠，绕房子查看。她瞟了一眼窗户，毫不在意地摇了摇几扇房门。这时几束车灯的光芒照亮了道路。

“不要再是警长了。我每晚只能接受一定量的屈辱。今晚已经不能更多了。”

越来越近的那辆车是卡车，不是小轿车。艾比盖尔停住脚步，站定。她把锤子忘在了车里。灯光越来越近。驾车的不管是谁，一定很快就能看见她。

可能是任何人。也可能是那些强盗。

艾比盖尔藏起来了。她跪在树丛后面，从叶子之间偷偷看去。卡车里面传来乡村音乐的弹奏声，还有一个女人轻浮的笑声。两个剪影就在驾驶室里晃荡徘徊。驾驶座上的那人把车慢慢驶往路的一边，准备停在她的休旅车之后。

“不要，不要在那儿！继续往前开，往前开！”她低声喊道。

卡车的发动机颤抖着停下来。车灯暗了下来，嬉笑声慢慢停止了，车里的两个身影也慢慢融合在一起，变成了一个身影。

“噢，我的天啊。我可能整晚都得躲在这里。”

她仔细考虑了自己的各种选择，大部分选择都苦不堪言。一个女人从一处废弃的房子旁边的灌木丛中漫步走出来，看上去一定十分奇怪。而且，即使她能够回到车里而不被这两个偷情的人看见，他们也会听见她发动汽车的声音。

“你为什么要在意这些呢？要记住，你只是一个坏人。你已经臭名昭著了。面对窘境，你还藐视和嘲笑。而且，你已经自言自语太多了。”

艾比盖尔从灌木丛中站起来，以一种淡定的方式大步踱回她的休旅车。只不过她的双腿移动得越来越快，开始小跑起来。

“听一下。我听见有什么声音。”卡车里面的女人说。

两张脸上都是莫名其妙的表情，从起了一层蒸汽的挡风玻璃后面盯着她。艾比盖尔大步走着，将目光锁定在那个女性乘客身上。那个女人有着一头波浪鬈发和一双大大的哀怨的眼睛。艾比盖尔认出来她就是与雅尼娜·威尔茨坐在一起的若干“母鸡”中的一位。卡车的方向盘后面就是克林特·威尔茨。他的手臂就挂在那个女人身上。后者的上衣是解开的。艾比盖尔跳进车里，然后开走了。她没办法分辨出谁更尴尬。是她，还是他们？

即使是在黑暗之中，矗立在经过修剪后的草坪之上的看守人小屋也明显更加好看了。艾比盖尔坐在车里，让车灯照亮整个前院，沉浸在自己的成就之中，试图忘掉她与克林特·威尔茨这次尴尬的相遇。关于他，露丝所说的是对的。他是坏消息，是艾比盖尔不愿意拥有第一手资料的那种坏消息。

她从车里走出来，听到“咔”的一声响动。艾比盖尔细细检查了地面和汽车座椅。什么都没有。当她转换自己的重心的时候，那一声响动又出现了。她在口袋里面挖来挖去，原来是在床底下发现的那张新闻剪报。

她走进屋里，在餐桌上把这张剪报展开铺平，然后又念了一遍它的标题，“‘主教情妇’沉没”。

这篇文章可以一直追溯至1909年。故事讲的是一场摧毁了整个南部海岸的飓风困住了一艘从波士顿开往查尔斯顿的商船。那次飓风从佛罗里达州到德拉华州，大肆侵犯，造成重大损失。这艘商船就在礼拜岛东面的“船之墓”撞上了一处浅滩，撞得粉碎。五十九名男子都失踪了。没有发现一具尸体。文章的最后一部分含沙射影地说，“主教情妇”号商船之所以困在“船之墓”，是因为灯塔的信号并不可见，没有将其安全地引导进入港口。最后一句说的是：“悲剧已经降临在‘主教情妇’号商船身上，但是这场悲剧是本可以避免的。”

最后一行文字提出的问题一直停留在艾比盖尔的脑子里。沉没的商船、溺死的水手、幽灵一般的灯塔看守人，这些碎片以一种骇人的方式一起降落下来。她努力与自己的冲动作斗争，不要回到地下室里，不要去翻阅那些记录簿寻找答案。卫斯理・贾斯珀留下了如此精确的记录，她敢肯定那里一定有关于沉船之夜的一些注释，一些有关事故发生的线索。

“你现在真的有那个心情去到处窥探吗？就在那里？就在半夜？”艾比盖尔自己问自己。她的衣服上有白天割草的时候染上的青草汁。她的胳膊上有晚上代替摩尔做安保巡查的时候被枝枝叶叶留下的划痕。她还有一颗被“在镇上变得臭名昭著”这件事搞得垮掉的自尊心。

“我可不这么想。”

不管喜欢与否，今天艾比盖尔不得不再去镇上一趟，买一些吃的和用的。

“这一次要列一个购物清单。”艾比盖尔一边坐在餐厅餐桌前吃着麦片糊，一边这么提醒自己。可是，困难的是，她没有任何一张纸可以拿来用，除了那张皱皱巴巴的剪报。她已经用一张铸铁平底煎锅压在了它上面，好把上面的折痕压平。

“如果我有一张纸可以写个列表的话，我一定会把‘纸张’这一项写进去的。”

艾比盖尔记起来她第一次进军韦勒小市场时拿到的小票。就在小票的背面，她写下了需要在摩尔的店里拿的东西，以及她想要询问他的意见再买的东西，包括一个新药箱。她希望他的店里应该有现货的抽屉拉手。这幢房子仍然处于一种混乱的状态，因为她还没有把东西归入原位，也没有把碗碟和干货类食物放入橱柜。

“这绝对是一个正在进展中的工作。”

这种进展的一部分包括把当前放在客厅里面的家具换成地下室里面的那些古董家具。这一重大的替换工程，她没有办法独自完成。她很怀疑摩尔是不是会来帮助她。这样就只剩下了丹尼和伯特两人。这二人之中，没有一位是艾比盖尔想要与之共同度过连续好几个小时的人。然而，不管她搞到了哪位前来帮忙，把那张布有雕刻的写字台从地下室里搬到楼上的书房里这件事都是值得期待的。近几个月来，她已经没有期望过什么了。因此，这张写字台，以及其他的家具，对于艾比盖尔来说意义重大。

摩尔的店的后门是敞开的。他正站在洗手池边上，清洗一个鱼饵桶。他的雨伞兼拐杖就靠在柜台的边上。

艾比盖尔敲敲门，努力不再次吓到他：“看出来了，都能下床活动了。”

“我已经完全可以下床了。‘活动’这方面我还得好好练练。”他只用了那只没事的脚站着，靠在水池边上，用来支撑身子。“我倒是很开心你没什么事，”他说，“之前我很担心我所听说的传闻。”

“什么传闻？”

“又有一家遭入户盗窃了。”

“什么时候？在哪里？”

“昨天晚上的时候。不是洛蒂代理的房产，是私人所有的。就在廷柏路上。距离洛蒂的平房六户之外的一家。”

“我去了廷柏路啊。我什么都没有看到。等一下，我的确看到了。我看见了一对男女，一个男的和一个女的在一辆卡车里。”艾比盖尔决定不说出她碰到的具体是哪位和哪位。

“一男一女？他们在那儿干什么呢？”

“一男一女单独待在一辆停在路边的车里还能做什么呢。”

“噢，我的天。好吧，那么你应该把这件事告诉卡雷布·拉尔奈。这可能会……值得关注一下。”

通知警长的确是正确的做法。不过，艾比盖尔完全没有欲望涉入威尔茨夫妇的私人生活之中。她已经引发了一场激烈的格斗了。

“也许今晚我应该找其他人去替我巡查。”摩尔如此建议道。

“为什么？就因为我是一个女的？你以为我没办法应对这些事？”

摩尔咬着他的下嘴唇。恰好证明了他在想的是什么。

一气之下，艾比盖尔告诉他：“我去巡查，这个讨论到此结束。给你看看这个。”她把她的购物清单列给他。

“这是一个食品和日常用品的小票。你要知道我这里开的是一家五金店。”

“你看看背面。”

“哦，对。这些东西，大部分我都有。但是，镜子的话，我还得替你订货。需要三四个星期。”

“没问题。又不是我非要去哪里做什么。”

“你肯定这一点，艾比？有时候，变化并不是它被吹嘘成的那样能改变一切的。”

艾比盖尔合起双臂，坚持自己的想法。

“好吧。好吧。”摩尔用手在唇上做出拉上拉链的样子，然后把她带到一个货架前面。那里有一小处摆着各种各样把手的地方。之后，他一跛一跛地走开，去检索她的单子上的东西哪些有现货。

鉴于可选的对象十分有限，艾比盖尔挑选了一个简单样式的圆形抽屉把手，手柄处还装饰着锡铅合金。她还算出了所需的数目。就在摩尔给她的东西装包的时候，艾比盖尔发现他把一把新的螺丝刀与其他东西一同放了进去。

“我不需要那个，摩尔。我在杂物棚里找到了一个螺丝刀。”

“那个东西已经坏了一半了。”他告诉她，把这东西变成一个小礼物。这就是他的道歉。

“那我是不是应该把我的个人账单都付清？”

“为什么？反正你明天还会再拿一个单子过来。”

“这倒是真的。”

“今晚要小心谨慎，好吗？艾比？我不是性别歧视。我对任何人都会这么说。实际上，我对自己也这么说。”

要小心谨慎。拉尔奈警长也给了她同样的忠告。在艾比盖尔最近做出的决定之中，没有一个是经过诸多小心谨慎的考虑做出的。她已经非典型地偏离了她那个典型的有逻辑的自我。当她将整个房子粉刷一遍的时候，当她答应代替摩尔做安全巡查的时候，甚至当她决定来到礼拜岛的时候，她都没有小心谨慎。她已经将谨慎的心抛至风中，而这颗谨慎之心已经好似断线风筝一般被一阵大风卷走了。艾比盖尔还在等着看它会降至何处。

韦勒小市场是艾比盖尔的下一个目的地。她一点儿都不期待去那里。她低着头，快速地推着一辆购物车穿梭在店里，多拿了一个长棍面包，因为她刚刚拿第一个面包的动作太快了，艾比盖尔猜想自己有可能在碰到雅尼娜之前就成功逃跑。然而下一秒，艾比盖尔就遇到了她：绕过农产品的货架，她差点用购物车直接撞上雅尼娜。

就在雅尼娜看到艾比盖尔的一刹那，她的表情就立即冷硬起来。

“对不起。”艾比盖尔小声说。

雅尼娜走过去，从箱子里面卸下了一些莴苣，就像她从未听到艾比盖尔对她说话。

艾比盖尔准备付钱的时候，没有人守在收银台。但她并不打算去问雅尼娜。

“马上就来。”一个女性的声音叫道，来自店里的某处。

一个梳着马尾辫的女人跑跑跳跳地来到了收银台。艾比盖尔立刻就认出了她。她就是与克林特·威尔茨一同在卡车里面的那个女的。这个认出的过程是双方同时的。那个女的匆匆用收款器扫过艾比盖尔买的东西，然后把它们塞入了购物袋里。

“总共是二十一块四毛五分钱。”

当艾比盖尔把钱递给她的时候，那女人的脸上满是羞辱。她把零钱找给艾比盖尔，她的手一直颤抖。艾比盖尔心中涌起了一阵怒气。这女人明明知道她正在做一件错事。她明知道自己正在伤害自己的朋友。然后艾比盖尔的愤怒降了下去，变成同情。因为她发现这个女人也会在每天早上面对着自己的脸的时候感到一种罪恶的苍白。在那场火灾之中幸存下来这件事，已经变成了艾比盖尔心中一种恒久不变的负担。那是她无论怎样都摆脱不掉的一个阴影。艾比盖尔不希望任何人拥有这样的阴影。就算是面前这女人也不。尽管她本来就活该为自己的所作所为担负罪恶感。

午后的阳光涌入看守人的小屋。这幢房子是如此隐蔽，根本没有必要让那些苍白的窗帘来保护这小小的隐私。这现状把艾比盖尔置于自由解放与孤独寂寞之间的毫无着落之中。

“你有了新的把手。这是一件有意义的事。”

尽管它们本身一点儿都不重要，但是这些毫无意义的把手竟然成了艾比盖尔这一天的最精彩所在。安装把手之前，她检查了一遍囤积在餐桌上的一堆餐具，从中整理出还值得留下的东西。在那些被拒绝留下的东西中，有熏黑了的平底锅，有任何人都不需要那么多数量的钢制长勺，以及一个裂了纹的有柄大杯子，杯子上画了一条鱼，鱼头上还戴着一个水手帽。

“看起来就像应该扔到垃圾桶里面的废品。也许我应该送给别人，虽然我不知道谁会愿意要这些东西。”

所有那些低于理想水平的餐具全部放入了食品袋里面，艾比盖尔把其余东西都放回了橱柜里。她急着想要安装抽屉拉手，所以很高兴现在手中还有摩尔送给她的螺丝刀。她把之前坏掉的那个扔进了垃圾堆。看着橱柜经过重新整修，把手也都换好了，艾比盖尔重新审视已经完工了的厨房，说：“一定能登上《美好家园》杂志。嘿，我们来了。”

修剪草地或者处理水泥浆将成为她下一项任务。但是艾比盖尔的身体已经负债累累，账户余额只剩下浑身的酸痛。如果来回推拉割草机，她很可能会彻底破产。

“那就处理水泥浆吧。”

已经两点了，到了沃尔特博士脱口秀的时间。她把收音机和那笨笨的一大桶水泥浆带到了浴室里。艾比盖尔把收音机调好的时候，沃尔特博士刚好宣布了当天的讨论话题。

他说：“刚刚打开收音机来加入我们的讨论的听众朋友们，我们正在讨论的是，如何管教你的孩子。我们的第一个来电是苏打来的。她说她那五岁大的儿子不肯睡在他自己的床上。”

“的确是这样。”苏开始插话，“他想跟我和我老公一起睡。每个晚上都是这样，他跑过来哭个不停，想要跟我们待在一起。”

“然后你现在想知道的是，你是不是应该继续让他跟你和你的丈夫一起睡觉——”

“我是坚决反对的。要让他在自己的房间里睡觉。这很难。他说他如果不能跟我们在一起的话，就睡不着。如果我跟他说不行，他就会一直哭啊哭啊。我感觉很糟糕。”沃尔特博士一个字都插不上口。这个女人把她的绝望情绪肆意泼洒。“我不是一个坏妈妈。起码，我自己觉得自己不是一个坏妈妈。我一点儿都不想变成一个坏妈妈。”

“你不是一个坏妈妈，苏。”沃尔特博士的声音是平静的，有说服力，令人心安。他可以用那样的嗓音说出任何话来，而艾比盖尔都会信任他。

“关于这个问题，来电的听众朋友越来越多，电话线已经热得要自燃了。一则广告之后我们来听一听他们对这个有什么可说的。”

在这休息的片刻，艾比盖尔认真阅读了水泥浆桶上面的使用说明。

“这个似乎并不太难。”

艾比盖尔用摩尔提供的水泥刀，把水泥浆倒在浴室的一个角落里，然后把它们厚厚地涂抹在地砖之间的缝隙中。它们又白又厚，就像蛋糕上面的奶油。对于原本肮脏变黑的水泥地来说，真是莫大的改善。

“我们回来了。”沃尔特博士说，“总机已经起火了。”

许多电话都是同情苏的妈妈级听众打来的。同样，她们也发现自己没有办法在晚上的时候让孩子离开大人的床。每一个都被焦虑折磨得比前一个来电妈妈更加严重。

一个担惊受怕的妈妈问：“我让我的女儿跟我一起睡觉，是不是就毁了她的一生？”

“这世上有成百上千种方法让你用来毁掉你孩子的一生。”沃尔特博士安慰那个女人，“时不时地让她跟你一起睡觉，并不算其中之一。”

接下来，他提了一些如何让断奶的孩子睡在自己床上的建议。他对于女性听众的指导十分温柔而又坚定可靠。艾比盖尔点点头表示同意，然后继续涂抹水泥浆。已经涂到门口附近了。

“等一下。我们现在迎来了一个持有不同观点的听众。说吧，夏琳，你的电话已经接通了。”

“我觉得你们这些打电话来的人真的很恶心。”她开始了，“孩子们会做噩梦。这是理所应当的。只要你一让孩子跟你一起睡，在你的床上，跟你的老公一起，你就越了线了。这是极为恶心的一条界线。我有五个孩子，但是我从来没有让他们跟我和我老公一起睡过。他们现在已经长大了，而且他们现在一点儿问题都没有。”

“我敢肯定他们一定一切正常一帆风顺。”沃尔特博士说。

这个女人继续进行着她的长篇大论，丝毫不知自己已经是被取笑的一方。“这是因为我从来不让他们跟我睡同一张床。如今这些做妈妈的，我真的很不能理解。她们让小孩子们在商店里面随便乱跑，大吵大嚷，在饭店里面随意尖叫。这些都是不该容忍的行为。”

艾比盖尔停止涂抹水泥了。因为这个妇女的无情无义和傲慢气焰，艾比盖尔越来越气愤激动。艾比盖尔把这个女人设想成那种如果孩子没有听她的话，她就发声威胁要用别人家的孩子来换掉他们的那种母亲。

“你们想听听我的建议吗？”夏琳终于到了高潮。

“在下洗耳恭听。”沃尔特博士答道。

“现代的女性应该更加强硬一些。小孩子们需要纪律，需要规矩。如果他们没规没距，他们马上就会骑到你头上来。”

艾比盖尔不像其余那些纷纷打电话的女人。她的孩子再也不会爬到床上与她同睡了。她已经没有机会在自己的儿子做了噩梦之后抱住他了，也没有机会让他在自己的身体庇护之下安稳睡着了。一阵巨大的悲哀刺穿了她。

正在夏琳准备做一个小结而开始下一轮的讥讽和谴责时，沃尔特博士把她的声音调成了静音模式。“如果有哪位听众有兴趣回复这些言论的话，请随时打电话进来。”

“有兴趣？”艾比盖尔说道，“让我来对付她吧。”

这时沃尔特博士说出了一个1-800的电话号码。她把水泥刀扔到一边，然后爬上楼梯。她的手颤抖得如此厉害，她没有办法将手指放入那个巨大的电话机的手指旋转槽之中。艾比盖尔越努力尝试，越挫败沮丧。她对于拨号这件事已经无能为力，于是将话筒狠狠摔了下去。

“这就是‘艾比’吗？这就是你现在所变成的那个人吗？”

艾比盖尔不得不开始背诵拉丁文单词，以重新恢复冷静。

Invenio，*invenire*，*inveni*，*inventum*.

Operor，*operari*，*operatus*，*sum*.

电话旁边就放着有关“主教情妇”商船的那篇新闻剪报。之前清理桌子的时候，她把它挪到了这里。真悲哀，平底煎锅的重量并没有将那些皱褶压平。

“我这就去补偿你。”她对着那剪报说道。

艾比盖尔抓起之前随手与锤子一同放在电话旁边的手电筒，走到了地下室的门前，决定了解更多有关船舶之死的消息。她将那些箱子拉到地下室的空敞之处，在各个箱子里面搜寻有关“主教情妇”的相关内容。终于，她发现一个记录簿是与沉船事故那年一致的，1909年。这个簿子就放在箱子最底部，没有与其余的账簿对照整齐。记录簿的第一部分让人联想到所有其他记录簿。潮汐和天气变化的细节都认真地用钢笔记录下来，精确的手写体，正好与边缘的空白处垂直。然后她就看到了“主教情妇”商船出事那天的记录。

这一页好像是用一个完全不同的手写的字。上部是有关早上的潮汐和海风的记录，字体左摇右摆，十分潦草。从那里开始，记录开始变得难以辨识。艾比盖尔用手电筒近近照亮那一页，试图破解一切。只有一句话提到了“主教情妇”这艘船。她能猜到这一点，是因为她认出了卫斯理·贾斯珀手写的字母S。其他的单词全都被弄得一团糟，无法解码。除了将近结尾处的两个单词：油和桶。

这条目结束得十分隐秘。艾比盖尔翻过那一页。记录簿的其他条目又恢复了正常。字体书写又清楚又整齐，完全不超过线格之外。

“这些条目里面缺了三个星期的记录。”

正当她说出这句话的时候，手电筒的光束开始闪烁。她把手电筒往一个箱子上面敲了敲。“但是这里面都是全新的电池！”

没错。这里面都是全新的电池。

艾比盖尔抓起那本记录簿，跑到一层房间，把地下室的门猛地关上。她想把门锁上。这就是洛蒂当时想要做的事。

“我郑重声明，我不会像某些人一样去把地下室的门锁上。不会的。完全没必要去把门锁上。”

洛蒂害怕地下室。艾比盖尔不想变成洛蒂那样。但是，她仍然试了试门把手，以确保那门已经紧闭。

“主教情妇”号商船沉默之日已经被蚀刻在记录簿的灵魂之中。这个条目使得其他条目的完美感变得苍白起来，而这一页感觉起来也比其他的纸张更加单薄。艾比盖尔又花了几个小时，研究了这一页上的每一英寸，小心尽量不去碰到纸面。之前她曾经与古代辞典藏本一起工作过，她深知人类手上的油脂有可能会渗入纸张纤维，造成状况恶化。常规情况之下，艾比盖尔会戴上保管员所戴的那种棉质手套。现在只好用厨房用的胶质手套了。

艾比盖尔没有办法解出那个条目里面的大多数单词，主要研究了记录人笔迹的突变。书写字体的严重倾斜表明了写字人的速度极快，每个字母都低低矮矮的，急匆匆的斜线穿透了大写字母I和T的顶端。这些现象证明了她的假设。这个条目已经被破坏了，笔者已经分心了。

从条目之中，艾比盖尔已经收集到了一般意义上所发生的事件。一场剧烈的风暴吹过，袭击了“主教情妇”号商船，为它的命运贴上了最后的封印。但是还有更多的事。无论那个晚上真正发生的是什么，都已经大大影响了灯塔看守人——甚至让他改变了自己的笔迹。而艾比盖尔知道，只有悲剧才有这么强大的力量，强大到可以如此彻底地改变一个人。

黑夜已经席卷而入。她也已经审查了太久太久，她的眼睛开始发痛。艾比盖尔应该尽快离开，去做摩尔的巡查工作。

“噢，不！还有水泥浆！”

楼上，收音机正在广播，而水泥刀正躺在一块地砖之上——她把它随手扔在了那里。一层水泥已经干掉，好像鸡蛋糖饼外面的酥皮，乱糟糟的。在艾比盖尔激动地想给沃尔特博士打电话的时候，她彻底忘了要用一个湿抹布抹去多余的泥浆了——就在她听到给出的指令之时。尽管如此，她的手表告诉她：到出门时间了。

“回来之后我再收拾你。”她对地板说。

这天晚上的巡查路线从礼拜岛西南端上的那些新式住宅开始。以此作为热身部分，因为这些房子比其他地方距离灯塔更近一些，比较容易检查，也因为它们远远没有那么多的不祥之兆。由于这些房子都是新的，枝枝叶叶还没有深入其中。这意味着，那里可供什么不速之客不请自来而躲在里面的地方也更少一些。艾比盖尔讨厌年龄更老一些的房屋。她想象它们在白天一定很可爱，枝叶摇曳在蜿蜒的寄生藤之中，开着花的灌木丛亲密偎依在一起。但是夜晚降临的时候，这些美丽全部变得不祥起来。

艾比盖尔快速地巡查着，直到她来到了廷柏路上。就是前一晚发生入户盗窃案的那条路。

“他们不会在同一个地方一直作案的。”她如此推理。

他们会不会呢?

廷柏路上那处洛蒂的平房是魅力之精华所在。玫瑰从格子架上垂下来，后院的榆木上挂着一个吊床，来回摇摆。艾比盖尔能想象到洛蒂是怎样向潜在的租客描述这个地方的：一处讨人喜欢的爱巢，一场浪漫之旅的完美之所。

“以及一个强盗的上乘之选。”

围着这个平房快速转了一圈之后，艾比盖尔认为这处房子毫发无损，于是急忙来到下一处房屋，与此地隔着三条路。她检查了窗户，摇了一摇后门，然后她的手电筒开始闪烁起来。

“现在不行。不要现在这样，求你了。”

艾比盖尔用手掌拍拍手电筒的头部，想让它恢复正常。灯泡暗了下来，将艾比盖尔抛弃在黑暗之中。没有了光线，蟋蟀叫得仿佛也越来越高声。

“摩尔，感谢你这个问题商品。”她抱怨道，“只要到车里，你就会好起来的。”

艾比盖尔穿过灌木丛到达前院，胳膊举得像一对儿天线，听到了一阵稳稳当当的脚步声。她站在树木之间的阴影中，瞥见了那发出声音的来源。那是一个男人的身影。他正在街上走过。

艾比盖尔不小心踩到了一个树枝上。那个男人停了下来。

他听到你的声音了吗？他能看到你吗？不要尖叫。不要动。不要呼吸。

几秒钟之后，这个身影继续大步向前。而艾比盖尔站着，屏住呼吸，就在距离不到二十英尺远的地方。如果手电筒还能用的话，她就会被发现。艾比盖尔现在十分感谢身上那些死掉了的电池。

脚步声刚一消失，她就冲向她的车，锁上车门，打开远光灯。丝毫没有那个男人的迹象。她全身发抖，血液中的肾上腺素已经超过恐惧感所需的浓度。

“他去哪儿了？”

由于该名男子可以毫不费力地钻到树林里面，躲过灯光的照耀，所以他可能仍然逗留在附近。艾比盖尔迅速动身前往镇上，一个急刹车滑行着停在了警长的驻地站门前。这个驻地站就位于广场的一角。这是一个鹅卵石建筑的单层房屋。房间里面日光灯亮着，但是玻璃门却是锁着的。玻璃门上贴着一个记事贴，上面写着：“五分钟后回来。”

“你这是开什么玩笑。”

广场上每一家商店都关门了，除了街道对面的那家酒吧，维林鲸酒吧。这地方与《白鲸记》里面亚哈船长常去的那些酒吧相差甚远，外表看起来更像是一个狂野西部风格的沙龙。这酒吧只有一点是正确的，就是那一摇一摆半开着的两扇门。

酒吧并不是艾比盖尔经常光顾的地方。昏暗的灯光、黏黏的桌面和香烟的烟味都让她感到不舒服。不过，有可能是拉尔奈警长就在其中。如果不在的话，或许里面有其他人知道他正在何处。艾比盖尔十分愿意尝试一下。

就在她为自已鼓起勇气的时候，维林鲸酒吧的前门突然打开。汉克・斯考克斯踉跄着走出来，纳特・罗恩紧随汉克身后，使劲儿抓着他的肩膀，以防老汉克突然失去平衡。

“让我们带你回家吧。”纳特用一种温柔的声音对他说。

“我不想回家。”汉克嘴里含含糊糊地说，“你不能逼我。”

要回家就意味着不得不忍受自己那空荡荡的房子，他那过世的妻子留下的空白。艾比盖尔为他感到难过。但是她还是羡慕他。他至少有一个家可以回去。当然，她也有看守人的小屋，但是那房子又不是她真正的家。

“你累了，老兄。你应该上床睡觉。”

纳特的语气如此温柔，与柯西壶咖啡馆同丹尼吵嚷打架事件中的形象大不相同。

“我不累。我发誓我不累。”汉克牢骚着。

纳特帮他坐进一辆灰色卡车的座位上，用哄小孩子的语气对他说：“乖乖坐好，没事啦。”

纳特绕过来走到驾驶座上的时候，注意到了站在街对面的艾比盖尔。汉克也瞥见了她。艾比盖尔站在那里，一动不动，已经准备好一有情况就直奔自己的车里。

“喂，你！”汉克说，变得活跃起来，“你认识我们家儿子。你见过他们。在那张照片里面。你还记得吗？她知道我的儿子。”他兴奋地告诉纳特，又转头对艾比盖尔喊：“你快告诉他你当时说了什么！”

汉克曾经在宾果游戏的时候大声吼过她。所以艾比盖尔很害怕，一个音节都发不出来。

“告诉他！你说他们真好看！她真是一个人很好的小姐。”汉克坚持道，“难道她不是一个很好的小姐吗？”

纳特盯着她，眼睛一眨也不眨，这是一个无言的警告：不要把她所看到的东西讲出去。然后他爬上卡车的驾驶座，发动引擎绝尘而去。

“哇噢。经过这些，我实际上真的要喝点儿什么了。我猜我要去我本来就应该去的那地方了。”

她摇了一摇头，冒险进入了维林鲸酒吧。

这里面放的是典型的低俗乡村酒吧音乐，伴着打台球的劈劈啪啪的声音。点唱机发出的蓝色光芒给整个酒吧带来一种水族馆的光辉。艾比盖尔绝对肯定自己站在那里，就像是在展览自己本人。当她走进来的时候，酒吧里面的顾客，绝大部分是男的，都转头看她。有一些人回过头继续他们的谈话或者喝酒。大部分男人还是继续盯着她。

要坚持住，不要做傻事。她对自己说。

“拉尔奈警长在这里吗？”她在吧台询问，“他并没有在对面的驻地站。”

“我怀疑他不在。”酒保回答道。他是个肥肥厚厚的壮汉，身上还有运动吊带。艾比盖尔觉得这人看上去面熟。

“你是上次‘宾果之夜’的主持人？”

“就是我。”他一边回答这个问题，一边为三个座位之外的一个男人添满一杯酒。

“你在这里工作吗？”

“一个男人要想在这里过活，就得头戴很多顶帽子，身兼多职才行。”

“明白。”自从到达此岛，艾比盖尔已经头戴了很多顶帽子，身兼多职了。没有一顶帽子看起来是合适的或者是让她觉得受待见的。

“卡雷布可能是回家去吃点东西了。”

“那么，他的副手呢？”

“泰迪？可能晚上请假了吧。为什么找他们呢？你有什么紧急情况？”

这句话一结束，那些已经移开的目光又重新关注她了。

“呃，嗯，没有。就想问个问题。我有一个问题想请教他。”

“如果你愿意，可以在这儿等着他。”

“不用了。哦，我的意思是，谢谢你。这地方很棒。不要误会我的意思。这里真的很神奇。真的，呃，嗯，很有趣。我，那个，我该走了，但是。”

酒保耐心地等待着，直到艾比盖尔自动闭上嘴巴。然后他问：“你还好吗？自己一个人去管理灯塔？”

艾比盖尔突然觉得自己是完全暴露着的。如此，他已经告诉整整一屋子的男人她住在何处以及她是孤身一人住在那里的。但是，如果酒保是知情的，所有其他人也都是知情的。

“是啊。我很好啊。一切都很好啊。”

“如果卡雷布一会儿来了，我会跟他说，你正在找他。”

“谢谢。哦对，我叫艾比盖尔，或者叫我艾比。然后你可以直接告诉他是谁正在找他了。”

酒保点点头。“我知道。”

显然，坏事传千里，骂名久留传。艾比盖尔走回车里，意识到自己已经无需再向任何人进行自我介绍了。不管是不是有了昵称或是绰号，她已经是知名人士了。

当她回去的时候，看守人的小屋好像冰冻一样冷。她太乏了，没有力气与壁炉争个胜负。她已经逐渐习惯寒冷了。也许这是一个迹象，表明她已经适应新环境的一个迹象。不过话说回来，这也可能仅仅是她的身体正在逐渐赶上她的内心。

Chapter 8

/

/

/

回忆并非总有意义

在虚无世界里，我们用月亮的露珠

清凉我们被伤口烧烫的额头

——索德格朗《虚无世界》

破晓时分，窗玻璃上面蒙了一层雾霭。一层潮湿的冷凝物粘在玻璃上。艾比盖尔打开一个窗子，空气异常温暖。这将是完成草地工作的完美一天。但是，艾比盖尔还有一个工程，迫切地需要关注——那间浴室。

已经硬化了的水泥沟沟回回，凸起的脊部戳穿了她的袜子。踮着脚，艾比盖尔刷了牙，戴上了第一只隐形眼镜。然后她听到“砰”的一下撞击声。

“一大早上就来一下子，也太早了吧。”

噪声并不是从灯室或者地下室传出的，有一个人正在敲她的前门。当她跑下楼打开门的时候，纳特·罗恩正站在门阶上，手里拎着一个工具箱。

“摩尔派我来检查你的线路。”他对她说，语气生硬。

太感谢你了，摩尔。

“嗯，请进来吧。”艾比盖尔双手交叉，以盖住自己的睡衣，使它看不出多少层。

“地下室？”

她为他打开灯：“你需要一个手电筒吗？我这儿有一个，要是——”

“我也有一个手电筒。”他一边走下台阶，一边对她说。

纳特在地下室里，艾比盖尔急忙冲回了卧室，歪歪扭扭地钻进了昨天的衣服里面，戴上了另一只隐形眼镜。穿戴整齐的她，又走下来，回到客厅，站在地下室门口等着。

“我想给你弄点儿咖啡。”她大声对他说，“但我一点儿咖啡都没有，也没有咖啡壶。我这儿有一些牛奶，还有水。”

“不必了，谢谢。”纳特回答说，语调平平，毫无波澜。

“如果有什么我可以——”

从下面响起了一声轰然巨响。纳特大声咒骂起来。艾比盖尔冲进地下室，发现他正在拍打身上的尘土。他的小腿撞上了艾比盖尔之前翻来翻去的那些箱子。

“你没事吧？”

纳特一瘸一拐地走出一步：“我很好。”

“对不起，我之前应该提醒你的。我之前也撞上去过，我身上还有一些伤痕呢。”

她唠唠叨叨的，而纳特一点儿感兴趣的意思都没有。

“你的电闸箱在哪里？”

“我认为是在这里。小心这些家具。”她警告他说。他们正沿着对面的墙壁向那一排家具进发。椅子的扶手和桌子的桌腿伸得四处都是，好像准备随时刺穿或者绊倒任何一位不幸的路人。艾比盖尔注意到纳特向那个写字台多看了两眼。

“这个东西不错，对吧？不错不是适当的用词。太笼统，可能应该说很特别，或者很突出，或者……”

艾比盖尔简直不相信她自己会承认没有使用一个足够精确的形容词。是与纳特共处一室把她变得这样紧张。

“我正计划把这个写字台放到书房里面，然后把其他家具放到客厅里。问题是，对我来说它们太沉了。如果成功的话，一定会焕然一新的。你有没有经历过这种糟糕事？真让人无力。”

纳特看着她：“电闸箱在哪儿呢？”

“对。就在那儿。”她为他指出来，感觉到纳特正在等着她的离开。“我会一直在，嗯，在楼上，如果你需要我的话。”

“嗯哼。”

艾比盖尔撤退到厨房，喃喃自语：“他以为他是谁呢？这是我的房子。或者说，这可以说是我的房子。摩尔是怎么想的，竟然派他来这里？有那么多人，却派他来。”

“我在他的店里欠他一些东西的钱。”纳特正巧站在厨房门口，“我没办法给他钱，所以他告诉我，如果我来检查一下你的电线线路的话，他就可以把我的赊账一笔勾销。”

艾比盖尔对于被偷听感到很尴尬。她愣了一下才做出反应：“之前我不知道你是一名电工。”

“我不是。应该说，再也不是了。我之前是。”

纳特双脚的脚跟来回摩擦。讨论他个人生活的任何一方面都让他感到不舒服，就如同艾比盖尔现在的情况一样。

“摩尔说过浴室的灯的事情，说你可能用起来有一些麻烦。”

“可以这么说。”

她把他带到浴室：“你可得忽略现在地上那水泥的情况。”

“忘了抹平它了，是吧？”

“是啊。”

“这并不难解决。你要做的就是把它重新弄潮湿，再上一层水泥浆，然后快速抹平。就像这样。”

纳特弄湿了一条浴巾，在瓷砖之间水泥的脊部上面来回摩擦。然后他把水泥桶里的水泥浆重新倒出来，洒在地上。他用起水泥刀来真是游刃有余。

“我猜你从前做过很多这种事。”

“我从前做过很多事。”

艾比盖尔完全懂得拥有一个“从前”是什么感觉，以及那个从前与现在相比看起来是多么的遥远。

“对于那天在柯西壶咖啡馆发生的事，我深表歉意。我觉得你和我都走错了一步。”

纳特看了看她，好像在说，这可真是轻描淡写的一句啊，夫人。

“然后，昨天你跟汉克在一起的时候，我不是故意盯着你们的——”

他打断她的话：“不要担心这个。”

但是，这是艾比盖尔认为自己应当做的事，担心。汉克·斯考克斯看起来显然很痛苦，只是靠喝酒来麻痹自己。他也是一个天涯沦落人。但是，艾比盖尔也有她自己的担心。

“不介意的话，请让一下。”

由于浴室仅能勉强进入一个人，纳特不得不退出浴室。已完成任务，而艾比盖尔挡住了他的路。

“对不起。”她之前一直越过他的肩膀看过去，所以现在她回到大厅里，给他一个更宽敞的位置，“我真的想把地下室的家具搬到上面来。但是我自己又办不到。或者我可以花钱雇你来帮我做这件事。”

他坚定地摇了摇头：“做这种事情不能拿钱。”

“为什么不能呢？”

“就是不能。”

“我们可以做交易呀，就像你跟摩尔之间的交易一样。”

“那你要交换的是什么？”纳特说着，露出不可思议的表情。

做饭这件事要排除掉。清洁工作也不行。他无法相信在这样的房子状况之下，她还是一个体面的人。艾比盖尔被难倒了。

“你还在想这件事？”

“嗯哼。”

“好，那你来这里之前，你是做什么的？”

一时间，艾比盖尔真的不记得。

“我是一个词典编纂者。这是一个——”

“我知道这是什么意思。”

“我不是故意想要解释——”

“我不知道编词典这件事对我来说有什么好处。”

艾比盖尔已经被迫钻回她的回忆之中，来搜寻她那过去的生活，最后却被告知那实际上毫无价值。纳特的话刺痛了她。

在过去，她每遇到一个陌生人问她以什么为生的时候，她都不得不去解释那些参数，并礼貌地维护自己的谋生方式——将它解释为一种真正的工作。大多数人不会意识到，词典编纂是一种职业。词典编纂学并没有一套精细的训练系统，也没有被归入那些众人皆知的各种职位分类。有一次，就在艾比盖尔刚刚向一位母亲解释清楚她的职位要做的工作细节之后，这位母亲直接就说她是一个“单词警官”。这并不是艾比盖尔所希望的那种描述，但是也不算是完全不准确。在她最近一次的咨询工作中，她就在审查现存词典中外来词语条目，并且还寻找证据来鉴定是不是存在新的外来词条目。就像警察的工作一样，这种工作涉及逻辑、信息搜集和合理可靠的判断。但是，现在，艾比盖尔并不感觉自己是一个擅离岗位的警官，也不像是一个失业了的词典编纂者。她只是感觉自己没有工作而已。

“你手里拿着一个油漆刷，看起来还挺敏捷的。”纳特正在房间的另一端滑动着滚轮，挪动着油漆桶。“我欠邓肯·萨德罗一些机械修理工作，他的船该修了。我要为他的房子粉刷上漆。我已经做了绝大部分的准备工作了，剩下的只需要一只手就能完成了。”

“油漆房子的外面吗？我可从来没有做过这样的事。”

“没有多大的区别。你要不要跟我一起做？”

“用来交换搬家具这件事吗？要啊，一定要。”

“那么我们明天就开始。”纳特站起身来，伸伸腿。地上的水泥已经好了，工作做得完美无瑕。“让它晾干一小时。然后看起来就像新的一样了。”

“谢谢。你其实本来不需要——”

纳特已经下楼下到一半了：“等我下午回来，我就把你接走。”

“回来？”

“干活回来。钓鱼？明天是星期二。我只有今天休息，因为汉克的船应该修一修了。”

对于艾比盖尔来讲，日子已经像血液一样凝在一起了。自从她离开波士顿，就再也没有看过一眼日历。

“好。当然了。”她慌忙地讲出这句话，此时纳特已经转身走向前门了，“嘿。浴室里面的电路和灯的开关怎么样？电线有没有短路？”

“这些都没有问题。”他把工具箱放在卡车的平板纸上，对她说道，“明天见。”

“好。明天见。”她也这么回答着，然后陷于沉思之中。

艾比盖尔说服自己灯已经坏掉，电线线路已有缺陷，这种确定会让她好过一些。但是线路其实没有问题。尽管几天以来，浴室里面的灯泡已经没有神奇地在白天亮了，但是这种事情再次发生的可能性对于她来说是一件不受欢迎的当务之急。

艾比盖尔喜欢惊喜就像喜欢偏头疼一样。纳特·罗恩的清早拜访就是这样的一个惊喜。提前通告一下应当会更好。她现在正站在摩尔的门前敲门，想要为他上一次补习课，专教日常社交礼仪。但是看样子他并不在家。

“有可能与他的店铺一样。你得绕过去，到后门，然后各取所需。”

摩尔的露台高耸于海湾之上，俯瞰大海。一个烤肉架里面堆了几个月的炭灰，立在一张木质桌子旁边。桌子上放着数也数不完的鱼。木纹里面镶嵌着鱼鳞，使得桌面闪闪发光。

“我还以为我听见有人偷偷摸摸在这附近转悠呢。”摩尔透过推拉门对她说，“很高兴你并不是一个鬼鬼祟祟的小偷。我猜这大早上对于小偷来说也太早，对吧？”

“的确有点儿早。我已经在你的前门使劲敲了五分钟。”

“当时我以为是有人要卖什么东西。”

“在礼拜岛上有很多做直销的雅芳小姐吗？”

“没有，但是女童子军们真是无情又无尽。”

艾比盖尔连忙把手指放在嘴唇上面。

“好啦，好啦。如果你是过来念叨纳特·罗恩的暴行的话，我们赶紧一口气说完了事。”他斜靠在推拉门上面——正是这扇门把他们俩隔开了。他下巴上扬，做出他已经准备好迎接语言轰炸的滑稽样子来。“来吧！继续来！向我发出完美的一击！”

“你起码也要提前告诉我你要派他来。”

“然后你就会允许我派他了吗？”

“问得好。我明白你的意思了。”

“想要来一杯咖啡吗？”

“时间不允许。我正要赶去找拉尔奈警长。”

“去找卡雷布？为什么？”摩尔打开推拉门，和她一起来到了露台上面，一跛一跛的。他依旧把雨伞当做拐杖在用。

“昨天晚上我巡查的时候，看见了一个人。一个男的。他就在廷柏路上。”

“你认出来那家伙是谁了吗？”

“天太黑了。我唯一敢肯定的是，那是个男的。”

"这是昨晚的事？"

"然后我就直接开到警长的驻地站了。拉尔奈没有在那里面。他在窗户上留了一个标签——"

"'五分钟后回来'。这句话一直都在那儿贴着，就算卡雷布在办公室里坐着的时候，也贴着。"

"你们这些人都是怎么回事呢？而且有人敲门，你们也不答应？"

"如果有那么重要的话，也可以等等再说。"

"啊，又是一个'礼拜岛逻辑'。"

"这只是我自己的逻辑罢了。话说回来，无论如何，我原本打算给你打一个电话说一下呢：你不用再来替我做安保巡查了。今天晚上就是你替我的最后一晚了。我已经感觉好多了。我可以自己来了。"

"你确定吗？你现在走路还需要拄着你的雨伞呢！"

"确定，确定！我好得不得了。而且就算天要下雨，我也完全准备好了！"

"好吧，但是我昨晚看到那个男人怎么办？你觉得我应该不应该去告诉拉尔奈警长？"

"你随意。"摩尔答道，毫不关心的样子。

"有人到这个岛上乱来，登门入户盗窃东西，难道你不关心吗？这可是你们的岛。"

"关心啊，我关心。但是我关心的不是那些被抢的房子。那些房子是游客的。那不是我们的房子。我担心这件事，是因为洛蒂。如果她的房产被偷袭了，她会拿到一笔保险金，然后她也要为那些劫匪造成的损失进行赔偿。她的利润率就高到天上去了。这就是个不平等的交易。事实就是，她请我去到处查看查看，只是为了能够知道哪些房子已经被破门而入，哪些没有。这并不是为了预防犯罪。这只是踩踩水，做无用功。"

"如果被抢的是你的房子呢？那时你怎么办？"

“不会是我的房子的。”

“你怎么知道的？”

他不愿意回答。

“摩尔。”艾比盖尔催他。

“这些盗窃案，不管是谁做的，他们从来都没有把本岛岛民的家当做犯罪对象。他们一步都没有踏在本岛岛民居住的这一区。因为，只要他们敢过来抢一处我们的房子，他们遭受的报应就会如同下地狱一般。”

“那么，到底会是谁呢？夏天的时候从大陆来观光游玩的什么人吗？”

摩尔低头看着自己的双脚，好像他的表情一定会出卖自己似的。

“你认为是礼拜岛上的人干的。”

他皱了皱眉，但是也没有表示反对。

“为什么一个本来就生活在这座岛上的人会做这种事？”

摩尔的身子慢慢下滑，坐在了一个折椅上面。从他嘴里将要说出来的话看起来比他的脚伤更让他痛苦。

“今年夏天的生意并不好。之前人们还一直祈祷有一个好的收成。见鬼，他们全靠夏天活着了。打渔的生意已经越来越疲软无力了。水里面的船比鱼还要多。所以人们已经不得不靠夏天的游客来挣钱了。因为这一季生意太差劲，有人变得绝望起来，没人会惊讶。这一点儿都不奇怪。”

“那你觉得警长知道正在发生这种事吗？”

“这我可不知道。”

“如果他也知道呢？”

“那么他就是知道了。”

这就是礼拜岛。这就是礼拜岛上的事。一个秘密就算已经众所周知，却仍然是一个秘密。一个犯罪发生在一个到处都是目击者的岛上，却仍然不是一个犯罪。

从摩尔家里出来的那条路将艾比盖尔带到一个十字路口。她可以向左转，开到镇上，也可以向右转，回到灯塔。她需要作出一个选择，是要去找警长讲述自己的亲眼所见，还是让它不了了之。

就在汽车引擎空转的时候，一辆学校的小车停在那条路的另一边。小孩子从各家各户跑出来，在校车跟前排成一队，准备上车。这真是如此寻常的一个场景，单单是看着，艾比盖尔就能有一股正常生活的感觉。

校车继续向前开走，经过了她的休旅车。她按下了转弯信号灯。她向右开走了。

艾比盖尔将那天剩余的时间用在了后院上，来回推拉那个电动割草机。刀片发出持续不停地运转声，让她的思维暂时抽离。这种持续不变的动作麻痹了她的思维。当她结束割草的时候，灯塔看起来更高了，而看守人的砖房也看上去更加破旧颓败了。

十分满意。她走进房子里面，决定为自己来一个热水浴。已经辛辛苦苦过了三天，艾比盖尔都没有洗过一次澡。这种堕落的行为在过去会被当做无法无天的放肆行为的。

“自从搬到这里之后，你的个人卫生情况已经不及以往了。欢迎你变成那个新的你——艾比。”

为了改变一下自己，她很兴奋自己能在浴室里面。白色的水泥浆反衬出瓷砖的光亮。淡蓝色的油漆让这个狭窄的小房间有了一种轻盈快活的感觉。就在放着洗澡水的时候，艾比盖尔走到书房，打算随便拿本书，可以泡在浴缸里面看。她细细翻查了书架，没有一本书能引起她的兴趣和幻想。直到她的目光落在昨天她已经开始看的那本言情小说之上。她记得雅尼娜也有一本类似的纸皮书，就在她头一次到韦勒小市场与雅尼娜喋喋不休的时候看到的。

“我们唯一的共同点就在于我们的阅读品位。多么讽刺。”

在热气腾腾的洗澡水里面泡了几分钟之后，艾比盖尔的肌肉酸痛开始消退。一直在她颈部的那个硬结也开始放松。当她重新回到迷人的女继承人和放荡不羁的海盗船长的时候，他们的恋情已经将双方都置入了由那个阴险狡诈的追求者所设计的险境之中——他精心设计，陷害海盗船长，令他被捕被杀。尽管故事十分荒谬，但是艾比盖尔一直将这传奇故事看到一百多页之后，才把书放下。而原因只是她的胃隆隆作响。

“继承人小姐，请保持你的想法。我饿死了。”

她相信自己可能最终会战胜对烤箱的恐惧，尽管上次在引燃炉灶时发生了大惨败。所以艾比盖尔之前在小市场里买了简易冷冻晚餐。

“一决雌雄的最后一战就要开始了！”她说着，把身上擦干，“在这一角，我们看到一个全身都湿了的、累坏了的女人。在另一角，我们看到的是挑战者，土耳其风味的意大利面！”

艾比盖尔走进房间，打开灯。这地方被照亮之后，感觉温暖起来。浑身哆嗦着，头发湿漉漉的，艾比盖尔就这样粗略地读了简易冷冻晚餐外包装上面的烹调说明。

“预热烤箱至三百五十度。好，我能够做到这一点。我会让它预热。”

她侧身移动到燃气灶边上，转动旋钮。然后燃气点燃了，声音很大。艾比盖尔向后退缩了一下。

“放心吧，冠军。这只是一个热身。”

正常情况下，预热需要十多分钟。考虑到这个燃气炉的年岁，它可能需要双倍的时间才能够达到正确的温度。

“你打算就这样一直站在这里守着看着这该死的东西吗？”

答案为是。艾比盖尔不能让自己就这么离开烤箱，让它留在那里无人看管。她在那里等着，等着任何一丝危险的信息。五分钟之后，她无精打采地靠在护墙板之上。感到无聊，她打开了冰箱。尽管她最近去了一趟食品店，但是这冰箱依旧可耻地空着。孤零零的一瓶酸奶和一包切好的火鸡肉切片稳稳坐在一层之上。一箱鸡蛋原封不动地待在另一层里面。她放在冰箱底部架子上面的苹果，已经滚到了一个长条面包上面，仿佛互相依偎着，紧紧团结在一起取暖。

“你现在连食物都极为匮乏了！”

她拆开焗烤火鸡意大利面的封口，屏住了呼吸，准备打开烤箱门。

“是不是已经准备好了？”

闭着眼睛，艾比盖尔一把拉开烤箱门，预期会有一阵强烈的热气轰然而出。相反，只有一丝微微发温的空气飘荡出来。

“难道只是这样子？”

使用说明上说，烹饪时间需要大约二十五分钟。但是一个半小时后，艾比盖尔的晚餐仍然冻结得坚实。她已经用叉子多次地刺在这份焗烤火鸡意大利面上面了，叉子的尖齿几乎都要断掉。马上就要赶不上摩尔的巡查时间了，她把烤箱关掉，随便拼装了一个三明治，准备带在身上，在路上解决。

“我放弃。焗烤火鸡意大利面获胜。可以把这场拳击比赛的手套高高挂起了。”

就在巡查的过程中，艾比盖尔感到一阵阵失望的涟漪。这将是她做安保巡查的最后一晚。之前的每个晚上，她不是被羞辱，就是被吓成石头人。但是，摩尔的安保巡查的确带来一种她一直缺少的东西：一种目的。她很遗憾自己失去了这东西。

“现在你一定快要疯了。”

廷柏路上的那间平房是她的最后一站。艾比盖尔选择相信盗贼不会这么快就回到这里。但这一逻辑尚未渗透至她的各条神经之中。她的手心正在出汗，使得手电筒和锤子都握不紧。当艾比盖尔这项惯常的绕房一周活动被脚步声打断时，她正在把双手放在裤子上擦汗。

这不可能再次发生的。不能再次发生。

她躲在后面的一丛灌木之中。这是这么多天以来她第三次躲在灌木丛里面了。这不是艾比盖尔认为自己会养成的一种习惯。

黑暗之中闪过一道亮光。她认出这就是前一晚见到的那个男人的身影。月光之下，他的手表不停闪烁，在他走动时亮光显示了他的手臂挥动的弧度。他的步态又慢又笨重。他的步速表明了他是一个上了年纪的，或者是超重的男人。艾比盖尔跟在他的身后，直到他在道路尽头转弯为止。然后她赶紧回去爬上自己的车，想要继续追踪。这时，她的大脑理性的一面表示反对。

如果你追上他了，你打算怎么办？难道你要行使所谓公民对于重罪者的自行逮捕权？

在这场激烈的斗争之中，常识输给了好奇心。艾比盖尔开动了她的休旅车，沿着一排一排的房子，从一边开到另一边。那个男人再一次消失了。

“放松。你又不是正在某个可怕的B级电影里面。你现在正在礼拜岛上，在一个充满了以海为生、热爱宾果游戏的岛民的镇子上。他们——在极大程度之上——是心智健全的。他们之中没有一个人会从灌木丛里跳出来，手里还拿着一柄斧头。

或者说她只是希望如此而已。既然这个男人已经消失，艾比盖尔又被昨天那一个同样的选择问题困住了：讲出这件事，或是不讲。刚才她与那人的距离并不很近，不足以使自己能够详细地将他的模样描述清楚。所以这问题的结论很简单。

“我要回家。”

家，这个字在她的耳朵里面一直回响，就像共鸣音叉的嗡嗡声一样。灯塔已经变成她的家了吗？她在波士顿的那座房子，她真正当做自己的家的那个地方，已经消失。房子已被夷为平地。土地已被廉价卖掉。新的主人将在那里重建。当艾比盖尔想到一个新房子将要取代她的家的时候，那画面真的伤害到她了。

她和保罗当初是因为外观而爱上那个房子。那古典的复兴主义的房子就像一幅精致而典雅的画作，白色粉饰的外墙、齿状的墙饰、黑色的百叶窗。让房子更加吸引人的就是，它是按照伊迪丝·沃顿在伦诺克斯的一处房子——望山居——修建的，就在不到二十英里开外的地方。住在这样一个可爱的家里——仿照着她最爱的作家之一的家，艾比盖尔不能要求更多了。很快，就在她的房子原本所在的地方，立起了一座新房子。没有人会记得有关伊迪丝·沃顿的这个细节，也没有人会记得艾比盖尔和她的家人曾经住在那里。将要一直流传下去的事实将会是：之前的房子被大火烧毁，有两个人在这场大火之中失去了生命。

艾比盖尔准备上床睡觉的时候，这一整天的劳累才终于紧紧追上了她。之前在商店里，她忘记了买止疼片。现在这些疼痛威胁着她，非要让她保持清醒。她将不得不应付酸痛这回事，就如同她应付其他一切事情一样。无视它，是她能做到的最好的方式了。

艾比盖尔相信一本书就可以让她入睡，所以她下楼去找洛蒂的言情小说。但是，那书并没有在浴室里面。她以为自己之前把它留在了那里。在客厅里，她刚好经过了放在桌上的贾斯珀先生的记录簿。

“你也可以看看这个。而不是那个小说。”

她怀抱着记录簿走上楼，把自己塞到被子里面，把书靠着膝盖放着。刚看了一页，她的眼皮就开始下垂，她飘飘然睡着了。记录簿也就顺势躺在她的身旁。

艾比盖尔醒过来，是因为记录簿掉到地板上发出的那一声响。

“你也早上好呀。”

糊里糊涂地，她拿起了记录簿，为它拍拍尘土，然后穿好衣服，再披上了上周她就穿着的刷漆外衣——一件灰白格子衬衫和一条已经溅得斑斑点点的卡其裤。她四处搜寻那本洛蒂送来的言情小说，发现它就在书房里。然后她安安稳稳地坐在餐桌边上，觉得自己可以在进行更多家务劳动之前，一边早餐，一边看看小说。

女继承人和她的海盗船长的故事继续发展下去。每一章节都以一次背叛、一场击剑比武或者是在公海里的一场生死追逐作为一个小高潮而结尾。在一场女继承人的未婚夫——那个卑鄙的伯爵——所指挥的舰队和海盗船长手下的老水手之间进行的战斗中，艾比盖尔突然感到自己的胃部开始痛起来。午饭过后已经很久了。大半个白天已经完全消失无踪。这种完全可以预知结果的言情小说竟然具有如此令她惊讶的娱乐性。

艾比盖尔一边解决一瓶酸奶，一边看着故事片段飞速向前推进。满目皆是多愁善感、情意缠绵的形容词和诚挚热烈的动词。伯爵正要在一个偏僻的小海湾里面将女继承人那心爱的海盗船长蓄意谋杀之时，外面突然响起了喇叭声。透过前面的窗户，艾比盖尔看到纳特的卡车正从行车道上开过来。

“非要在这千钧一发的时候！”

她合上书站起身来，却因为用力太猛而头晕。她已经这样坐了好多个小时，以至于她的双腿都睡着了。艾比盖尔拍打她的大腿，做了几下单脚跳，强迫腿上血液加速循环。这时喇叭又开始狂响。

“我马上就来！”她冲着窗外大声喊道。双腿发麻，艾比盖尔拖着双脚往外走。在门阶上面，一步一个台阶慢慢走。

纳特在卡车的驾驶座上盯着她：“你把自己搞伤了？”

“这是一个与读书有关的受伤。”

他不明白，但是看上去也不愿意弄明白：“你带吃的东西了吗？”

“为什么问这个？”

“因为这件事需要不少时间。你可能会饿。”

艾比盖尔尴尬地走回房子，嘴里嘟嘟囔囔抱怨着：“我怎么会知道我需要带一些吃的东西啊。”

她像往常一样装了一个三明治和一个苹果。唯一能够把这些包起来的袋子就是一个来自摩尔的商店的巨型纸袋。

看到她拎到车里的那个袋子，纳特扬起了眉毛：“你胃口一定很不错。”

卡车穿越整个岛屿的过程中，他们一直沉默着。除了有一些破损的真皮坐椅还有车厢地板上的沙尘，整个车内真是出奇的整洁。一个纸折的常青树在后视镜前面悬挂着。

“什么？”纳特说，“你原以为这里会有鱼的恶臭味儿？”

“差不多。”艾比盖尔供认不讳。

“你知道大家都怎么说这些假设的，人们的假设通常都是错的。”

艾比盖尔欣然承认她对纳特·罗恩所作的一些假设是错误的。只是一项除外：他的态度。

“通常是这样的。”她补充说。

这个海岛的西北端平得像一个桌面，还盖着一只洗衣刷。纳特走上了一条坎坷不平的、没有标志的路。四分之一英里之后，这条只有一条单行道的路把车送到了一小块林间空地之上。这片空地上散落着处于各种有待修理状态的若干艘船。几艘马达小艇堆在煤渣堆上面，而一个破损了的划艇则扮演了一个用来放置各种各样物品的容器。草坪拒绝出现在这片空地上。杂草倒是更加坚强，已经在一个巨大的锚下面探头探脑。这个巨锚就倚靠在一个伤心落寞的脏污堆上面。

在大海和林间空地之间是一个隔板建造的简易平房，房顶摇摇晃晃。房子的涂漆已经被刮走，但是前门上还留有一些痕迹——是一种红润的淡棕色，给这座房子带来一种暴躁易怒的外表。纳特已经说过，他要自已来做这个准备工作。这项工程随随便便也需要几百美元的成本。而且这一定需要花上不少时间。艾比盖尔很想知道纳特到底亏欠了邓肯·萨德罗多少人情。

她与纳特所达成的这个协议已经开始显得不公平了。所有他需要做的，仅仅是搬动几件家具。而她却让自己被一个契约束缚在了一件更加庞大的任务上。

“不要等我邀请才下车啊。”他说着，跳出了卡车。艾比盖尔随后下车。

站在平房门口的，是一个长着厚厚的、长度及胸的棕色胡子的男人：“下午好，纳特。你是过来做完粉刷的活儿？”

“这件事会搞定的。”这个男人的无心一问已经将纳特推至另外一个错误的方向上了。不用现金而用劳动偿还债务，他似乎没有什么值得自豪的。

“这位助手是哪位？”邓肯问道。

“哦，对，这是——”

“我叫艾比盖尔，或艾比。叫我哪个都行。”

她不想听到纳特·罗恩说出她的名字。这将使他们的安排太过个人化，好像他们已经是朋友，而不是正巧时间方便的熟人。

“很高兴见到你。如果你需要什么，就喊我，除了让我帮忙。就这样。”邓肯面无表情地说着，退到了房间里面。

真是一秒钟都不浪费，纳特就说：“你找一个梯子。我们要爬上去，从高处开始往下刷油漆了。”

“你怎么说我就怎么做。”

艾比盖尔把卡车拖车上的两个梯子拖了一个过来，此时纳特将一罐罐的底漆搅了起来。

“对不起，我忘了。”他从她手中接过梯子，将它靠墙竖好。

“忘了什么？”

“这梯子很沉。”

“刚才提到假设什么的那个人难道不是你吗？”

“我是想到你可能还因为那个‘与读书有关的受伤’而虚弱。我可不是非得做个绅士。”纳特将两个底漆桶打开，然后递给她一柄刷子。

“有什么需要注意的地方吗？”艾比盖尔问。

“注意？”

“就是有关怎么做这件事的指示。”

“把刷子拿在手里，然后这个样子就行。”他已经开始刷漆。

“跟一个专业老手学习向来是一件乐事。”她说着，试图让这句话变成最后一击。

他完全无视她。她也一样。这将是一个漫长的下午。

这种阳光明媚、无风无浪的天气对他们十分有利。底漆刷得顺利，干得迅速。艾比盖尔真希望自己带了收音机。独自一人时，安静是她能够应对的。当她与纳特·罗恩一起，沉默就让她有点儿不适。

当这样的安静对她来说已经太重的时候，艾比盖尔突然蹦出一个问题：“房子的后面怎么样？”

“邓肯取下了墙面隔板。有一些白蚁。”

“他会不会把墙板换掉呢？这里很快就到冬天了，而且——”

“这个问题你要问他。”纳特快速地抢答。

怪人。

两个人又重新回到刷漆这件事上，从房子的两边向着中间刷去。这样他们会在房子中间部位会合。当他们真的会合的时候，艾比盖尔看了看手表，已经过去一小时了。

“做得还挺快。”她说。与其说是对纳特，还不如是对自己说。

“两只手总是强过一只手。”

“你的意思应该是四只手强过两只手吧？”

“我不知道你是什么情况。但是我一次只能用一只手刷油漆。”他举着他的梯子和他那一桶底漆走到了房子的另一端。

怪人。

这一面墙他们也完成得一样快。

“你想做完前面这部分之后就休息一下吃饭？还是等休息一下吃个饭再弄完这面墙？”

“做完再吃吧。实际上我还不是很饿。如果你想要的是这种回答的话。”艾比盖尔回答道。

“这不是我想要的回答。但是没问题。”

怪人。

两个人都从房子前面的两边开始刷，保持着他们之间的距离。完成任务好像变成了两人之间的比赛，比赛的重点就是刷到前门。艾比盖尔用眼角的余光密切注视着纳特。她能察觉到他也在做同样的事。他的优势是臂膀有力，而她的优势是速度快。很快，他们二人距离前门都仅仅只有几英尺的距离了。艾比盖尔率先到达。

“做完了？”她得意地问道。

“我马上就做完了。”他气喘吁吁的，有点儿生气，“我们开吃吧。”

艾比盖尔把她那个巨型纸袋从纳特的卡车里面拿出来。他滑行至方向盘后面，打开一个冰箱。

“你要在这里面吃饭吗？”

“为什么不呢？”他回答。

“在外面吃可能会更加开心吧。”

“自从日出之后就一直待在外面。”

“那好吧，那么我要去外面吃。”

“随你。”

怪人。

她坐在邓肯房前的门阶上面，把袋子里面的东西全都倒了出来。尽管袋子很大，那个又小又薄的三明治已经被压得有些碎了，而且她忘记了洗苹果，艾比盖尔还忘记带喝的东西。她现在渴得要命。

“这么大的袋子，就装了这么点儿吃的。”纳特从副驾驶位的窗口向她喊过来，“你怎么没有带点喝的东西？”

“如果去为别人粉刷房子的话，我一般会记得带一个热水壶。今天肯定是忘了。”

粗心对艾比盖尔来说是一种罕见现象。纳特·罗恩已经让她最糟的一面呈现出来了。

“我这儿还有一瓶多出来的苏打水。”

艾比盖尔来到卡车边，从他手中拿过瓶子。“谢谢。”她简短地说，然后回到邓肯门前的台阶上。

他们吃完了，互相再也没有多说一个字。纳特凝视着水面，她盯着地面。她的三明治，虽然被挤压了，但是味道非常好。强烈的饥饿感让这个平平的火鸡肉和面包变成了一顿大餐。

“这就是你发现自己已经饿坏了的线索。”她若有所思地说。

“此话怎讲？”

“当一个被压得错位了的三明治都尝起来令人惊喜的时候。”

“那你怎么能不发觉自己已经饿了？”

他正在设下圈套，准备开始争吵。艾比盖尔能感觉到这一点。

“你能感觉到一件事，却不会完全意识这是一件什么事。”她反驳道。

“此话可疑。”

“难道你没有精疲力竭然后不屈不挠地一直做一些事不肯停下来，只是因为你很热爱正在做的事？”

“这不一样。”他一边咬了几口吃的，一边回答。

纳特是在引着她，好故意激怒她。艾比盖尔拒绝继续堕入这个陷阱之中，选择了改变话题。换一个他可能不太愿意继续跟她讨价还价的话题。

“邓肯一定做了大量的修理工作，如果你需要用为他粉刷整个房子作为交换的话。”

纳特喝了一大口苏打水，一饮而尽：“他在汉克的意外事故之后把他的船桅全都修好了。”

“意外事故？在码头的那次？我还以为他是喝醉了。”

“这是一个意外。”他严厉地纠正了她。

“这不是我之前所听到的。”

“你之前听错了。”

“那又不是你的船。这是汉克的，所以你何必——”

“何必根本不关你的事。你刚刚来到礼拜岛。你以为你已经看明白这地方了？你根本一丁点儿都不了解这个地方还有这里的人！你也同样完全不了解我。”

“嗯哼。让我大胆地猜测一下，这种粗暴的硬汉式行为只是为了掩盖那颗藏在臭名昭著的纳特·罗恩的外表之下的敏感而脆弱的心灵吧！请原谅。因为你也丝毫不了解任何有关我的事情。而所有我知道的有关你的事情，只是：你是一个真正的浑蛋。”

艾比盖尔把剩下的三明治扔在一边：“油漆在哪儿？我想把这件事赶紧弄完。”

她从卡车的拖车里大力拎出一桶灰褐色的外墙涂料，走到房子的一边，准备开始粉刷。卡车门开了。她听到纳特把他的梯子挪到房子的另外一边。她的手颤抖得厉害，连打开油漆桶都不可能了。艾比盖尔几乎要哭了起来。

你只需要继续撑到白天结束就好，就剩几个小时了。

接着，她想起了这场讨价还价之结果的另一半内容，纳特将要与她一同搬家具。如果将那些古董玩意儿留在地下室意味着她可以与他少相处一秒钟的话，也值得了。

他们在房子的前面会合了。各自拖着自己的梯子，仅仅简单交换了一下眼神，就继续工作。这一次，他们之间的比赛就不是要比谁完成得更快了。

过了一会儿，纳特将最后一下油漆刷完，说：“我会把刷子拿回家清洗。现在你可以把你的装备装到卡车里面然后我们就可以出发了。”

“我也可以清洗刷子。”

“我说了我会处理这件事了。”

“你是老板你说了算。”

正当纳特为最后一个油漆桶盖上盖子时，邓肯来到了屋外。“这是给我的礼物吗？”他用脚趾示意了一下艾比盖尔留在台阶上的那个苹果。苹果旁边放着她吃了一半的三明治，就躺在纸袋子上面。她快速走过去，将残局收拾干净。

“不用担心。你随时都可以把食物留给我。”邓肯如此宣称，双手拍拍他的肚子。

“工作成果很优秀。”邓肯从房子的一边走到另一边，如此说道，“只是现在我太太就要让我好好整顿整顿这个院子了。我说，你们两个家伙可真是一个好团队。或许你们应该一起做个生意之类的。”

艾比盖尔和纳特交换了一下眼神。他把头上的帽子拉得更低，将自己藏在里面，拒绝回答问题。

“我真的要回灯塔了。”

“当然当然。很高兴认识你，艾比。”邓肯伸出了他的手。她摇摇那手，尽管她的手指因为一直不停地紧握油漆刷而有一种火辣辣的痛。

“这样，我跟你们的账就清了。”他对纳特说，“就是你和汉克。就这样。”

纳特对他说了感谢，然后进入了卡车。艾比盖尔做了同样的事。他们开着车穿越了整座小岛，如来时一般，没有说话。他把车停在灯塔旁边，艾比盖尔匆匆跳了出来。

“家具怎么办？”纳特问道。

“忘掉这件事吧。”

“什么？不行。我可不会单独赖掉我这边欠下的账。”

“不管了，随你的便。我太累了，今天做不了了。”

“好吧，那么我明天来。汉克身体不舒服，心情不好，不想扬帆下水。明天早上我可以过来。”

“正如我刚才所说，随你的便吧。”

艾比盖尔走进房子，“砰”的一声把门关上。听起来比她原本打算的更用力，连铰链都一直在颤抖作响。然后她滑了下来，坐在了地板上，开始哭。同样比她原本以为的更严重。

Chapter 9

/

/

/

无声的安慰

你来自何处？在世上还要待多久？

你干吗担忧？

菩提树散发出不灭的香气。

——伊娜·赛德尔《安慰》

房子很安静。这种固体的寂静，密度如此之高，填满了整个客厅，还压迫着背靠着门坐在地板上的艾比盖尔。站起来的时候，她的膝盖发出摩擦的声音。双臂的剧烈疼痛已经引起了耳鸣。她太过疲惫而无法入睡，她太饿而不想吃饭。条件反射一般，她驱车前往摩尔家。她就坐在外面，在休旅车里面。她不知道是什么把她带到这个地方来的。

"既然你都来了，不如就进去吧。"

艾比盖尔朝露台走去。在那里她可以通过推拉门看到屋内。灯是开着的。她能听到正在播放一场足球比赛。她敲一敲推拉门，听到摩尔慢慢走过来。他已经发现了，她一直在哭，没想过用任何方式来掩饰这一点。

"出什么事了？"

"没有。"

"有什么东西坏了？"

“没有。”

“难道是灯塔倒塌了？”

“没有。”

“你想要进来吗？”

“谢谢你。”

“你吃了吗？”

“没吃多少。”

“我这儿还剩着一些金枪鱼砂锅菜。”

“听起来很好吃。”

就在摩尔用微波炉加热食物的时候，艾比盖尔找了个座位坐了下来。厨房餐桌上面摆满了鱼钩和细线穿在一起的精致的鱼饵。有一只微型塑料甲壳虫被贴在了一只凳子上面。

“之前我常常买鱼饵。”摩尔说，“但是我觉得我自己做得更加逼真一些。”

“你真是个天才。它们看起来像真的一样。”

“敲一敲木头，坏事全都走。”他在她面前放了一大杯咖啡，“今天过得很糟糕，对吧？我要吃的那份已经吃完了。我也喜欢天天都过得好。”

“是因为纳特·罗恩。他这人真是太……”

“傲慢无礼？招人反感？令人愤怒？”

“是啊，就是那样。”

“这个家伙不是个容易相处的人，从来都不是，永远也不会。他之前过的生活很苦。”

“谁没有过去？”

微波炉发出哔哔的声音，摩尔出去，他为她盛了一大勺金枪鱼在盘子里面：“这个很烫。慢慢吃，没必要再把你的舌头烫伤了。”

不顾他的警告，艾比盖尔开始挖着吃饭菜。味道太好了。她大口吃着，一叉勺又一叉勺，把整个盘子都吃十净了。她都不敢对摩尔坦白讲：这是她来到这个岛上之后吃的第一顿热饭。

“作为这么一个瘦小的人，你真的可以随心所欲。你又不是那些，呃，那个单词怎么念，发作性嗜睡症患者，对吧？”

艾比盖尔笑了，差点被嘴里边的东西噎到：“你的意思是暴食症患者吧？不是，我不是。”

她有些怀疑摩尔是不是故意犯一个简单的用词错误让她开怀大笑。她很感谢他这一点，如同她感谢这顿饭一样。

“想不想聊一聊发生了什么事？”他问道。

“这事并不重要。纳特太自卑了。就是这样。不管什么事发生在他身上，他都会生气。”

“如果这么生气的话，通常也意味着这个人受到了伤害。”摩尔说，暗示着他其实有那位臭名昭著的纳特·罗恩的人物全传。

艾比盖尔举起手来，仿佛是用身体阻止他的进攻：“你没有必要告诉我。这根本不关我的事。而且如果你告诉我的话，纳特会暴跳如雷的。”

“的确可能会这样。”

“那你是无论如何都要告诉我吗？”

摩尔的表情看上去无动于衷。他打算告诉她，无论如何。

“如果你要向我讲述纳特的秘密，谁来保证你不会把我的秘密告诉他？或者告诉其他人？”

“那么你非得信任我不可了。”

信任对于艾比盖尔来说是一个很棘手的概念。在火灾发生后，她总是不能相信她的感觉，也无法相信自己。对其他人产生信任感，对她而言，真是要求太高了。

“如果你再给我盛一碗金枪鱼砂锅菜的话，我就用一点点信任跟你交换。”

“马上就来。”

鱼饵和足球比赛的喧闹声是摩尔家里唯一的阳刚之气了。画着常春藤的墙纸为厨房描了花边。冰箱上的磁性贴是水罐的形状，炉子上面挂着的锅垫上面也都是花卉图案。摩尔，这个高大魁梧的男子汉，沉浸在前妻制造的女性气氛之中。起初，艾比盖尔想知道为什么他还留着这些东西。她甩掉了他，带走了他的孩子。然后，她才意识到，如果她的房子不被完全烧掉的话，她会留在那里。她会被那些留在墙上、栏杆上和地板上的一切提醒她曾有的那些特别的时光留住。她会透过哀伤去寻找，那些时光还雕刻在其中。

“这故事是不是会让我哭的类型？因为今天要哭的份额我已经用完了。”

摩尔把盛满的盘子放在桌上，摆在她面前：“这要取决于你是为什么哭了。”

“好吧，好吧。如果你要告诉我，就告诉我好了。”

“纳特并没有把这些事情亲自告诉我，这并不是十分私人的事。”

“那么这故事是一个长篇故事的前传？”

“这不是——你说的那个叫什么——那种道听途说的东西。但是他也不是从马嘴里面亲自吐出来的。”

“那么是从谁的嘴里面说出来的？”

“汉克·斯考克斯。”

艾比盖尔对于岛上帮派联盟的大概脉络还是很模糊。她不知道谁跟谁比较亲密，而跟谁不亲密。“我都没有发现你和汉克是好朋友。”

“自从我们认识，就一直是好朋友。快要有一辈子了。”

“对不起。请继续吧。”

“就在汉克把纳特当做好伙伴之后不久，他们俩就开始一起喝酒。酒精就是酒精，就有这种作用。纳特向汉克敞开了心扉。没有其他人知道这个家伙的踪影。但是故事也不是那种闲聊的类型。他之前曾经被三个其他的船长雇用过。并不是因为他不能在船上好好控制自己，而是因为他的脾气。这样流言就开始飞传起来。”

“都是些什么流言？”

“说纳特是假释犯人或者逃犯，或者说他是从精神病院逃出来的，除了身上的衣服一无所有。”

“他真的是只穿着身上的衣服就来到了这个岛上？”

“或许他来时身上的东西更少一些。”

“但是这些都不是真正发生的事，对不对？”

摩尔也在桌子边上坐了下来，坐在她身边：“汉克说，一个晚上，他和纳特喝了几杯啤酒之后——其实是喝太多了，你知道汉克的——纳特告诉他，他来自南卡罗来纳州。在那之前，他一直都在佛罗里达州。他在南部海岸上十几个地方都住过，做过各种工作，只要他能做。从各种琐碎的东西到他已经拿到执照的东西。电工、水管工、机械工，只要你能说出来名字的，他都能做。”

“等一下。你派了一个实际上并不是真正的电工的人来检查我的线路问题？”

摩尔被抓包了，脸颊上泛起了粉红色：“他是我们礼拜岛上最好的电工。他有正式的资格证书，呃，他是一个专业技术人员。”

“谢谢解释。我感觉好多了。”

“就像我刚才说的，纳特告诉汉克他如何四处搬迁，如果有钱的话怎样坐公车。然后汉克就问纳特他的家庭情况，这下可好，纳特完全安静了下来，一个字也不回答。幸好，就算汉克喝得很醉，他也留着那点意识来继续设下陷阱，让这孩子自己说出来。于是纳特告诉汉克，他没有任何家人。没有一个家人活着，就这样。父母死于一场车祸，当时他还是一个小孩子。两个人都是瞬间死亡的。他自己被捆在汽车婴儿座上面，没有被撞到，逃过一劫。身上连一道划伤都没有。”

听着这些，艾比盖尔本可以哭一哭。只是她不愿意。她想把摩尔脑袋里面的描述全都拧干，拧干净。她很抗拒自己不得不为纳特·罗恩感到遗憾。她恨自己为什么与他有这么多相似的私人故事。但是她的确为他而遗憾。他失去了亲人，她也是。艾比盖尔想知道这个故事是不是也触动了摩尔的心弦。纳特没有机会去了解他的父母，而摩尔有一个儿子，却从来没有见过面。艾比盖尔本想问问摩尔这个问题。但是，摩尔想要讲述的是纳特的历史，而不是他本人的。

“他被送到一个亲戚那里住，一个姑姑。”摩尔接着说，“纳特慢慢长大，脾气变得越来越差，连他姑姑也没办法管教他，其他人就更不用说了。所以他被送到一个寄养家庭里面，然后又被赶了出来，开始从一个地方跳到另一个地方。没有人能控制得了他，所以也没人能够用他。纳特开始偷东西，跑到了在法律看来是错误的那一边。汉克说他进过监狱，但是没有判刑。他打破了一辆车，拿走了烟灰缸里面的零钱，然后被逮了个正着。这是他十七岁时候的事了。从这件事之后，他就开始四处飘荡了。”

“你为什么告诉我这些，摩尔？就为了我将替纳特感到遗憾，所以他就能为自己的恶劣行为开脱了吗？一个糟糕的过去并不能为坏习惯或者坏态度进行辩护。”

“不是这样。我只是想告诉你，让你知道一下。”

“你告诉我了，现在会有什么改变呢？”

“在了解某些事和不了解某些事之间，存在着巨大的差距。”

艾比盖尔把她的盘子推到一边：“这些听起来像是幸运饼干里面的小字条上写着的歪七扭八的格言警句什么的，我一条都不想多听了。这些东西毫无意义。”

“当然它们有意义，你是一个聪明的女人。你明白的。”

她明白了，然而也没有明白。摩尔把她的盘子拿到了水槽里，开始洗盘子。艾比盖尔坐在那里用手指敲敲打打：“我该怎么办呢，如果他明天出现在门阶上来帮我搬运地下室的家具的话？”

“你们要做什么？”摩尔差点丢掉了盘子。

“我们达成了一个协议。如果他愿意帮我把地下室的古董家具搬到楼上来的话，我就与他一起去粉刷邓肯·萨德罗的房子。把那些好东西就那样丢在下面，真是让人感到羞耻。我不是什么木材专家，这一点你已经发现了，但是潮湿环境对家具一点儿都不好，对不对？”

摩尔的脑子正在处理她刚才告诉他的这件事。水龙头高高地流着水，他似乎都没有听见。

“摩尔，水。”

“哦，对。”他关掉水龙头，依旧全神贯注。

“你没事吧？”

“嗯，嗯。再好不过了。”

艾比盖尔的想法却完全不同。“今天晚上我已经麻烦你够多了。”她一边说着，一边站起来。

“一点儿都不麻烦。你想让我给你把剩下的金枪鱼砂锅菜打包吗？”

艾比盖尔已经吃撑了。她揉揉肚子：“我可能整整一个星期都不用再吃一口饭了。”

“你不要把我那句发作性嗜睡症的话当真啊。”

“谢谢你，摩尔。真的。”随即，她在此处作了一个严肃的注释，“我是认真的。”

“不客气。真的。”

艾比盖尔一回到家，就想起来她本来打算问摩尔的问题。并不是有关纳特·罗恩的那个，而是记载“主教情妇”号商船事件的那个记录簿。

“一天一个悲情故事，已经是我的极限了。”

在浴室里刷牙的时候，她开始称赞起纳特之前为她做的平整水泥浆的工作了。但是因为她太生气了，又不愿意把功劳给他。

“不能因为他身手灵巧就降低他这个人的浑蛋程度。”

艾比盖尔关上电灯开关。如果纳特身为岛上顶级电工都声称线路毫无问题的话，她就应该相信他。但是她能够相信吗？

楼下，电话响了，让艾比盖尔大吃一惊，已经过了九点。她担心有可能是她的父母，所以冲下去接了电话。

“艾比，是你吗？”电话听筒里面刺啦作响，都是干扰声。

“洛蒂？”

“是啊，亲爱的。正是在下。我想确认一下你有没有收到我的礼物。”

“那些言情小说吧。对啊，我发现了那些小说。谢谢你。它们很——”艾比盖尔脑中大范围滚动着许许多多的描述性短语，想要选择一个最不蔑视的出来，“快餐读物。对了，有几个事我想跟你讨论，有关这个房子的。”

已经没有比现在更好的时间来坦白她所制造的各种变化了。

“我真希望我能够好好跟你多聊一聊，亲爱的。但是我表妹正在腰部复健呢，所以我还得手把手地伺候她，真是犯了公主病。”

“那么，我也可以找个时间到你办公的地方说一说这些事。你打算什么时候回来？”

“你再说一遍，艾比？”洛蒂的手机发出丝丝的声音，“这噪音太大，我听不到你说话。这声音真像是在煎培根肉。怜悯的主，我得去把这个写到我的购物单上。现在来一个培根生菜番茄三明治难道不是一顿美味大餐吗？我得走了，艾比。我们在这里闲扯着这些吃的东西，你能听见我正在流口水吗？”

“先别挂电话，等一等。洛蒂？”

电话里面开始响起拨号的嘟嘟音。

“从言情小说到培根肉，真是一个飞跃。她一定想到你正打算朝她大吼一些有关看守人小屋的话，好吧，并不是你不想告诉她的。”

楼上，记录簿躺在还没有收拾过的床上。艾比盖尔把它挪到床头柜上，然后重新考虑了一下。前一天晚上她睡得很香，几个月以来都没有睡那么香了。

昨天管用。今天也可以再管用一次。

钻到被子下面，艾比盖尔把记录簿放在身边，耐心地等待睡意来找她。

疼痛，而不是阳光，唤醒了艾比盖尔。记录簿好像挖入了她的肩胛骨。手表显示，已经七点过一刻了，跟前一天起床的时间一样。

她把记录簿放到床头柜上面："你就像一个闹钟一样值得信赖。"

如果身体也能够如此依赖的话，就好了。昨天去粉刷邓肯家的房子，将艾比盖尔推过了身体能承受的极限。她僵硬着慢慢翻出梳妆柜上面的衣服，想找一件能穿的。她已经没有干净衣物可以穿了，被她用来当做污衣篮的大垃圾袋已经满当当的。去一趟洗衣店，已经是迫在眉睫的必需事项了。同时她还需要去小市场买一些阿司匹林。

在纳特到达之前，她想先去视察一下地下室的状况。拿掉那些覆着的床单，艾比盖尔数了一下：一共有十四件家具。与餐桌配套的椅子比较轻，艾比盖尔自己就能搞定它们。但是，在这窄窄的、摇摇晃晃的楼梯上航行，确实是一个挑战。

当她拖着一把椅子爬到楼梯顶的时候，敲门声响起。纳特就在门的另一边。

"我们要做这个？"他问道。

"对。"艾比盖尔叹了口气，"我们就是要做这个。"她招招手，请他进来。

"你需要换一下吗？"

"我的衣服吗？为什么？"

"搬家具的话，它们看起来也太华丽了。"

艾比盖尔看不出一件毛衣和长裤可以被解释为盛装："我穿的又不是晚礼服配珍珠项链。"

“好吧。”

“我没有其他干净的衣服了。”她主动坦白。

“好吧。”

“我得去一趟洗衣店。明天我就去。”

“好吧。”

“实际上我不必解释这么多。”

“好吧。”

“现在你是在安抚我。”

“我真的很努力在安抚。”

“别了。”

纳特朝着她刚才搬上来的餐椅走过去：“我还没来，你就开始了？”

“这只是试试罢了。地下室的楼梯间相当狭窄，到二楼的那个楼梯间就更窄了。”

“我们能够做到的。”

他的乐观使她惊讶。那个通常是乖戾无礼的纳特居然在这艰难的现实面前表现得很大无畏，而她自己已经准备缴械投降了。艾比盖尔希望他并不是低估了这个工程，就像她之前低估了他本人一样。

他们下到了地下室。他从底部好好评估了一下整个楼梯。“小，但是某个人却把那些家具搬下来，这意味着，我们也可以把它们搬回上面去。实际上它们保存得还不错。”他研究了一下那个写字台，做了如此评价。

“你熟悉古董吗？”艾比盖尔问道。她十分注意，不要表现得过于惊讶。她不想把自己听到的有关纳特过去的故事当做空气，但是也不倾向于对他变得过分亲切友好。

“稍微懂一点儿。”

“我不明白为什么会有人把它们留在这里，留在这个发了霉的、潮湿的地下室里。”

“人们会为一大堆原因来隐藏一些东西。”

“谁说这些家具是被隐藏在这里的？”

“隐藏也好，储存也罢，随便你怎么说。”纳特走到桌子的另一边，“我们应该先搬重的。你准备好了吗？”

艾比盖尔还是因为那个家具被故意隐藏于此的说法而震惊。

“你应该已经听说过那件，呃……我应该怎么说才对呢？”

“闹鬼？是啊。然后呢？你并没有陷入这个故事之中吧，对不对？这仅仅是岛上的无聊人特意对你讲的无聊事儿而已。”

“对。当然如此。”

他这一撤退求和的表示，让艾比盖尔觉得不是很理解他们俩将要做的是什么了。虽然只是一点点迷惑。

“准备好了吗？”纳特重复道，“你把那把丹麦折椅推开，然后我们调整桌子的角度，让它朝向楼梯。”

在纳特拿掉写字台的抽屉的时候，艾比盖尔摇摇晃晃地挪走了那把丹麦折椅，清开道路。两人一起将写字台移到了楼梯的底部。

“把它翻转过来。”他指示道。

“哪个方向？”

“让它跟楼梯台阶平行，而不是跟它们垂直。”

听到纳特嘴里说出垂直一词，艾比盖尔又被震惊了。这种语言水平比他平时的言谈风格更加适合他。艾比盖尔能发觉这一点。她之所以尊重语言，就在于语言就像一个谜，一个填字游戏，而不仅仅是一个拼图游戏。语言为人们了解他人提供了一个框架和众多线索。这里有一种十分明显的可能性：纳特故意降低自己的水平，只是为了与岛上这些识字水平低的男人们一同相处和工作。

“怎么了？”

艾比盖尔看着他，等着听他把话再说一遍，以证实她的理论。

“没什么，没什么。”她掩饰自己。

“我们俩换一换地方。你去高处，我在低处。你要倒着上楼，但是我会承受大部分的重量。这个写字台可不轻。所以如果你要休息一下的话，就告诉我。”

纳特变了。他没有冒犯她。他是在实话实说。

她站到上面，然后两人不约而同地抬起了写字台。纳特紧紧抓住桌腿，以稳住这一重担，而艾比盖尔则抓牢了桌子的上沿。只剩下三个台阶的时候，艾比盖尔的手指开始发滑。

“它要滑下去了。”

“我们能够成功的。”他用自己的胸膛把桌子顶得更高了一些，重新平衡一下。

“它会滑下去的。”

“不，不会。”

经过最后的冲刺，纳特将写字台奋力往上一推，推过了楼梯顶部，安全地到达地板上面。

“瞧，”他说着，呼吸困难，“你没有松开它啊。”

“差一点儿就放弃了。”

“这个东西要放到哪里去？”

“书房。”

“您先请。”他示意她带路。

楼上，纳特拿出他的卷尺：“这里的家具应该需要跟那个写字台的尺寸相搭配。”

“我不需要那个小桌子，还有这个椅子。当然我也不需要那个婴儿床。”

“你这么说，好像根本不会有任何一个访客来看你一样。”

艾比盖尔感到纳特的目光正在寻找她的表情。这种审查太让她紧张了，所以她绕过他的身边，避开他。她说：“这个椅子比较轻。我把它拿到下面的客厅去。”

纳特在后面跟着，胳膊下面夹着从婴儿床拿下来的超薄床垫：“如果这个东西不打算用的话——”

“都是你的。”

“我会把这个看成是一种借贷。虽然这个婴儿床并不真正算是你的。你是租了这个地方。你忘记了？”

她的确租了此地：“好，那就当是借贷。”

“我可能需要你帮把手，把床架搬到我的卡车上面。”

他们第二次来到了书房，开始拆卸床架。折叠床腿，好让它更容易通过楼梯间。纳特先走，艾比盖尔紧随其后。因为他背对着她，艾比盖尔终于能够将她前额上面的汗水擦掉了。

“至少这个东西不重。”她说着，假装自己并没有气短，“你打算拿它做什么呢？”

“在上面睡觉。”

“那你的床呢？”

“你正在拎着的就是。”

艾比盖尔大吃一惊。这样看来，这个男人没有一个真正用来睡觉的地方。他之前是窝在什么人的长沙发上，或者更糟糕的是，地板上吗？他们将床架放到卡车后面的拖车上，然后纳特关上了挡板。

“还需要其他的家具吗？我是认真的。还有什么我可以做的呢？”

“这个我不知道。”她的慷慨使他局促不安。

纳特正要退回屋里的时候，艾比盖尔说：“如果你不说的话，我自已也不会发现。”

他转过身来，想在她的眼神里搜寻她的意图。这一次，艾比盖尔坚守阵地，没有退避。

“你已经上了贼船。”

搬完一件又一件，他们终于清空了地下室。每拎上来一把椅子，下一把就会放到纳特的卡车里面。很快，客厅里面装满了古董，而他的拖车里也堆得高高的了。快到中午的时候，艾比盖尔已经精疲力竭了。她一屁股坐在房前的门阶上。

纳特用手帕擦着自己的脸："你已经饿了吗？"

"已经？"

"你平时似乎吃得不多。"

"我吃。我吃很多。"

"嗯哼。"

纳特走到房子里。艾比盖尔发现他正在厨房，查看冰箱里的储备。

"这并不是一件很礼貌的事，如果你——"

"打算检查别人的医药箱的话。这只是你的冰箱。"

"你就笑话我吧。我没有任何食物。哈哈哈。"

"这有一个。"他说的是冰箱里的简易冷冻晚餐，"至少你可以把这些东西丢到烤箱里面……"他在那里指手画脚地说着，无意中发现了两天之前那个烤了一半的焗烤火鸡意大利面，"你留着这个打算以后再吃？"

艾比盖尔的脸都要烧红了。她坐在门阶上面生闷气。几分钟之后，纳特出现了，手里端着一个盘子，上面有一个三明治。

"这一定是你最喜欢吃的。因为你只剩下这些了。"

艾比盖尔接过盘子。这个三明治外形很艺术，她已经开始流口水了。

"你应该为自己做一个。或者，让我给你做一个。"她勉强表示了好意。

"不要担心。我自己带了。"纳特从他的冷藏箱里面拿出一个令人口水直流的塞满了肉和菜的三明治。他看到艾比盖尔虎视眈眈地瞅着："你要来点儿吗？"

"不，这不好。"

纳特把他的三明治的一半放到了艾比盖尔的盘子里，然后取了一半她的三明治放到自己的盘子里。艾比盖尔咬了一口，他的三明治真是完美之作。

“做过一两个月的快餐厨师就有这点好。”

“有没有你没做过的工作？”

“除了总统？”

“是的，除了主宰自由世界的领袖，还有什么工作你没有插一手的？”

“想不到什么工作。”他说，“除了词典编纂人，当然了。”

这个话题对于纳特来说已经过于亲密，过于私人了。他开始坐立不安，用手摆弄他带来的苏打水瓶盖。艾比盖尔转移了话题。在他给她做了一个三明治之后，她最起码可以为他做到这一点。

“你对那些盗窃案怎么看的？很奇怪，对吧？”

就在这些话从她的唇边飞出去的那一秒，艾比盖尔突然想到纳特少年时期曾经因为破车行窃而被拘捕，她懊悔问这个问题，艾比盖尔希望他不会紧张或者被惹得勃然大怒。相反，他嚼着他的三明治，思考答案。

“通常情况下，人们去偷，是因为他们绝望。因为他们不得不这样做。为了找乐子而去偷窃，是很稀罕的事。”

一直到她提出问题之前，艾比盖尔都从没想过纳特有可能会是在这个岛上犯案的小偷。就算在摩尔向她讲述了他的过去之后，她都没有将这两件事联系到一起。她现在有理由感到高兴了。因为，如果艾比盖尔对纳特起疑，她绝对相信对方能够凭直觉发现这一点的。

“不过，还是希望这件事很快就结束。”他说，“大家伙儿越来越紧张。”

“我还以为没有人关心这件事呢，只要他们的房子不遭窃的话。”

“在这岛上，租住屋只有那么多。”

这是一个合乎逻辑的推理。艾比盖尔一直在回避着这个结论。如果盗贼开始针对本岛岛民的民房怎么办？

“我无意吓唬你。”

“我不害怕。”

“我敢肯定你这里是安全的。”

“我也这么想。”但是，艾比盖尔并没有这么肯定。

这次轮到纳特来转移话题了：“我曾经做过各式各样的工作，但从来没有做过室内设计师。我可以待在这儿，整理收拾下。这难道不是广大妇女最喜欢的事吗？”

“不好意思，你说什么？”艾比盖尔的嗓音十分明显地高而尖锐起来。

纳特举起双臂，做出防守姿态：“我只是想说，我在这儿。”

“现在你才是上了贼船了呢。”她回答道。回应之前他说的那句话，“最好赶紧吃完你的三明治。你需要花很大力气干活。这才是广大妇女最喜欢的事呢！”

重新布置与搬运家具相比，繁重程度不相上下。但是对艾比盖尔而言，前者更加有乐趣。尽管她不打算把这一点告诉纳特。他们试着将长沙发摆出无数个角度，然后把餐桌转来转去。他们在每一个可以想象的地方都摆放了那一对经典丹麦折椅。他们刚一完成布置任务，就重新挪动那个放着电话的一点儿都不稳固的矮桌，上面还有一个结实的雕刻托架。完成了这一项，就全部完成了。

“看起来不错。”

艾比盖尔表示同意。刷了新漆，搬了新家具，这个作为起居室和餐厅的混合区域终于有了一种快捷宾馆式的家的感觉。她忍不住笑了。

“那里有一个大壁炉。壁砖很原始。你一定已经使用了多次了。”

纳特提及壁炉，这使她的微笑开始沉没。

“你会不会介意到书房帮我一下？我想把那个写字台摆得好点，但是我自己没有那个力气搬它。”

她的语气转变很明显让他感到了迷惑：“哦，好啊。没问题。”

为搭配放在窗沿下面的那张桌子，纳特找到了合适的椅子：“想要过来坐一下吗？”

“我可以等以后再试。”

“来吧。”他催促她，拍拍坐椅上的尘土。

无语了，艾比盖尔坐了下来。椅子紧紧地托着她，桌子的高度仿佛定制一般合适。

“就像是专门为你制造的。”

这张桌子和椅子，她觉得，曾经是属于卫斯理·贾斯珀的。艾比盖尔可以想象一个人坐在那里，凝视着窗外，在记录簿上面做笔记。她想到了“主教情妇”号商船沉没的那一晚，不知道贾斯珀先生有什么感觉，

“怎么了？你看上去很……伤心。”

“没什么，没什么。”艾比盖尔匆匆走到楼梯上，纳特在后面追着她，“我，呃，我想起来我本来要给你看个东西。”

从厨房出来，艾比盖尔拿出本来放在碗柜里面的装着盘子和盆子的那个大袋子：“这虽然不是人字纹瓷器和沃特福德水晶那种好货，但是它们也没有坏掉。”

纳特看了那些盘子几眼：“我的天，我要把这些拿走。”

“太棒了。我把这些袋子都拿到你的卡车上去。”艾比盖尔没有办法更快地离开这个看守人的小屋。她心中的忧虑突然开始满溢。她这样把贾斯珀先生的财产从地下室里面拿出来，是不是铸成了大错呢？

纳特觉得莫名其妙，抓起袋子，说：“太棒了？词典小姐，这个词用得真正妙。”

外面，天正在变暗。乌云发出下雨的威胁，狂风鞭打着树木。

“你听说暴风雨的事情了吗？”纳特一边把盘子放在卡车的副驾驶座位上，一边问道。

“什么暴风雨的事情？”

“现在是飓风季节。没有电视机的话，你应该一直听电台广播天

气预报。”他告诫她，“新闻一直在播。他们预报说，除非飓风可以瞬间转向，不然暴风雨将横扫东部海域。你有蜡烛和手电筒还有水什么的吧？”

“大部分都有。”

“如果我是你，我明天就去小市场，储备一些东西。安全至上，有备无患。”

这是一条很友好的建议，但是艾比盖尔却因为是纳特说的而感到尴尬。她试图转移话题，不谈自己：“那么，你住的地方有没有空间放得下这个巨大又多产的聚宝盆呢？”

“我来的时候没有很多东西。汉克把公寓租给我的时候，房子都是空的。他借给我一个充气床垫、一个电炉子、一张折叠式打牌桌。仅此而已。”

“我不知道你和他住一起。”

“我不是和他一起住。我住在他的车库里面。这辆卡车是他的卡车。”

终于，艾比盖尔明白了为什么纳特这么照顾汉克，为什么纳特这样守卫他和保护他。汉克不仅仅给了纳特一份工作，更是对他打开了家门。这可能比其他任何人给予他的都多。

“那么——”他这么说，做出想要离开的姿态。

“谢谢你。”

“交易就是交易。我敢打赌你觉得这不是一个公平的贸易。”

这正是艾比盖尔心中所想的。鉴于劳动量的比较，纳特为她所做的事比她为他做的多多了。

“对于这一点，我有我的保留意见。”

纳特冲着她傻笑，然后回到了汉克的车里面：“不要忘记买那些必需品。”

“我不会忘记的。再次谢谢你。”

就在他们共处的这两天之中，她和纳特顶多交换了几十个字而已。虽然他们不知疲倦地工作，肩并肩，他们也不说话。困扰着艾比盖尔的不是没有话说——没有那些无意义的闲聊，她也没关系——在礼拜岛上，语言，她持有的主要货币，是被贬值了的，兑换率并没有站在有利于她的这边。这让艾比盖尔感觉好像自己装得满满的口袋被扒窃了。

傍晚的时光逐渐消失，艾比盖尔没有注意到。她正忙着欣赏房子里的新客人们。她在每一张椅子上都坐上一坐。她舒服地坐在两把丹麦折叠椅上，蜷缩在长沙发上，还把双脚跷在茶几上休息。这应该就是这座看守人小屋最开始的样子吧。加上窗帘应该会是点睛之笔了。她没想到，这座岛上没有一家商店有窗帘卖，所以这些窗户需要等她去一次大陆或先登记订购才能变得好看点了。但是有件事再也不能等下去了，那就是她的饥饿。

艾比盖尔撕开一个简易冷冻晚餐，打开烤箱，然后简单地把这个垃圾晚餐扔到了这个垃圾工具里面。

“焗烤火鸡意大利面不会打败我的！”

加热的声音滴答作响。烤箱开始慢慢恢复生命。艾比盖尔站着看着它进行预热，然后正式开始做饭。她试着不去管烤箱的工作，但还是偷偷越过肩膀朝那边瞄去。她终于还是放手走开了，但是只走到厨房门那么远。

形容词咔嗒咔嗒地经过她的大脑：胆小的，胆怯的，没骨气的，没胆量的。她选择了听起来最幼稚的一种说法。

“受惊的小猫。”

这幢房子冰冷得凄惨，艾比盖尔需要起火。同时使用烤箱和壁炉将是一个艰巨的任务。

“我打算先去取一些木柴，你要在这里乖乖待着，不要做任何不寻常的举动，好不好？”她和烤箱商量着。

你已经从与鬼魂理论变成了与无生命的东西进行谈判，像是一个恶性循环。

外面，大海正对着海堤猛冲直撞。天空布满了橙色的条纹状的云。艾比盖尔感到自己很幸运——打开前门就能够看到这样壮观的景象。她也感到某种确实的遗憾——若不是为了生火，现在她也不会看着夕阳下山。因为烤箱正在运行中，艾比盖尔没有一点儿时间可以浪费，无论是面对这样的自然景观还是面对她的人生现状。稍后，她会有很多时间来处理这两件事。

她从杂物棚里面拖出一些木柴来，准备好了壁炉，撕碎简易冷冻晚餐的包装纸，将硬纸板塞到木柴之间。刚一点着火，她就不得不决定是留在壁炉前面，还是去看守烤箱。壁炉里面的余烬发出爆裂的响声，使她转身踱步而去。

“现在我们需要的是一个监视器。”

“我们”这个词已经有一阵子没有说出来了，对于艾比盖尔来说，再也没有什么“我们”了。对于她，“我们”的意思就是她的家人，就是她的丈夫和她的儿子。她人生的主要参考框架就是这个“我们”。我们买了一个新房子。我们有孩子了。我们出去吃吧。现在所有的这些话全都只剩下了一个我。这个字成为她那个只收录了两个字的字典中的第二个字，第一个字是“一”。这两个字，互相蔑视。失去这两个字，这一语言也就什么都不是了。没有了“我们”，艾比盖尔感觉自己什么都不是了。她很想念“我们”。

“至少现在你可以列一个清单。”她说，很小心地用你这个字来代替了我们这个词。她从钱包里面拿出一支笔，然后在简易冷冻晚餐包装盒上，写下了“壁炉监视器”。

“买一些灯油放在杂物棚里怎么样？或许也可以再买一把手电筒、

一些电池、几瓶水，还有罐头之类的食品。”

她一直写着，直到闻到了什么味道，是食物的香味。这香味诱惑她走进厨房。透过烤箱窗口，可以看到她的主菜正在冒泡。饥不择食，就连放着饭菜的铝盘看起来都美味可口。艾比盖尔在餐桌旁坐好，将自己的简易冷冻晚餐盛出一勺放在一个盘子上面，然后为自己倒了一杯牛奶。尽管这一餐距离美食家的讲究差了几英里之远，但是坐在新油漆和新家具之中，艾比盖尔能多满意就多满意。

晚餐结束，艾比盖尔的餐盘已经干干净净，玻璃杯也空了，胃也填满了，说实话也太满了。她的胃在痛。不是因为饭菜质量问题，而是因为她吃饭的速度问题。她不知道接下来做什么，她完全可以坐在那里睡着。她不得不强迫自己去洗盘子，擦桌子，把面包屑收拾干净。这提醒了她：她想要买一些木皂。艾比盖尔已经把她和纳特一起从地下室搬出来的每一件家具都擦过了，但是她打算让这些古董来一次更彻底的清洗。

“木皂。又一个需要放到列表里面的东西。”

当她自言自语时，一声拍击声从房子的一侧回荡过来。她的心开始怦怦乱跳。这噪音不是来自灯塔，而是来自户外。艾比盖尔瞟了一眼电话。

你打算做什么呢？给警长打电话，然后告诉他，你觉得灯塔里面的鬼魂因为你搬出他的家具而发怒了？

电话旁边放着她的钥匙。她已经准备好在车里面休息一下。这时敲打的声音又出现了，好像是门猛撞在门框上一样。

是杂物棚。

“要么你去看看是不是刚才忘记关门，让门敞着，要么这个声音就会砰砰响一整夜，你一分钟安宁都休想得到。”

手电筒向外面的夜投出一个宽宽的弧形。艾比盖尔真希望它能更加宽广一些。几个小时之前她一度欣赏过的远处风景已经被眼前的黑暗彻底吞噬。绕着灯塔走的时候，她加快了步伐，快到仿佛不是步行，而是在跳水板上面跳跃。在手电筒的光芒之下出现了那个杂物棚。门大开着，在风中摇摆不定。她的心中突然晃过之前在廷柏路上看到的那个模糊身影。如果有一个人正在棚里面的话，这是她把他锁在里面的最好机会了。

喘了一大口气，艾比盖尔冲跨过草坪，猛地甩上杂物棚的门，然后快速地锁上了那个挂锁。

“我正在打电话报警。你听见了吗？我正在打电话报警！”

没有任何回应。没有人在里面。轻松之感突然降临，就好像第一滴雨落在了她的手臂上一样，但是随后就像暴雨洪灾一般。艾比盖尔冲回房间，把手电筒和钥匙在电话旁边放好。

如果真的有什么人在杂物棚里面的话，你刚才能够给谁打电话？

艾比盖尔应该不太好意思打电话给纳特或者丹尼和伯特，就算她真的有他们的号码。她也不能指望洛蒂，更不会想要麻烦露丝。唯一剩下的那个人就是摩尔。他会因为这件事给他带来别的麻烦，但是她相信他一定会过来的。有一个人可以依靠，总比一个都没有要好。这一点已经足够帮助艾比盖尔度过这艰难的一晚了。

Chapter 10

/

/

/

带着眼泪的微笑

你认识痛苦吗？她是

哭红眼睛的充满希望的微笑

——索德格朗《痛苦》

艾比盖尔前一天列的购物单已经变得更长了。废弃的硬纸板上面挤满了字。只要有点儿空隙，全都列了东西。从紧急的关键必需品到非必需的享用品。不管是蜡烛还是洗手液，罐头食品还是木皂，艾比盖尔所需要的已经远远超过预期，甚至超过了预算。

艾比盖尔选了一条不同的路去镇上，心中假定这条路会通向小镇广场。相反，车道将她带到了一个死胡同的尽头。在那里，坐落着礼拜岛的小学，一个四四方方的砖石建筑，侧面就是操场。艾比盖尔已经在这座岛上住了一周之久，现在都还没有搞清这里的地理形势。

“*你不是一名游客。你现在是居民。现在开始要喜欢这里！*”

尽管处于道路尽头，学校对面那座建筑物的名称还是引起了她的注意，上面写着“礼拜岛图书馆”。石板屋顶和窗格上的彩色玻璃将这幢建筑打扮得整整齐齐，毫无平庸之感。

“你是要表现得跟住在此地的居民一样吧。”

图书馆向来是艾比盖尔最爱的地方之一。温暖，安静，光线充足，她总觉得在一个书比人多的地方十分舒适。一座图书馆就好像是一个阅读爱好者组成的国家，而且欢迎每个人入境光临。

“你一定是来查红海龟的吧。”一名图书管理员说。当艾比盖尔走进来的时候，她兴高采烈地欢迎着她。这个女人的灰白头发修剪得很短，好像稍微长长一点儿就会变成一个麻烦似的。

“红海龟？”

“我们有一个缩微胶片机，”她自豪地说，“就在后面。”

这个小小的图书馆里面没什么人，除了一位穿着羊毛外套的老翁正坐在桌边看报纸。荧光灯发出轻微的嗡嗡声，给整个阅览室洒上一层黄色的光。即便是在儿童阅览角的圆形编织地毯都有一种琥珀的感觉。

“我觉得你把我与别人混淆了。”艾比盖尔说。

“十分抱歉。一个大陆上的姑娘给这儿打过电话，要做一些有关我们这里的红海龟数量的研究。我们这里很少有外地人过来，所以我还以为你是她呢。我能帮你做点什么？”

岛上的红海龟数量。这给了艾比盖尔一个主意。

“很高兴你这么问。请问有关这个岛上的灯塔，你能告诉我一些什么吗？”

“你是想找什么类型的信息？”这个女人的答复好像浸在了疑问的洗衣浆里一样。

“就是一般性的资料，历史文档之类的东西。”

“好吧，我们这里有一本关于外滩群岛中各个灯塔的书，其中有这个地区的每座灯塔的详细介绍。”

“你有什么更具体一些的信息吗？”

“没有，我们这儿没有。正如你所看到的，我们这里只是一个不算太大的图书馆。”

这个女人给艾比盖尔的都是托词。如果说出她就是新来的灯塔看守人有可能会开启一扇新门，也可能会使现在这门关得更紧。

“这是一座如此有趣而又古老的灯塔。我很惊讶居然没有一个人为它写过一本书。”

“是啊。”图书管理员同意道，“这真是一个谜。”

与图书馆之行相反的是，艾比盖尔在五金杂货店里面能找到她想要的东西。她透过后门的窗户看到摩尔。他把头都埋在冰箱里了。

“早上好啊。”她说，走了进来。摩尔吃了一惊，冰箱门卡在了一堆钓鱼竿里，钓鱼竿歪倒了一地。

“早啊，艾比。”他勉强说道。

“对不起。我来收拾这些东西吧。我没想让你搞得这么紧张。”

“难道让我紧张会很有趣吗？”

“已经没有再用伞当做拐杖了呀，我看到了。”

“那东西完全有损我的风格。”

“让这种想法去死吧。”艾比盖尔收起钓鱼竿，把它们重新放回角落。

“你来这里是为了让我的生命在我的眼前一闪而过呢，还是你正打算开始搞一些其他的家具改善措施？你要记住，我可不喜欢搞破坏。”

“是这些。”艾比盖尔把那一片写着购物清单的硬纸板递给了他。

摩尔翻了过去，露出焗烤火鸡意大利面的图片：“我已经发现你在这个单子的种种物件里面划掉了两样东西，纸和烹饪书。”

“你还说过你并不好笑呢。”

“蜡烛，胶带，水。我觉得你应该已经听说过飓风了。这次的名字是阿米莉亚飓风还是阿曼达飓风，或者是……”

“别，不会是那个的……”

“不，当然不是艾比盖尔飓风。大难不死吧。”

“有吗？”

“我有一个预感洛蒂没有告诉你这件不重要的小事情吧：如果我们被这场飓风袭击，应该怎么办。”

“关于这个，她没有吭过一声。”

“那么，我就略过重要部分了。如果预警级别足够高的话，我会把灯塔的窗子用板子挡起来。一九九六年那次我就是这么做的。但这也是挠痒挠不对地方。只要你有足够的食物，你就能安然度过飓风天。收音机一定要寸步不离。如果有全岛强制撤离令的话，你那里会最先听到的。镇上有一个汽笛，他们通常不会去用它，感觉太像世界末日了。如果我们非得撤离出岛的话，你就去码头，然后乘搭渡轮到大陆。警方将引导你到一个避难所。”

“那你怎么办？你会不会去避难所？”

摩尔用手掌拍了拍那张硬纸板购物单，不愿意回答这个问题。

“什么？你这么大男子主义，所以不愿意栖身于一个避难所？或者你太有气概了，连撤离出岛都不愿意？”

“这不是什么男子气概，是固执。也许有人会说是愚蠢。我这一辈子里，联邦政府已经试图疏散礼拜岛十多次了。我一次都没有撤离过。如果我要翘辫子死掉，我打算就在这儿丧了这条命。”

艾比盖尔佩服他的信念，而且这完全合情合理。

“我可以问你一些事吗？”

“你就痛快问吧。”

“原来的那个灯塔看守人出了什么事？”

摩尔表情郑重地从架子上拿起一壶煤油，把它放到收银机那里：“我只知道我自小听说的那些事。”

“我也只是知道我读过的事。”

“意思是？”

“我在看守人小屋的床垫子下面发现了一张剪报，说的是‘主教情妇’号商船的事。文章说，发生了一次风暴，然后这艘船沉了，就是因为没有灯光的指引。”

“这可能就是个标题，不是故事的全部内容。”

“这件事还有一个未删节版本？”

摩尔靠着柜台休息，为那只正在愈合的脚踝卸下一些重量。“每个人都说贾斯珀先生勤勤恳恳，为人忠厚。灯塔就是他的命。这还是在上次世纪交替的时候。那时候礼拜岛还是一个小小渔村，只是一个住着水手、渔民和他们的家人的偏远的居民点。据推测，有一天贾斯珀先生去灯室为晚上用灯添油。走到半路，他滑倒了，撞到了头，掉了下来。一直滚到那个旋梯的底下，应该已经丧命了。他一定是躺在那里好久，都没有人来帮他。夜幕降临了，暴风雨席卷而来。当人们没有看到给水手们指路的信号灯时，有人就去了灯塔，发现了他。但是，对‘情妇’船来说已经太晚了。对贾斯珀先生，却没有太晚。他活了下来。十分危险。”

“你说了他当时受了伤，没有办法去操作信号灯。所以接下来发生在‘主教情妇’那艘船上的事并不是他的错。”

“我不认为贾斯珀先生也是这么看待这个问题的。”

已经想不起来在多少场合了，艾比盖尔也曾经希望自己与她的丈夫和儿子一同死去。她感到羞耻，因为自己还能够呼吸能够说话能够微笑而他们已经不能了。她发誓这种羞耻就像一种无法脱掉的紧身衣一样。这种一直存在的悲伤和疼痛紧紧绷在她的肩膀之中，丧亲之痛将她的胸膛牢牢捆住，哀伤死死钉在了她的腰部，而她心中的极大痛苦已经堵到了她的喉咙，绝望束缚住她的每一个动作，懊悔挤压在每一个回忆之上。她的心结无法解开。就算那场大火并不是她的错，明白这一点也不会让她更容易接受事实。

“在那之后，贾斯珀先生发生了什么事？”

“据说，他痊愈了，一直照看着灯塔。他一直留在那里，一直到将近二十年之后他去世为止。”

“所以有这么多的记录簿，所以这故事能说得通。”

“记录簿？”

“贾斯珀先生对每天发生在灯塔里的事情都做了日常记录，像一本日记。这些记录都放在地下室里面。”

摩尔看上去并不高兴。

“怎么了？难道你以为仅仅因为洛蒂不愿意下去所以我也就不下去了吗？昨天我花了好几个小时在地下室里面搬家具。”

“艾比，还有谁知道你动了那里面的家具？”

“纳特。但他不会告诉洛蒂的，如果你担心这个问题的话。”

“我担心的那个人并不是洛蒂。”

她还没来得及问到底是什么让摩尔如此心烦，伯特伦·凡·多斯特就在五金杂货店的后门砰砰敲打起来，气喘吁吁，好像刚刚跑完了百米冲刺。

“天哪，伯特。”摩尔让他进来，“趁你昏倒之前还是快进来吧。”

“我一路跑到这里来的。”他一边说，一边大口吞咽空气。

“你跑过来的？”摩尔问道，持怀疑态度。

“你要喝水吗？”艾比盖尔想提供帮助。

他摇摇头表示不用，仍然在大口喘气。

“伯特，众所周知的一个事实就是：一个像你这么大年龄和个头的人不应该在任何地方跑步。”摩尔对他说，“快坐下。告诉我们有什么值得这么大惊小怪的。”

“不能坐了。没时间坐。”他在两次大喘气之间呼呼地说出这句话，“汉克·斯考克斯死了。警长已经锁定了纳特·罗恩，认为是他杀死了汉克。”

如果真的有一场暴风雨将要来临的话，艾比盖尔也不能预见。天空是万里无云，阳光灿烂无比。就在此刻，她、摩尔和伯特就站在警长的驻地站外面，反复敲打大门。

“不要这样，卡雷布。”摩尔喊着，“我们又不是狗仔队。”

门开了，露出一颗脑袋来。拉尔奈警长让他们三个偷偷溜了进去。前面的办公室配备了金属的书桌，瓷砖上面铺了油毯。艾比盖尔突然发现，房子的另一端是一个开放区域，有几间牢房。一个文件柜上摆着一台十三英寸的电视机，里面有新闻记者正指着一个气象云图上面的巨大旋涡。与此同时，一台收音机正在即时转播这场风暴的最新消息。播音员的声音重叠交错着，好像一对正在争吵的情侣。

“你们三个是最先过来的人。如果我能将秘密一直保守到飓风过后，你们三个要成为仅有的知情人。”拉尔奈警长压低声调，向他们吐露机密，“你们是怎么知道的？”

摩尔和艾比盖尔朝伯特看去。伯特马上就变得局促不安：“我看见你让纳特进来，然后我在那扇开着的窗户下面听。”

“现在你们明白为什么我会这么小心了。”说着他关上了那扇窗。

“发生了什么事？”摩尔问。

“最大限度我能告诉你们的是，纳特把汉克从他的船上推了下去。”

“无论怎样他都不会伤害汉克的。”艾比盖尔态度坚决。不管她对纳特有什么样的好感或恶感，她只知道他尊重汉克，汉克就像他的父亲一样。“这里面肯定有什么误会。”

“汉克已经死亡。这一点是毫无疑问的。除了钓鱼，这个男人已经多年没有离开过这个岛了。所以如果他不在家，不在他的船上，而且我也不能用电话把他喊起来的话，那一定是出了什么事。”

艾比盖尔将双臂紧紧交叉放在胸前：“如果他是在什么地方昏倒了呢？如果他是喝太多了然后喝醉了大睡呢？”

“我查过了。”拉尔奈向她确认这一点，“他没有在维林鲸酒吧。没人见过他。邓肯·萨德罗过来了一趟，说他一直在找汉克，想与他说一说修船的事，找不到他很担心。这就是我亲自去找他的原因。我去找汉克的时候，只找到了纳特。然后他告诉我发生了一个意外。但是，如果这是一次意外的话，他怎么不早点来报告呢？”

“你逮捕了他，就是因为他没有报告一件意外事故？”艾比盖尔问，“这样合法吗？”

“找不到汉克的人。找不到汉克的尸体。而且现在只有纳特的一面之词。我只需要怀疑，就能抓他。”

摩尔长长地呼出一口气来：“发生了什么意外事故，纳特是怎么说的？”

“纳特·罗恩声称他去放渔网了。”

现场的其他两位男人听到这句话之后，脸色剧变。艾比盖尔不明白：“去放渔网了？”

“拖网渔船的渔网是很大的。”摩尔解释给她听，“当你撒开的时候，就有被渔网钩住被它拖下水的危险。因为渔网本身有重量而且也在流动，你就会淹死，这毫无疑问。这种事情发生得不多，但是的确发生过。”

拉尔奈用鼻孔出了一口气。他说：“这条不在场证明真的是太简洁有力了，因为很方便，又没有人能证明。我可不会相信纳特·罗恩编的这个故事。我一秒钟都没有信。”

“你认为纳特蓄意杀害了汉克？那么他有什么理由这么做？”艾比盖尔要求道。男人们沉默了。“什么理由？你不愿意告诉我的理由究竟是什么？”

伯特明确地为她说明了缘由：“汉克的儿子不想要那艘船了，所以那艘船要在岛上进行拍卖。按照惯例，船员应该有优先竞标权。自从撞上了码头，他那艘船的状况就很有问题。就算经过了修理，起标价也应该很低。”

摩尔完成了这一推理过程：“可以很低，足够低，使那些即便没有什么钱的人，比如纳特，都会有夺标的可能。”

艾比盖尔看到他抱有纳特为汉克之死负责的想法，吃了一惊。

“只是，纳特刚刚为邓肯·萨德罗修理了汉克的船而支付了很多！”

这无疑助长了拉尔奈的气焰：“他真的付钱了？”

她暗暗骂自己怎么提到这件事：“如果纳特说的是真话怎么办？如果汉克真的是被渔网困住了呢？”

摩尔变得严峻起来：“汉克这一辈子都在出海打鱼。他不会犯这种错误的。”

“你刚才说的，它的确有可能发生。如果汉克是喝醉之后去的呢？每次我见到他的时候，他都好像失控的帆船一样摇摇晃晃，喝得酩酊大醉。受到酒醉的影响，他很可能落到水里去啊。”

“艾比。”摩尔发出警告。

“我很抱歉，我的发言对死者不敬。但是我也无法相信自己的耳朵。”

“我们现在所有的证据，只是纳特一个人的话。”伯特强调了这一点。

“他的话可信度太低了。”拉尔奈挥舞着一张纸，“我这里有达勒姆警察局发过来的传真，是纳特·罗恩的前科。他之前犯过两次严重恐吓行为，而且他还涉嫌参与多起非法入侵民宅以及入室盗窃抢劫案。”

“非法入侵民宅？”艾比盖尔喊了出来。摩尔和伯特也同样感到惊讶。“你现在认为他杀死了自己最亲密的朋友，并且还一直在岛上入室偷窃？”

“这并不是欲加之罪。”

“不，我有证据证明盗窃那些民宅的不是纳特！”

“什么证据？”拉尔奈问。

“我看到他了，那个人，那个男的。”艾比盖尔结结巴巴地说着，“廷柏路那座房子被盗的那天晚上，我在黑暗中看到那个男的在那里走动了。然后，过后的第二天晚上，我又看见了他。”

“那你为什么不举报？”

她瞟了一眼摩尔，然后编出了一个适当的谎话：“我是新来岛上的人。我不知道你会不会相信我。”

“你能不能描述一下你看到的那个男人？”拉尔奈紧紧逼问，“你看到他的脸了吗？”

“那是晚上，天很黑。我可以看出来那个人不太高。没有纳特那么高大。他肥肥厚厚的，移动得很慢，只有比较年长的男人才会那样。”

伯特清了一下喉咙，声音盖过了电视和广播的声音。

“你有话要补充吗？”拉尔奈厉声问他。

“呃，那晚是我。”

摩尔把手放在了伯特的手臂上面：“入户盗窃的是你？”

“不，不，我的意思是，那晚艾比看到的那个男的是我。”

“你？”艾比盖尔问。

“我住得离那儿不算远。廷柏路是从我家到洗衣店的一条近道。那天我把一本书落在了洗衣店，所以我想回去取书。我认出你的车，本打算跟你打个招呼的。可是，想到之前在摩尔的店里，我跟你打了个招呼就把你吓成了那个样子，所以我不想再次吓到你了，所以我安安静静走过去了。然后第二天晚上我又看到你了，就做了同样的事。”

“黑灯瞎火的，你明知道有人正在入户抢劫，还在附近鬼鬼祟祟地走来走去？”艾比盖尔不明白这个行为逻辑，“如果我把你错当成小偷，其他人也可以把你错以为是小偷。你很有可能受伤。或者可能更糟。”

“在这个问题上，我没有多少选择。”伯特说，“我没有车。”

“但是入户抢劫的人却必须得有一辆车才行。”拉尔奈插话进来，“沉甸甸的贵重物品太多。不可能一个人用手拿着这些东西走路又不被看见。他们需要一辆车。或者更好的是，有一辆卡车。就像纳特那辆卡车一样。”

“这是太愚蠢了。”艾比盖尔坚持道，“你根本不能让我相信他是一个小偷和一个杀人犯。”

“我根本没有必要说服你，艾比盖尔·哈克女士。事实上，我现在允许你留在我的办公室里，完全是出于我的好心恩典。现在我的牢房里面关着一个杀人犯，我家门前刮着飓风，所以我根本没有那个时间也没有那个意图想要说服你相信任何一件见鬼的破事！”

拉尔奈的突然爆发打了艾比盖尔一个措手不及。她的高跟鞋向后退去，以躲开这一轮口头进攻。

“卡雷布，这里没有什么针对个人的事。”摩尔开始干涉。

“这个岛太小了，不可能有什么针对个人的事。”拉尔奈低声对他说，语气刻薄。

“等一等。你们听。”伯特示意众人看电视。

一位女新闻主播打断了气象播报：“政府已经宣布，航天飞机正被转移至卡纳维拉尔海角的储备处，肯尼迪航天中心也正在进行撤离和疏散工作。”

“自从安德鲁号飓风刮过之后，他们还没有这么干过呢。”拉尔奈说道。

摩尔的肩膀垂了下来：“而且那次是一场四级飓风。”

“官方正在重新评估这场一度看起来无辜又无害的风暴系统，评估认为‘至多只能说结果不可预测’。”

这名女主播的声音正与电台男记者的报道进行决斗。后者在说：“本次飓风的开始是一次热带气流波动紊乱造成的非洲西海岸上的雷暴。较轻的上升气流与温暖的海水的混合使得这场暴风雨势头更盛。阿米莉亚热带风暴在距离迈阿密两千五百英里的时候正式变身成为飓风。当时美国国家海洋和大气管理局部署的飓风信号探测机注意到了那些时速超过一百二十英里的气流。官方人员进行紧急处理，立刻测绘出了阿米莉亚飓风的路线。尽管如此，他们也很快就提醒我们，就算是最好的卫星也无法预测出一个飓风的精确路径。请继续密切关注本台关于天气和疏散情况的最新报道。”

波特降低了音量：“如果这次是一个三级飓风，他们会让我们留下的。”

“如果它的级别更高……”摩尔的声音开始飘忽。

“我们就不得不撤离？”艾比盖尔没想到飓风会严重到这种地步。

拉尔奈警长走到电话那里：“我必须与大陆继续保持联络。在此之前，让我们先把一件事情搞清楚。现在，只有我们四个人，还有我的副手，知道发生了什么事。我们得继续保持这种现状。如果消息传开了，麻烦大了起来，飓风反而会变成我最小的困扰了。”

“为什么？”艾比盖尔不得不问一下。

摩尔看着她，然后走到警察驻地站的后部，纳特·罗恩被关押着的地方。“如果人们发现汉克发生了什么事，这个年轻人会很感激自己与人们之间隔着这些铁栏杆的。”

艾比盖尔其实有一点儿期待一帮愤怒的人们就在警长驻地站外面等候着。但是唯一的人群却在摩尔的小岛五金杂货店门前。

“你去哪里了，摩尔？”一人叫喊道，“我们这儿要来一场暴风雨了！”

“快点！”另一个人也喊，“我们可不能等你一天啊。”

如果这些人中的任何一个听到了汉克·斯考克斯的消息，艾比盖尔有信心那个消息一定会战胜飓风这件事，变成他们的首要关注。

“孩子们，戴好你们的帽子。”

摩尔把商店的门锁打开，众人挤成一团，蜂拥而入。

“为什么他们不绕到后门进去？”艾比盖尔问伯特。

“因为这是一个常识啊：就算另一扇门没有被锁上，也并不意味着摩尔会让所有人都从那儿自由进出。”

艾比盖尔感到心中一阵荣耀感在膨胀。在这座岛上，在这些岛民之中，摩尔给了她这样一个优待。这是一种信任的标志，仅仅在认识她那么短时间之内就给了她这样的信任。如果摩尔确实是一名优秀的个人品质判断者，这又引起了另外一个问题。为何他与拉尔奈警长一样怀疑纳特·罗恩的话？这个问题使得艾比盖尔再度怀疑自己。她必须得信赖摩尔。如果他心有疑虑的话，或许艾比盖尔也应该这样。她花了两天时间与纳特相处，足够对他这个人产生一些看法，但是更多其他的认识，却谈不上。那场大火剥夺了她的其他一切感觉，却并未完全夺走她的直觉。不管听到什么指责和控罪，她的直觉告诉她，纳特·罗恩是无辜的。

“你们二位也过来玩一把吧？”商店里面，摩尔在客人之间蹒跚着，寸步难行，“我得去库房多拿出来点胶合板。伯特，你去照看那些女同胞。艾比，你有没有在收银台工作过？”

“没有。”

“小菜一碟。如果你会用计算器，就会用收银机。哎呀，其实吧，这个年久失修的老东西跟一把算盘差不多。”说着，摩尔急匆匆地进行了一次怎样使用这款老旧机器的示范教学。

“如果我搞得一团糟，怎么办？”

“那就把钱全算在你的头上。”他说着，冲她眨眨眼，使个眼色。

人们都在等着。艾比盖尔赶紧忙着敲打价钱，计算税款和总价。为五名客人结完账，她已经摸到了门路，顿觉熟能生巧。手电筒和电池纷纷从货架上飞下来。

“你自己最好也尽快去市场一趟吧，亲爱的。”一个老女人建议道，“再过一小时，瓶装水就没有了。”

“如果我们要被疏散出岛的话，为什么大家还需要瓶装水？”

“他们要疏散我们，这件事又不是写在石头上的戒条。不管我们是不是留在这里，风暴总是要来的。”

就在这一刻，艾比盖尔才真正清楚地认识到：一场飓风正在向礼拜岛袭来。之前在波士顿的时候，她经历过一些极端的天气变化，比如暴风雪和夏季的湿热空气。但是那些都没有飓风这种剧烈程度。

暴风雨即将到来，不管我们是不是留在这里，不管我们是不是已经准备好。

终于商店被洗劫一空。艾比盖尔和伯特发现摩尔正在把几张胶合板举起来放到店门口的一辆卡车的后拖车上面。另一辆汽车正要开走，车上的胶合板已经堆到屋顶那么高。摩尔把最后一块木板放上，然后一跛一跛地走到人行道上，与司机说再见。

“飓风也有好的一面，就是额外收入。”

“那你还真的得到很多‘额外收入’哦。”艾比盖尔对他说，“我一直用五分钱和十分钱的硬币来给大家找零，都不是一块钱的硬币了。”

“你刚才应该告诉我。”伯特从他的口袋拿出一大堆二十五分的硬币来。

“看，伯特已经为飓风到来作好准备了。”摩尔开玩笑说，“他都给自己增加重量了。”

虽然这句话是逗乐子，但是艾比盖尔不得不怀疑，真的有人能够迎接好飓风的来临吗？

“嘿，你们好！嘿，艾比！”丹尼将一辆绿皮卡车平稳地开到了商店门口。

“丹尼，我的好朋友。我一直在找的那个人就是你啊！”摩尔对他说。

“真的吗？”

“现在艾比要为飓风作准备。看守人小屋的地下室里有几张胶合板。几年前我就把它们都按照窗户的大小裁好了。现在我需要做的就是把它们钉到窗子上。”

能有一个机会让艾比盖尔对自己有个好印象，丹尼高兴地跳了起来：“好啊，让我来吧！”

“伯特，你跟他们一起去。”

“好嘞！”伯特说。

丹尼和伯特，艾比盖尔心想，这真是个梦之队组合。

“伙计们，谢谢你们啦！”她说道，试图让自己听起来充满热情。这需要很大的努力。

飓风的消息让礼拜岛上的父老乡亲们动摇松散。广场上熙熙攘攘的样子让艾比盖尔想象夏天旅游旺季时的盛况。司机把车开来开去，寻找车位。行人也匆匆地从一个地方赶往另一个地方，在车间迂回穿行，手中都拿着购物袋。

坐在丹尼的卡车里面，丹尼和伯特随艾比盖尔回家。到家的时候，两个男人盯着草坪，好像看到海市蜃楼一般。

“你是怎么把这里这么多草都割了的？”丹尼问她，充满敬畏。

“就用一个割草机。”

“整片地方的草？”伯特说，“就你自己？”

两个男人十分震惊。他们的表情看起来就好像艾比盖尔用一把铁铲挖走了一座山一样。

“我知道摩尔一直打算自己来修剪这片草地。”伯特告诉她，“但是‘找时间来做这件事’——这件事让他却步了，他脱不开身。”

“伙计们，我不是用一把剪刀修建了草坪。我修剪的只是草地上长的草。”

“但是这里有几吨草！”丹尼惊讶地叫道，“你从哪里搞来新的割草机？”

“新的？我用的是棚子里面那个割草机。”

伯特发出啧啧的声音：“那个东西的刀片拿来切黄油都切不动。”

看来这处房产的广阔远远大于她自己的认识。艾比盖尔之前根本没有意识到她到底割了多少草。经过进一步的检查，这的确是一个相当大的数量。令她感到不安的却是，据她的科学专家说，那个割草机根本不能够用来割草。那么，为什么在她手里可以使用？

“这让灯塔看起来更好看了。”丹尼赞许道。

“可以刷一层新的油漆。”伯特说。

“把百叶窗给固定好。”

“门阶都破损了。应该重新铺个门阶。”

“装上一个新的扶手。”

“伙计们。”艾比盖尔开始发表不同意见，“这座灯塔有许多东西等着修整。可是我们现在需要关注的是，飓风袭击之前我们能把什么修整好？”

艾比盖尔带领他们走进房间，可这两位男士直直钉在门槛处，仿佛僵尸一般。

“这真是太惊人了。”丹尼脱口而出，“这儿就像杂志里面一样。”

“你什么时候干了这件事？”伯特问道，“洛蒂知道吗？”

“我现在还不太想让洛蒂接受房屋翻新的现实。明白我的意思了吗，伙计们？”

“我一个字都不会说的。”

“伯特，你呢？”

“我也是。我谁都不会告诉的。”

“好，那么现在让我们去找摩尔说的那些胶合板吧。”

他们一同把那些板子从地下室里拎着或者拖拉出来。艾比盖尔很庆幸这些东西并不重。爬楼梯的时候，她的膝盖发出了脆裂的声音。

你变得越来越破旧老朽了，就跟这房子一样。

爬了一段楼梯之后，她需要休息一下。伯特也需要休息一下。他从口袋里掏出一个盒子，把它拿给艾比盖尔，说："摩尔给了我一些钉子。"

"伯特，还有什么东西你没有装在你的这些口袋里呢？"

"让我想想啊，我——"

预见到这个名单会很长很长，艾比盖尔于是说："等会儿我们安装胶合板的时候你再告诉我，好吗？"

胶合板已经被切好，刚好能放进窗户的槽里，因为钉子也没办法钉入外面的砖墙。艾比盖尔把钉子递给伯特，伯特又把钉子递给丹尼，丹尼用艾比盖尔的锤子把钉子钉入了窗户外框。因为没有梯子，所以他们只能够到较低的窗子。

伯特咬咬嘴唇，说："二楼的窗户也应该装上胶合板。如果那些玻璃有一块碎了，大风进来就会改变房子里面的气压，然后刮跑其他所有的窗户，不管是不是已经钉上了胶合板。"

"我们绝对不希望发生这种情况。"又一次，说了"我们"这个词。艾比盖尔迅速地纠正了自己："我的意思是，我和洛蒂。洛蒂也不想要发生那种情况。"

"我去带一个伙计过来。我去去就回。"没等艾比盖尔开始跟他争论这件事，丹尼就开车离去。只留下她一个人与伯特一起等着。

"现在你想听听我在我的口袋都放了什么吗？"

对于事物的规模，她不想去听，但是话到嘴边她又放弃了："为什么不呢？"

已经累坏了。艾比盖尔坐在门前的台阶上面。各种突然的消息，汉克离世，纳特被捕，飓风将至，让她感到受伤。伯特与她一同坐在了门阶上，有条不紊地把他的口袋全都掏空了。

“这些都是二十五美分的硬币，当然了。然后是我的钱包，这是我的钥匙，还有一些薄荷糖，然后这个是我的怀表。”他展示了一块金表，上面有华丽的雕刻和一条怀表链。

“伯特，这个怀表真美。你从哪里得到的？”

“我的父亲给我的。这是他祖父的。你看，就在这里面，这是他的名字——埃利亚斯·凡·多斯特。这块表以前是他的，后来就成了我父亲的。现在，它是我的了。”他说着这些，仿佛这种秩序至高无上。

伯特的故事打动了艾比盖尔。怀表一直流传下来，经过一代又一代，这是一种历史的赠礼，一个家族的赠礼。艾比盖尔还没有类似的东西可以传给贾斯汀，即使他还活着。在她和保罗带着贾斯汀去进行人生第一次理发之后，艾比盖尔曾经考虑过保留下一绺贾斯汀的头发。他的头发微微卷曲，就像他的父亲，而发色与她的相近。当他坐在理发店的坐椅上让发型师手中的剪刀温柔地剪来剪去的时候，他哭了。她和保罗试图安抚贾斯汀，他朝她伸出双手，乞求她救他出去。艾比盖尔坚持对他说，他是安全的。保罗向他保证，头发一定会再长回来。她当时的想法是，自己的儿子是被剪刀和这种经历吓坏了。但是，如果保罗是对的呢？如果贾斯汀害怕的其实是剪掉自己的头发意味着头发永远消失了呢？连一个小小婴孩儿都害怕失去。这种感觉如此根深蒂固。也许，艾比盖尔想，这是因为心能够知道那些思维不能分析的事。心能知道失去才是爱的反面，知道失去才是特别难以克服的一件事。

可悲的是，艾比盖尔没有自己家的纪念物，除了留在她父母房子里的那些微不足道的琐碎杂物。一个塑料玩具，还有保罗之前借给她父亲的一套棘齿。没有什么宝贵的东西。没有什么充满感情的东西。她后悔自己之前没有表现得更加感性一些，后悔自己之前没有积攒更多的纪念品。艾比盖尔可以承担的职责是如此之多。比如她本应该可以做一个更好的妻子，本应该做一个更好的母亲，本应该做一个更好的人。在这一堆“本应该”的背后却是这一事实：无论她本应该做到什么，她现在都会尽全力做到最好。

“伯特，我可以问你一个问题吗？”

“当然。”

“你是一个懂科学的人，一个懂逻辑的人，可是你为什么还相信……”她用手指指上面的灯室。

他想了一会儿：“尽管原子的概念早在公元前五百年就由一名古希腊哲学家提出来了，但直到1857年，一名科学家才发现了他所说的‘负小体’，那是一个电子，是第一个原子粒。这是一种奇特的方式，人们切中要害、发现真理的方式。这一关键之处就是：有很多东西我们看不到，但是它们就是在那里存在着。有很多东西我们不能品尝，无法触摸，也听不到，但是它们就是在那里存在着。我还是一个小孩子的时候，人们都声称自己曾经见过贾斯珀先生的幽魂。我不认识曾经亲眼见到过的人。我也说不出来声称自己见过的具体是哪一个人。这就是一个故事怎样变成一个故事的。人们一直谈论着什么事，直到这些可能是虚构的东西变成事实。而且，就算假设从来没有一个人真正见到过贾斯珀先生，这也并不意味着他现在不在此处。”

“我做了一件事。”艾比盖尔对他坦言，“我动了灯室里面的一个油桶。我动了它是想测试它会不会再自己移动回去。不是很科学，对吧？”

“它自己移动回去了吗？”

“我一直都很惶恐，不敢看。”

“如果那个桶还留在原地的话，你会不会感觉好一些？”

“我自己也不清楚。我还需要进一步的证据，我觉得。”

“如果你找到了一种或者多种方法来进行证明的话，你会不会感觉更好一些？”

“这一点我还是不清楚。”

“要我帮你去查看一下吗？”

“你愿意去吗？”

伯特点点头，高兴地接过这个重担。

“你不会害怕吗？”

“我害怕的是那个。”他指向远方，指向大海和更远处的地平线。

“是飓风？”

“在这个世界上，我不懂的事情有很多，但是我懂物理学。飓风是一种大自然的力量，没有别的可以与之相比。”

“可你害怕的是这一次的飓风。”

“人们可以害怕已知之物，也可以是未知之物。”伯特回答道，“而我，我选择害怕已知之物。话说回来，如果真的能够选择，我会选择对一切都毫无畏惧。”

“我也是，伯特。我也是。”

Chapter 11

/

/

/

不眠之夜

请你再说一遍吧，说了还要说

就说你爱我。哪怕你的话一再重复

如同布谷鸟之歌，不断唱着“布谷”

——伊丽莎白·勃朗宁《请你再说一遍你爱我》

看守人的小屋看上去就像被诅咒了。窗户上密封着胶合板，油漆片片剥落，一个毫不留意的路人随便一看也都能猜出这里无人居住。艾比盖尔只得提醒自己：她住在这里。

“现在好了。”丹尼一边钉着最后一个钉子，一边宣布，“你现在能多准备一点儿，就多准备一点儿。”

“不过这样我看不到暴风雨的到来了。”

“你不会看到它的。”伯特告诉她，“但你能听到它。”

“这是最糟糕的事儿了。”丹尼表示同意，“那声音听上去好像全世界都要倒塌在你身上一样。”

“你们这话一点儿都没有在安慰我，伙计们。”

“对不起。”

“我们得准备走了。”伯特暗示丹尼。可是丹尼不愿意离开。

“所需要的一切，你都有了吗？”丹尼问她，“我们没有别的事可以做的？没有别的事了吗？”

“我觉得我都安置好了。”

然后，艾比盖尔意识到她实际上并没有任何一件她所需要的东西。她没有为自己置备任何东西就离开了摩尔的五金杂货店。她也忘了去小市场买食物和水。

“呃，也许并没有安置好。”

“我刚好路过镇上。”

丹尼打开卡车客座一侧的门，好像是她的贴身男仆一般。他不会接受一句“不必了”当做回答。所以，他们三人挤进了驾驶室的前座。艾比盖尔像楔子一样卡在中间。

“我在哪里把你放下，艾比？”

“就在摩尔的商店，谢谢你。”

伯特弹弹舌头，就好像之前在洗衣店的时候那样：“你应该去的第一个地方是韦勒小市场。他们很快就会卖光各种必需品，或者现在已经卖光了。”

“你都忙完的时候，我应该会在柯西壶咖啡馆。”他们从车里爬出去的时候，丹尼这么告诉她，“你可以过来找我，然后我送你回家。门到门优质服务。”他说着，露齿微笑。

“你跟她一起去那里吗，伯特？”

“没有太多别的事可做。由于飓风要来了，洗衣房也要关了。为什么要问这个？”

“没，没事，我只是随便一问。”

伯特似乎明白他这问题的兴趣所在：“好吧，那么，一会儿再见。”他冲她一点头，就走开了。

一场危险的飓风正敲着战鼓光临礼拜岛。但是，对于丹尼和伯特来说，这只是又一个普通的一天。他们要么已经向飓风投降，要么只是在进行一场有说服力的作秀。很难看出是不是假装勇敢，他们是坚忍不拔的岛民。尽管艾比盖尔已经有过了非同寻常的经历，她能假装出任何样子来，可她还是无法假装自己不焦虑。

小市场里，货架上大部分的东西已被搬空。于是问题不再是艾比盖尔想要什么，而是这里还剩下了什么。她在购物车里面放了剩余的瓶装水、水果和燕麦条。最后一个长棍面包干瘪瘪的，没了形状，她也不太在意。不管它是怎么个模样，她都要拿走。

走道的另一面，一个妈妈带着两个女儿正在把盒装果汁一盒一盒地扔到车里。其中一个女儿求着她买糖。

“我们家里有糖。”这位母亲是十分坚定的，“我们不是来这里买糖的。反正不是今天。”

不是今天。这句话道尽了一切。

艾比盖尔正抓起几卷卫生纸的时候，听到了隔壁过道里传来一个熟悉的声音。

“我的上帝哟，这次飓风。我的后背真是好痛啊。要做这么多的事。富兰克林最讨厌撤离出岛了。这太困难了，对他来说。还有我，我从来都没有离开过这个岛，自打……好吧，自打耶稣基督还是个小男孩儿的时候我就没有离开过。”

富兰克林，艾比盖尔心想，这不正是洛蒂丈夫的名字吗？

她把车推到拐角处，发现她的房东正与另一个女人闲扯。

“自打耶稣基督还是个小男孩儿的时候就没有离开过这个岛？”艾比盖尔问她，“那么你的表妹的‘腰伤事件’呢？这么长时间你都是在骗我吗，洛蒂？”

另一位女士匆匆撤走，留下洛蒂独自一人面对着愤怒的艾比盖尔，自谋生路。

“艾比，亲爱的。遇到你真是一个天大的惊喜！我的天，你看起来真棒！你就好像栏杆一样苗条！你是怎么保持这么好的身材的？你一定要告诉我这个秘密！”

艾比盖尔很想扇自己一个耳光，好让自己不这么快就把这些荒唐的事一件两件都统统接受。洛蒂不可能丢下她那位坐在轮椅上的丈夫，让他独自在家这么长时间。到大陆之行是一个诡计，一个回避战术。拉尔奈警长的那句话突然跳到了她的脑子里，就是他说洛蒂“会一直让自己处于离开的状态”。艾比盖尔感觉自己就像一个傻瓜。这个镇子上的每一个人都聪明得足以知道洛蒂正在做什么，只有她没有这么聪明。

“洛蒂，够了，停止吧。偶尔诚实一下吧。为什么你编造出这种谎话，这种……荒谬的谎话？”

这个小女人变得似乎越来越小，就在她重新整理出一个回答的时候。

“对不起，艾比。我是真诚的。我真的是。自从你在波士顿打电话给我的那一分钟开始，我就知道你极其渴望这座灯塔，就是你心中想象的，你梦里所见的那座灯塔。而我当时就知道它不会让你满意，但我当时只是不想让你伤心。”

洛蒂说出真话，如同从她体内抽出了所有得意扬扬的泡沫一样。她拧着双手，等待着艾比盖尔对这个答复准予通过。

虽然洛蒂欺哄了她，对她说了谎，还刻意回避了她，艾比盖尔还是很感激她的好意。艾比盖尔也不愿意让自己伤心。

“算了，洛蒂。”

洛蒂的脸立刻变得开朗起来。她猛地发出了一阵响亮的笑声，就是她的独家笑声，如释重负一般。“仁慈的上帝啊，我还以为你要过来给我一巴掌呢。我听说了发生在柯西壶咖啡馆的那件事。真的，艾比，我一直都不愿意应对另一面的那个你。我的意思是，我本来也没有应对过那样的你。”她最后补充了一下，修改了自己的发言。

艾比盖尔假装表现出一种强硬的立场：“你保证？”

“哦，对。我保证。你剖开我的心看看，手指可不行。”

看着洛蒂飞奔而逃，艾比盖尔不得不承认自己在柯西壶咖啡馆一役的溃败反而为自己带来了某些有利的东西。身为“那个来自波上顿的职业拳击手”，她还能得到一些隐性的好处。她能够吓唬她的房东。

“也许你的确是个浑球。”艾比盖尔告诉自己。但是，在一场强烈的飓风迫在眉睫之时感到自己的强大，也让她觉得浑身紧绷。

排队等待收银台的队伍长长的，基本都是女人。雅尼娜在一个收银台后面工作。艾比盖尔之前见到的与雅尼娜的丈夫私会的那个女人，在另一个收银台后面。她选择了情妇，而不是正牌夫人。队列中的小姐们正在一起追忆过往的那些飓风。

“1996年那次，我失去了房子正面的窗户。”一个人讲述道，“我的天，我丈夫因为不得不换新窗户而大发脾气。”

“那一年，我们家一个窗户都没有了。不过，那场飓风至少为我争取到了全新的百叶窗。”另一个说道。

“1992年那一次暴风雨之后，我不得不给房子重新安一个房顶。”一个女人一边抱怨着，一边用手指抚过女儿的头发，“希望这次我不必再重复了。”

众人的共识似乎是这样：虽然很不方便，但是飓风也会有来有去。人们能做的一切只不过是希望情况会相对较好。艾比盖尔最近已经很少有什么希望了。当她想要希望什么的时候，通常会被拒绝。她希望自己不再做噩梦，希望自己不要开始哭个不停，希望回忆不要再来让自己崩溃。艾比盖尔想，要是能够将她们的希望吸收为自己的希望，那该有多好啊。

当她排到收银台附近的时候，那个女人假装不认识她。艾比盖尔也作出同样反应。就在她等着的时候，一位花白头发的老太太不小心掉了一袋橙子，撒落一地。艾比盖尔帮着捡水果，与雅尼娜面对面碰了个正着——她们一同在那里弯下了腰。

“谢谢。”雅尼娜对艾比盖尔说。

虽然她的声音里没有恼火，也没有讽刺，这句话也是她愿意说出来的最好的话了。面对着一场正在途中的飓风，人们没有时间用来相互憎恨，不管是不是公平，他们全都处在危险之中，这一点使他们平等。

摩尔商店的后门上有一张便利贴正等着艾比盖尔的到来。上面写着："艾比，我得去给一个朋友送一些工具，好让他用板子封住窗户。你要的东西就放在收银台旁边。"

"摩尔真是会读心术。"

她穿过厨房，走进店铺，恰恰撞到一个穿着背带裤的高高壮壮的男人身上。

"嘿，艾比。准备好迎接阿米莉亚飓风小姐的到来了吗？"

"嗯，对。"她谨慎地承认。接着，她想起他是谁了——他就是在维林鲸酒吧的酒保，同时是"宾果之夜"的主持人。

"有些人可能开始嘀咕了。"

"什么？"

"你到我们这儿，然后你低头一看，跟着过来这么大一个飓风。有些人可能会说，你为我们礼拜岛带来了不该来的坏运气。"

这个男人是在开玩笑。尽管如此，艾比盖尔好像被一种个人责任感刺了一针。她是不是真的把自己的厄运从波士顿拖拉到了此处，因为自己没有办法将其弃之身后，或是因为她没有办法逃脱这种厄运？

"咳，咳，我是在开玩笑。好运气，坏运气，总比什么运气都没有要好，对不对？"

"这个问题，我们还得等飓风来决定答案。"

"好啊，那我们就等着。"他一边回着话，一边走开了。

在店里的并非只有酒保一人，还有另外两个男人在四处走动，从货架上挑选东西。临走时，他们在摩尔放在收银台旁边的笔记板上写下了各自都拿走了什么东西。艾比盖尔对于摩尔对人们的信任感到十分震惊。他相信他们不会偷东西，相信他们会诚实守信。而就艾比盖尔看到的那样，他们确实也做到了这一点。如同希望一样，信任也需要一定量的刻意的无知。这就是为什么她发现信任这样难。

完成了购物之后，艾比盖尔前往柯西壶咖啡馆去找丹尼。咖啡馆里面空空如也，只有几个男人，其中包括伯特和丹尼。他们俩与拉尔奈警长一起坐在柜台处。一台收音机正在播报着有关飓风的最新消息。

“嘿，艾比。”丹尼冲她挥手，看起来很兴奋，“你快来听。最新报道说，阿米莉亚号飓风正在变成四级飓风。这个是，呃，好像是，整个儿很巨大一样。我们不得不撤离出岛了。”

“我已经从联邦警察署得到了最后命令。”拉尔奈说，“丹尼，这意味着你和你爸爸将不得不连续运行轮渡了。”他转过身来，对着艾比说：“我建议你坐较早的一班轮渡出发。避难所很快就会挤满人。我想确保你会有一个床位。”

当前这件事情的严重程度使得艾比盖尔的头皮紧绷。

“你看上去好像感到很失望。”伯特说。

“我才刚到这儿，现在我又要离开。”

“礼拜岛是不会跑到任何地方去的，艾比。”

她知道这是真的。但是，能够亲耳听到这句话，也让她宽慰了一下。

“对啊，虽然避难所并不是最棒的地方。”丹尼也说，“但是，至少你可以一回家就看到一个装满了漂亮家具的漂亮房子啊。”

伯特用胳膊肘碰了碰丹尼。

“哎哟。”

按照流言在这个镇子上的传播速度，在明天早上之前，洛蒂就会听说有关家具的事了。这使得艾比盖尔更加后悔自己不得不撤离此处了。

“对不起，我错了。”丹尼对她耳语道。这时露丝从厨房里面走出来，手里拎着一个纸袋子。

“给你，卡雷布。一个乳酪汉堡和一个一边抹了菜酱的火腿汉堡。

嘿，艾比！你怎么了？你看上去好像刚刚看到了一个——”露丝自己停住了话音。

每个人都在安静地等着广播里面的最新消息，说时速达一百八十英里的大风和二十英尺高的巨大水柱已经从佛罗里达海岸出发了。

拉尔奈警长递给露丝一张十美元的纸币，拿着他的食物就走了，边走边说：“不用找了。”

露丝看着他离开了：“比平常的坏脾气更坏的，是我还是卡雷布？”

“他一定有很多事要做，要为飓风作准备。”艾比盖尔说。同时伯特盯着地板看。

“肯定是。”

“我猜明天早上我应该会在轮渡上看到你们三位吧？”艾比盖尔问道。

“你肯定会看到我。”丹尼学小鸟的叫声说话。

但是伯特没有回答，露丝也没有说话。

“难道电台播出的新闻没有说撤离是强制性的吗？”

“去你的什么强制性不强制性的鬼东西。”

“同上。”伯特说。

尽管艾比盖尔来到礼拜岛只是很短的时间，她也很恨这种离开的想法。

“如果你们都不撤离，我为什么要走？”

“你以前从来没有经历过这种事。”露丝告诉她，“这事真是该死的可怕。”

“如果它这么可怕，你为什么要留下？”

他们的回答与摩尔的一样。露丝和伯特已经在礼拜岛上度过了他们的大半生。如果他们准备要死了，也会死在这里，死在他们的家里。

“丹尼，你要确保明天早上艾比跟你一起上轮渡，听到我的话了吗？”露丝很坚决。

“是的，夫人。”

“你应该拎着一个手提箱，亲爱的。”

又要打包行李的想法让艾比盖尔的心开始抽搐。

“丹尼，我们可以走了吗？”

“当然可以。”

“不要忘记今晚还是宾果之夜呢。”露丝提起来这件事，“如果你有兴趣的话，这是最后的狂欢喽。让你的脑袋暂时抛弃飓风这东西。”

丹尼把他手中剩下的苏打水喝完：“伯特，你来吗？”

“不，我可以走着回去。再见，艾比。”他说着，冲她挥挥手。

她也朝他挥手，但是没能说出话来。艾比盖尔不愿说再见。对他，或是对礼拜岛。

夜晚好像是从地上的刺柏丛和杨梅树林里面突然涌现出来的，而不是从天空上面覆盖下来。温度急剧下降，丹尼把卡车窗户升高，用曲柄启动暖气。

“可能需要一分钟才能暖和起来。”

“没事。我很好。”

“别介意我这么说，实际上你演得没有很好。”

怨恨一时塞住了她的喉咙。大火偷走了她的一切。现在，飓风又在控制她的生活。艾比盖尔自己的欲望仿佛微不足道。

“我是一个真正的好听众，如果你想聊一聊的话。”

“没什么好聊的，丹尼。”

“我知道你才刚来到镇上，我们还是陌生人——”

“不，只有我是陌生人。”她的声音开始提高，“这真的是一个十分愚蠢的、鲁莽的想法。我本不应该来这里。”

丹尼很安静：“也许你说得对。也许你本不应该来。”

"什么？"

"如果你不喜欢这里，你也不应该留下来。"

"我没有说我不喜欢这里。"

"那为什么你说这是十分愚蠢的？"

有些沮丧，艾比盖尔捏了捏鼻梁："这没那么简单。"

"有，当然有。要么你想留在这儿，要么你不想。"

"丹尼，有一些事情你还不明白。"

就算仅仅在侧面看来，丹尼双眼盯着路面的样子看上去很受伤："我可能没有你们这些读书人那样聪明，但是我也够聪明知道这世上只有两种东西：你有发言权的东西，和你没有发言权的东西。作为一个聪明人就意味着要看出其中的差别。"

他把车停到了沙砾路上面，然后等着艾比盖尔从卡车里走出去。

"丹尼——"

"我得回家了。老爸正等着我呢。"

艾比盖尔把她的购物袋从后面的拖车上都拿下来之后，丹尼就开车走了。

她看着他的卡车在转弯处消失无踪："干得不错，艾比。"

在黑暗中，她能听到大海的声音，尽管她看不到，因为窗户外面封上了胶合板。海浪冲击着岩石，提醒着她这座灯塔到底离海水有多近。灯塔挡在船舶的船首之前，不得不承受各种方式的冲击。

"这个灯塔已经经过几个世代了。这又不是它要挺过的第一次飓风。"

可是，这是艾比盖尔要挺过的第一次飓风。她得试着像灯塔一样坚定。

窗户都被挡住了，房子里面尤其黑暗。她打开所有的灯，把收音机调到最新的天气播报。阿米莉亚号飓风沿着海岸搅动，带着一身恶臭席卷了迈阿密城。记者描述着随风横冲直撞的大雨，还有前后扇动的棕榈树。与此同时，艾比盖尔打开购物袋，拿出一个小型手电筒组合包、备用电池以及一些瓶装水，放到餐桌上。

“准备好了没有？”

她关掉收音机。她已经听够了。艾比盖尔将装好自己的手提箱，出发前往早晨那一班轮渡。这场飓风是她没有发言权的东西之一。这让她感到自己被困。

一定不会比纳特·罗恩更加感觉被困。

她试图把他从她的脑袋中驱走。她对于发生在纳特身上的事也没有发言权。艾比盖尔把自己的行李袋装满了足够穿几天的衣服之后，发现自己在整幢房子里面漫无目的地游走。她在卧室里面踱步，在书房里面徘徊，想要记住这些房间，怕自己与它们不会再见。

她前几天一直在读的那本小说打开着放在书架上面。她的脉搏加快。她之前并没有把它放在那里。

然后，艾比盖尔回想起来，是纳特把这本书放在书架上的，就在他们一同搬家具的时候。她想到关在牢房里面的他，以及他寓言般的人生。他的父母早已离世，弃下他一人独自漂泊，而且他遭遇的事似乎就是他自己制造的悲剧。艾比盖尔也被弃下。纳特·罗恩在这样的人生出发点上会有什么样的际遇呢？她会有什么样的际遇呢？

她将在第二天离开，灯塔将在没有她相伴的情况下平安挨过这场暴风雨。而她自己将永远地挨在自己的暴风雨之中，她的悲哀带来狂风，她的眼泪就像潮汐涌动，她的回忆如巨浪奔腾，还有那丧夫丧子的事实就像日日阴雨一样。无论她身在何处，她永远都得等着这场永恒的暴风雨的来袭，将自己打败。而她只想留在礼拜岛。

艾比盖尔拿起那本言情小说，坐在写字台边，就让这书把她带走。

小说，作为一种文字形式，与词典相比，并没有很大的不同。每一个感觉，每一个事实，甚至是每一个情绪的词源学，都能够在从A到Z的字母中找到。按照字母排序，就好像一部词典的情节，而每个单词都是一个角色，拥有自己的个性。尽管没有小说通常具有的情节发展、高潮或者结局，词典却在讲述一个诚恳的故事。

同样的话可能不适用于艾比盖尔正在阅读的言情小说。尽管如此，她还是将小说粗略翻完，心情愉快。英雄赢得了战斗的胜利，坏人遭到了报应，命运多舛的恋人最终摆脱了厄运，从此过上了幸福快乐的生活。尽管词典里面并没有“从此过上了幸福快乐的生活”这一词条，但是艾比盖尔还是选择相信这一概念不是仅存在小说中的。

“恭喜你，女继承人。”她说，从那个新的写字台处回来，“同喜同喜，海盗船长。祝我们以后共同在公海上航行愉快。”

这房子变得如此寒冷，艾比盖尔都可以看到自己的呼吸。她已经在挨饿了，但是没有心情点火。消防站“宾果之夜”的大厅里应该很暖和，而且丹尼在那里。她应该向他道歉。

“他们有热狗。垃圾食品总好过没有食品。”

手里拿上前门的钥匙，电话的影子在她的视线中闪过。艾比盖尔一直想打电话给父母。他们很可能正在电话旁边焦急地守候。她为自己让他们经历这些焦虑而觉得难过。这太自私。但是她也讨厌被拷问进食如何、近况如何的问题。她想再次变得正常起来，如果正常不起来，她真的愿意独自一人。

她打电话的时候，父母十分欣慰。他们已经在新闻广播里面听到了有关飓风的消息，正担心她的安全。艾比盖尔花了半小时向他们保证自己没有危险，保证自己会被疏散到一个避难所，与众人共度时艰，躲过风暴。她在谈话内容中刻意遗漏掉了灯塔的状态及其昔日的——也许没有那么久远——居住者。相反，她热情地介绍了这里的原始海滩和这座小镇的魅力。

她能感觉到父母宁愿让她回家。母亲询问她吃得好不好。艾比盖尔撒谎了，说她吃得好。她的父亲迫使她许诺以后多打电话，艾比盖尔同意了，而这并不是在说谎。挂断后，她不得不承认，对于此次通话的假设要比通话本身糟糕得多。她手指交错祷告，希望这样的事情也同样适用于这次飓风。

消防站的大厅里坐满了人，充斥着节日的气氛，好像第二天是七月四号的美利坚独立日，而不是礼拜岛强制撤离日。艾比盖尔看到露丝坐在靠近宾果板的地方。她在一整张折叠桌上铺满了宾果牌。

“无法抗拒自己要来宾果的想法。”艾比盖尔告诉她。

露丝把身旁椅子上放着的她的钱包拿开：“难道有谁能抗拒得了？我有预感你会出现的。我给你预留了一些牌。”

艾比盖尔下午在摩尔店里撞上的那个背带裤男子已经在麦克风前站好，开始隆重地欢迎来到宾果之夜的每个人。

“现在！就在此处！阿米莉亚飓风可能比我们更大，可能比我们更快！就算这样，它也不能赢走我们的宾果！”他大声宣布着，人群中响起热烈的欢呼声。

“帮我把这些牌暖一暖吧。”艾比盖尔对露丝说，“我还要做一件事。”

丹尼和他的父亲正站着排队，等着点餐。

“他们俩的算在我账上。”她告诉柜台后面的女孩。

“没关系。”丹尼说，一副仍然受伤的样子，“我可以自己来。”

“丹尼，请不要这样。我很抱歉我说了那些话。”

“这是怎么回事，丹尼？”父亲粗声问他。

“没什么大不了的，爸爸。”

“如果没有什么大不了，你就把你欠了这个妞儿的赶紧还了，然后回到我们的桌子上。游戏比赛就要开始了。”

“丹尼，我真的很抱歉。但是至少让我请你吃一个热狗。还有你，米洛克先生。”

丹尼的父亲是如此吃惊，他脸都红了。

“那么来一些苏打水行吗？”

“你说什么呢，爸爸？”

“等一等。这都是怎么回事？”他父亲问道。

“就是，你的儿子给了我一条建议，是我听过的最明智的建议了。”

这次轮到丹尼脸红了：“你真的是这个意思吗，艾比？”

“是的，我是认真的。我想同你的儿子做朋友，米洛克先生。他也可以教你很多东西。”这个常年严峻的大男人陷在一种困惑的沉默之中，这使得丹尼咧嘴笑了起来。

“要菜酱和泡菜吗？”艾比盖尔问。

“为什么不呢？”米洛克先生耸耸肩。

丹尼和他的父亲吃上了晚餐，艾比盖尔离开他们，为自己拿了一个热狗，回到了露丝的桌子上。她饿坏了，回到座位的时候她已经把热狗吃了一半。

“你看好了，小心别把手指啃下一块来。”露丝警告她，“你还需要用手指头来标记宾果牌呢。”

一边吃，艾比盖尔一边说：“我一整天都没吃饭。”

“我，我一直在摄入碳水化合物，这个宾果游戏长得就像一个马拉松似的。我已经整装待发，准备迎接胜利了。我能感觉到牌都是热的。今晚就是我的胜利之晚！”

五分钟后，一个十几岁的男孩大喊道：“宾果！”

“好，到此为止。我再也不讨论宾果牌了。我这是在给自己带来霉运。停止宾果话题！”

主持人开始了下一轮比赛，露丝开始闭口不言。

“要不要聊另一个话题？”艾比盖尔建议。

“请自便，谢谢。”

尽管拉尔奈警长曾经令她发誓保守秘密，她还是对着露丝的耳朵详细讲述了汉克·斯考克斯之死之谜的故事。露丝被震惊到完全停止了手中的牌。

“你不能告诉任何人，露丝。鬼也不行。”

“我向上帝发誓，我不会。”

“我告诉你，完全是因为我觉得纳特跟这件事没关系。我不知道怎样能让拉尔奈发现他冤枉了纳特。”

“我也不觉得是纳特干的。但是这不是我的地盘，我不能在这儿解释原因。”

“我不明白你的意思。”

她暗示艾比盖尔降低声音：“汉克偷偷地来找过我。告诉过我一些私人信息，非常私人的信息。”

“露丝，你又不是神甫或律师。”

“我也不是个医生啊。但这并不能阻止人们来找我询问意见。如果有人问我意见，我就给他们。”

“露丝，请你告诉我吧。”艾比盖尔恳求道。

“好吧，但你不要告诉别人。我现在告诉你，已经很糟糕了。有一天晚上，那时他妻子去世过后没多久，他来到我家。那天他没有喝酒。他十分清醒。我与他就坐在我的门廊那里。他告诉我他正在考虑，嗯，这么说吧，他正在考虑做伤害自己的事。他说他想去天堂陪伴他的妻子。他说他已经没有那个等候的耐心了。”

“你真的相信他会自杀？”

“他恳求我不要吐露一个字。他说，即便只是提到此事，他都觉得很羞耻。他不想让别人知道。我告诉他，杰罗姆过世的时候，我也想过这个问题。然后我的话似乎让他感觉好了一些。”

如果艾比盖尔声称自杀对她来说并不是一个很有诱惑力的选择，那一定是假的。至少，痛苦可以结束。在那些最初的黑暗日子里，她就是这样跟自己理论的。然后她就能与自己的丈夫和儿子在一起了。但是逻辑不会让她将这件事坚持到底。保罗一定是希望她活下去的。这就是为什么他生前要把她救出来。

“露丝，你没有回答我的问题。”

“因为答案并没有正好坐我旁边。”

“如果汉克对自己做了这样的事，纳特将尽力保护他的名誉。他将会代人受罪。”

“让我一直担心的就是这件事。我们得相信卡雷布会好好处理，按照事实，该怎么样就是怎么样的。”

“他不会，他不会。而且他现在还试图把抢劫的罪名安在纳特头上。”

听到这句话，露丝坚定了决心：“明天我会去找卡雷布。”

“谢谢你，露丝。谢谢你。”艾比盖尔很认真，比她能说出来的，更认真。

主持人这时公布了一个数字：“B-9。这一轮的数字是B-9。”

露丝的目光落在她的牌上，她呆住了。

“宾果。”她低声说。马上，她就开始重复这句话，声音越来越高。“宾果！宾果！宾果！”她从椅子上弹跳起来，手中挥舞着纸牌。

“赢家出来了！”主持人也喊道。

“我赢了什么？我赢了什么？”露丝跳上跳下，像一个孩子。

“本轮比赛的奖品价值为58美元。最后一轮结束之后，你可以过来领奖。”

露丝喜悦得满面春光，不得不坐下来用她那张赢了的牌对着脸扇风：“我都已经这么久没有赢过了。我都没办法告诉你多久了，艾比。我觉得我好像开始有点儿潮热了。再给我一次机会，我会做得更好。”

人们都走了过来，拍拍露丝的肩膀。她在众人的瞩目之中，像晒太阳一样，享受这一时刻。看着她，艾比盖尔好像窥视到自己的未来。露丝之前不得不应对守寡这个现实，但是她也发现了一些她期待和享受着的东西。这虽然并不是确切的“从此过上了幸福快乐的生活”，但是“幸福快乐”的部分应该也有很多。

Chapter 12

/

/

/

因爱宽恕

我承认

我爱那

给我以安慰的

——萨福《我承认》

艾比盖尔在她的床上醒来，不确定是早晨还是晚上。窗户上的板子阻隔了阳光，把卧室变成了一个洞穴。她在床头柜上摸索着寻找她的眼镜和手表，它们都放在记录簿上。快要六点了，她想知道首班轮渡能有多早。

“也许不会这么早。”

地板真是冰冷。艾比盖尔懒得费力去穿袜子。这是她在看守人小屋的最后一天了。她想让自己完全沉浸其中。即使这意味着双脚冰冷。

她倒了一杯牛奶，坐在那张丹麦折椅上面慢慢啜饮。自然光线的缺失，给这个房间带来一种博物馆的感觉，关于现代人的祖先早年如何生活的模型展览。这房子就像一个时空胶囊，里面没有暖气也没有空调，没有电视也没有微波炉，没有洗衣机也没有烘干机。但这里的确也有那么一点点现代生活的方便之处，比如水管和烤箱，尽管运作欠佳。除此之外，所有东西都咔嚓作响。这里可能有一个鬼魂，但也可能没有。

讽刺的是，有关这座房子，她最爱的部分就是她最不会用到的那个地方。自从她制订了油桶行动计划之后，就再也没有走进过灯塔。而且她还错过了伯特主动提出的为她进行检查的机会。

“你现在就可以这样做。”

然后她等待一种噪音的出现，代表灯室里面发出的沮丧反应。但房子是安静的。

也许卫斯理·贾斯珀并不介意你对这个地方做过什么。

这个问题的答案却基于一个更大的问题。这个问题将使艾比盖尔必须进行一次灯塔之行了。飓风毫不夸张地真实地出现在地平线上的时候，艾比盖尔的勇气却逐渐减少。

“你可以在飓风过后再去检查油桶。这并非一个不合理的安排。”

连日来，她一直避免前往灯室，逃避直面自己的恐惧。但是，暴风雨却是无可回避的。

艾比盖尔将行李装车的时候，黑压压的乌云已经威胁至头顶上方。装好了，也到时间该走了。她觉得离开这里很困难。她站在门口，盯着里面。

“我会回来的。”她说。对房子许诺，也对自己。

前面的草已经明显长高了。再过一周，就需要再次修剪草坪。艾比盖尔很想回来割草。她想回来割草，比这几个月以来的所有其他想法都强烈。

车辆拥堵在岛上这些狭窄的沙砾路上。家家户户都塞在卡车或者小型货车里面。行李捆绑在车顶上。每个人都在前往轮渡的途中。这样大规模的撤离造成了交通堵塞。

“这个应该就是劳动节之后会有的情景吧。”

但是现在是不同的。现在是全岛人口疏散。

不久，艾比盖尔的车已经停止不前了。她没有办法看到前面，没法了解原因。所以她决定走旁边一条街，抄一条近道，绕过队伍。但她很快迷路了。

“我现在在哪里，毫无线索。”

她横穿了几条马路，直到她看到了一处她认得的地标建筑：摩尔家的房子。他的窗户已经封上了板子，花环也已经从前门上面撤下了。

“你本应该是在轮渡上。”艾比盖尔绕到后院的时候，摩尔正站在露台上面。

“我碰上了大塞车。然后，迷路了。”

“这两个词组通常都不会在礼拜岛上出现。”他一边说，一边把一个冷冻箱放在他的船上。

“你认为这样的天气还去捕鱼是个明智之举？”

“什么天气？”

“你看看天空。马上要下雨了。”

“现在还没有开始下雨呢，而且我不去捕鱼。我去检查我的渔网。你要来吗？”

“我？”

“为什么不呢？照这样子看，你已经错过了第一班轮渡。等着下一班轮渡的队伍一定跟中国的长城一样长。或者比长城还长。”

“现在你这么说的话，我又怎能抗拒？”

摩尔小心地爬进船舷。由于他身材壮硕，如果爬得太快，船可能翻转过来。加上他的脚踝受伤，他的动作格外缓慢。当他帮艾比盖尔爬上船的时候，她已经重新考虑这件事了。

“如果这个老浴缸能撑得住我，也一定会撑得住你，艾比。而且不管怎样，你会游泳，对不对？”

“真是非常令人鼓舞的一番话。”

雨迟迟不下，空中雷电轰鸣着游走。开了低速档，摩尔驶着小船向雷声迸发。小船的速度越来越快，小船尾部在水面的痕迹也消失得越快。

“你钓过鱼吗？”

“就一次。我丈夫的公司有一次带员工乘船旅行，去玩潜水和深海捕鱼。之后还有聚餐和舞会。”

“这不是捕鱼。这是游艇。”

直到这一刻，那次公司旅行的细节还深深地留在艾比盖尔心里的某个隐秘之处。她想起自己被介绍给保罗的同事和他们的家人，开胃小菜和冰葡萄酒和柔和的音乐。她记得吃了一条很大的烤比目鱼，饭后甜点是果汁冰糕。保罗那时还是公司里面的新人，所以一直忙着聊天和制造良好的个人形象。他偷了个空过来找她，告诉她，穿着白色棉布吊带裙的她是多么漂亮，然后在她的脸颊上吻了一下。就在这一刹那，艾比盖尔以为她能感觉到那个吻。可那只是吹过她脸上的风。

“我们到了。”

摩尔放慢了引擎。他们来到一个由一组组插在水里的高木竿子围成的遮蔽物前面。

“那是什么？”

“围水池。”

船在这些高高的柱子之间来回移动着，摩尔解开了系在一根柱子上的绳子，把它挂在船身一侧的挂钩上。他一直在重复这个动作，直到一张渔网漂浮在水面上，里面满满的，都是正在跳跃的鱼。

“让我们来看看我们网到了什么鱼。”

他用手指把渔网上的海草团块清理干净，然后把一只不需要的马蹄蟹扔到一边：“幸运的是，我不需要像商业渔民一样衡量这些鱼。他们把长度超过十三英寸的鱼都当做合法的鱼。在海里，十四英寸才是合法的。”

他选择了一条肥肥的比目鱼，然后抛下渔网，以使其余的鱼可以逃脱。

“只为了一条鱼的话，这还真是花了很多努力。”

“我是一个老人。没有很多其他的事情可做。那什么，对于刚才的事，我感到很抱歉。”

“刚才的事？”

“当我提到捕鱼的时候，好像是在，好吧，好像让你想起了过去。那天我其实无意中听到露丝把我前妻和我孩子的事告诉了你。她想让你知道，这种事情也发生在了我身上。你正在忙着自己生活，然后就会有某个人说起某些事，让你想起他们来。出其不意地袭击你。”

“摩尔，我不是在窥探你。我——”

他挥挥手，打消她的忧虑：“你怎么会觉得你是在窥探？我说起这个只是因为我还会感到同情。”

摩尔把鱼放在冷冻箱里面，关上盖子，因为鱼一直乱窜乱跳。一开始，这一点无情吓坏了艾比盖尔。但是，他有什么其他选择？用大头短棒将它重击致死吗？用刀把它的身子割破？相比而言，窒息真的是仁慈的。

“我该怎么办？”艾比盖尔认真地问他。

“什么事怎么办？”

“关于我，我的生活，还剩下些什么？”

回答之前，他认真地考虑了一下。鱼在冷冻箱里扑打箱子内壁。“生活中唯一确定的事就是死亡和交税，我还记得第一次听到这句话是什么情形。我一直把它的含义当成是：生活中唯一确定的事就是我一定会死以及我一定要为自己交税。我的大笨脑壳花了很久才明白这句话到底是什么意思。它的意思是没有一个人能够在失去自己所爱的人之后还能够继续走下去。你无法知道什么时候你可以开始走了，或者什么时候你爱的人会继续往前走。你唯一能做的事情就是，但愿尽晚，而不是尽早。”

尽管摩尔喜欢歪曲逻辑，但是他却将巨大的悲痛提炼成为一个简单的、客观的事实。这个客观事实正是艾比盖尔努力应付的事实。

词典的宗旨是公正和准确，但一个词的定义却反映了定义者的情绪和偏见。词典需要得到用户的信赖。这种信赖基于一种信念——词典应当超越主观性。但是，最好的词典却出自最强大的人格，那些热心的人和理想主义者。他们试图教育民众和布道，试图进行政治宣传和道德培养。艾比盖尔尽量试着对自己的悲痛保持客观，承认自己的悲痛就是悲痛。她也可以用自己的偏见来定义悲痛，它怎么来，她就怎么感受。可是，无论哪种方式，这个定义都不会使那种伤痛感消退得更快一些。

“你怎么对付它的，摩尔？所有我能想到的只是从前，但是我所有的只是以后。以后的以后我应该怎么办？”

“你想要我告诉你那个秘密吗？”他问她，同时把渔网的绳子拴到了各个柱子上。

“有一个秘密？是什么秘密？”

“你确定你想听？”

“是，当然。是什么秘密？”

“鞋。”

“再说一遍？”

“鞋。”

“你用来忘记前妻的秘密就是鞋？”

“我以童子军的荣誉起誓。”

他坐下来开始解释。小船受到冲击而左右摇摆。“每天早上我醒来的时候，我都会恨我知道自己醒着。我会在床上待几个小时，试图再回到睡梦中。我花了几个星期的时间用来起床。我花了更长的时间用来把衣服穿上。有一阵子，我不能做其他事情。我拖着拖鞋在房间里面来回走。没有办法离开。但是我知道如果我最终能把鞋穿上，我就能离开。

但是这结果也没有立即发生。我把鞋子全都放在衣柜里面，不去开门。后来有一天，我拿出了一双便鞋，穿上，走到外面，走到我的露台上去。仅此而已。这是我能去的最远的地方，只去很短时间。随着时间推移，这件事变得容易一些了。只是一直把鞋穿上而已。”

“摩尔，我已经穿上鞋了。但是我并没有觉得好多了。”

“关键是，艾比，你已经穿上鞋了。”

冷冻箱里面的噪音已经没有了，箱子一动不动地坐着。同样一动不动的，也许是，艾比盖尔的心。

摩尔把艾比盖尔送到她的车前。她想告诉他，露丝已经对她吐露过有关汉克·斯考克斯的秘密了。但是，首先她也不应该先将纳特·罗恩的事告诉露丝。摩尔和汉克曾经是朋友，但是他们却选择了不同的路。摩尔仍然走在自己的路上，鞋带系得紧紧的。

“你准备搬走了吗？”他问她，指着放在休旅车后座上的巨大行李袋。

“难道我装的东西太多了？”

“这些风暴通常一天左右就刮完了。而且在避难所并没有什么高级着装要求，也不会供应高级茶点或是什么东西。”

“我之前不确定我会离开多长时间。”

“时间不长。”他向她保证，“最好试着去赶下一班轮渡。如果你觉得这里交通拥堵的话，回大陆上试试看。”

“谢谢。”

“因为告诉你快去搭轮渡？”

“不是，因为你带我去捕鱼。”

“乐意为您效劳，艾比。”

摩尔为她指明了主干道的方向。她加入了已经无比漫长的车队。整个岛上都爬满了车。艾比盖尔的测速仪显示，她已经突破十英里每小时的低速。四十分钟之后，码头终于进入了视线。一个穿制服的男人正在指挥车流，一辆巡逻车停在附近。那不是警长拉尔奈，应该是他的副手。

几十辆车正在等着轮渡上一个自己的位置。而轮渡尚未从大陆返回。这一来一回需要一个多小时。因为轮渡能够承载的汽车数量有限，艾比盖尔算了一下，要一直等到下午晚些时候才能轮到自己。

时间一分一秒慢慢过去。孩子们在码头上玩耍，大人们从车里走出去活动双腿。艾比盖尔则闷闷不乐地盯着时钟。轮渡刚一到达，副警长就指挥排在前面的汽车开上去。然后轮渡离开，等候着离岛的拥挤人群减少了一点点。

就算轮渡已经往返三次了，艾比盖尔还远远未到队伍的前面。时间每过去一秒，她都变得更加愤怒。对自己愤怒，因为她意识到自己把书忘在房子里了。

“如果飓风把灯塔拆毁了怎么办？如果你的书都丢了怎么办？你会一无所有。”

当她跟自己争辩怎么办的时候，云层暗了下来，下了一阵紧凑的小雨。之前互相聊天的家长们赶紧把孩子赶回车里。艾比盖尔并没有排在队伍末尾，但是她距离中间部分也很远。如果开走了，她就不能再回到现在的位置。但是她不介意。她掉转车头，离开车队，扬长而去。

“这应该需要十五分钟。也许是十分钟。你应该能在下一班轮渡之前回来。”

雨水拍打在休旅车的车顶上，雨刷把水从挡风玻璃上刮走。为了节省时间，她开上了一个岔路，很自信地认为这条路会穿过距离她最近的那条车道。但是她错了。艾比盖尔已经无法得知现在在哪儿，而且天气也加剧了这个问题的难度。她又试了另外一条路，希望它能够与自己认识的路有交叉。事实并非如此。在匆忙之中，艾比盖尔最终开到了那一处时髦的飞地之上，上面就是那些时髦的现代建筑。摩尔之前让她为洛蒂做安保巡查的时候，她来过这里。

“你好好想想。你来过这里。摩尔在地图上标明了这些房子。等一等。那张地图。”

她把车开过去，停在停车场。那张地图没有在座位后面的袋子里，没有在座椅下面，也没有在护目镜后面。

“应该是在家里了。跟你的书在一起。”

窗户上面蒙了一层雾气。即使艾比盖尔能透过这些看到外面，她也已经迷路了。

“你把自己搞到这个烂摊子里面，现在就得让自己从这里面走出来。”

她动手换挡，可是加速器令人沮丧。休旅车就是不肯让步。

“噢，不要。拜托不要陷住不动了啊。”

当她轻轻呼气的时候，轮子转动起来，呼呼作响。考虑到一个小小的晃动就可以带给这辆汽车一个冲击，她在底板上狠狠来了一下。轮胎发出嘶嘶的声音，然后全都陷在沙子里面了。

“你肯定陷在这里了。”

穿上雨衣，戴上帽子，艾比盖尔冲进雨中。两个后轮胎刚好嵌入一个车辙里面。由于下雨，这道车辙已经变成了一个水沟。

“好，抄近道到此结束。”

一阵风吹过，把她的帽子吹掉，灌进了她整个身子里。她爬回车子里。她已经没有捷径可走了，不管是在这座岛上，还是在她的丧亲之痛之中。

“你现在有两个选择。这好像是最近一直争论不休的一个主题。留在这里，还是开始向前走？”

向前走的选项胜利了。准备走的时候，她把已经湿了的毛衣脱了下来，然后换上行李袋里面的另一件毛衣。她还有一件必不可少的东西——她的眼镜。她把它藏在口袋里。拉上拉链，拉紧衣帽，艾比盖尔开始面对外面的雨。

“这真是适合散步的美好一天。”

在泥泞之中艰难跋涉时，她密切注意着任何生命迹象。岛上这片地方是夏季出租专用的。尽管房子规模宏大，并且十分豪华和造价高昂，艾比盖尔仍然肯定自己在一个错误的地方。在替摩尔进行安保巡查的时候，这里距离灯塔二十分钟车程。现在无疑变成了一种惩罚式拉练。

她缩了缩肩膀，驼着背，低下头来，一边走，一边小声念拉丁文：

Ambulo，*ambulare*，*ambulavi*，*ambulatum.*

Erro，*errare*，*erravi*，*erratum.*

在一个十字路口，艾比盖尔不得不选择接下来要走哪一条路。她不得不依靠自己的方向感来决定。而最近，她的方向感已被证明很不可靠了。

“这一次玩得真差劲。重音放在差劲上面。”

她被困在雨中，无论是字面意义还是象征意义。然而，这雨会停下来。如果摩尔是对的，她自己的那阵风暴也会停下来。她已经穿上鞋了。她只得往前走下去。

白天和黑夜这两个词在此时此地已不再有任何意义。雨如此大，云层如此厚重，天空如此黑暗，以至看起来很像午夜。几步开外的东西，艾比盖尔已经无法看见。她的脚又酸又痛，她的牙齿失控地颤动，她的衣服都已湿透，皮肤也被浸湿。

她不停地向前跋涉，直到认出了在远处的一座房子。她现在是在廷柏路上，就是最近一次的盗窃案发生的那条路。

“小偷不太可能在恶劣天气下进行犯罪活动。我觉得我在什么地方看过这句话。没有人想在雨中负重前行。”

廷柏路与一条主干道相交叉。艾比盖尔可以通过这条主干道回到灯塔，或者前往镇上。站在她现在的地方，去往两个目的地的路程是长度相当的。如果她计划离开礼拜岛，找个人来帮她处理汽车问题就是优先选择。可是她很焦虑，急于回看守人小屋去取回她的书。这种需求动摇了判断。

一小时后，她来到了灯塔。在前院，在沃尔沃通常停放的地方，停着拉尔奈警长的警察巡逻车。

他已经发现你的车了。也许他可以用无线电呼叫丹尼，让你能够赶上轮渡。

巡逻车是空的。小屋的前门半开着。因为窗户上面封着板子，她无法判断灯是否亮着。

噢，上帝。你遭劫了。警长是来看你都被偷走了什么。

艾比盖尔用胳膊一推，门就开了。楼上的灯是开着的，照亮了楼梯间。她的CD播放机放在了那张手工雕刻的茶几上面。而茶几本是倒着放在书房里面那个红木写字台搭配的椅子上的。

如果你被抢劫了，为什么一切都还在这里?

脚步声从二楼传来。她正要大声呼唤拉尔奈，但是，喉咙不愿意配合。

如果这人不是他怎么办?

她想找个地方躲起来。客厅与厨房太敞了，地下室的门又会吱吱作响。艾比盖尔冲向灯塔。就在下楼的脚步声步步逼近的时候，她溜入了灯塔门中。

灯室。

艾比盖尔在旋转楼梯上走了一步，跃过了底下那一阶，因为她记得那一阶会发出响声。理性让她的身体猛地扭转回来，她停住脚步。灯室是她最不想去的地方，因为到时候她会被困在那里无法脱身。而且，如果她不小心踏在了一个会发出声音的地方，盗贼也能听见她在这里。

要么去灯室，要么对付盗贼。要么躲在石头后面，要么准备出去战斗。

黑暗在灯塔里面汇集。她的瞳孔开始放大，她的恐惧也开始放大。门框侧边的木头之间有一条裂缝，艾比盖尔透过裂缝看到外面的客厅。一个身影在楼梯间处转过。这是拉尔奈警长。他怀里抱着几本卫斯理·贾斯珀的记录簿。他把这些记录簿放在艾比盖尔的CD播放机上面，准备把这些东西搬出去，搬到他的车里面。

艾比盖尔完全放弃了逻辑，隔着灯塔的门突然大喊：“你在干什么？”

拉尔奈的手飞快地按在手枪上，艾比盖尔被吓呆了。围绕着盗窃案所发生的一系列事件现在一起出现在她脑海中。在一次入室抢劫案发生的晚上，拉尔奈在半道阻挠了她。第二次案发的晚上，他没有在他的办公室里。

“摩尔是正确的。他早就知道是本地人干的，就是礼拜岛上的人干的。”

有人怀疑他，这个推测使得拉尔奈警长毛发直立起来。他看了一眼电话。艾比盖尔的胃部开始紧缩。他有枪。她没有什么可保护自己的，没有武器，只有语言。

“摩尔认为去抢劫房子的人是需要钱。你需要钱吗？这就是你抢劫的原因吗？”

“这一点重要吗？”

这个回答里包含了太多的含义，没有一个是正面的。

“是因为你的女儿吗？”

虽然吃了一惊，拉尔奈还是没有回答。

“露丝告诉过我她的病。说她没办法支付医疗费。”

他的下巴瞬间下降了一些，有一点儿投降的倾向。

“租赁的物业都受到保险保护。业主将不会损失什么钱。你知道这一点。丹尼在柯西壶咖啡馆说了那些话之后，你猜我这里会有一些昂贵的古董。家具也许还能值个几百块钱。但是我怀疑你会用我的收音机或者记录簿换到什么钱。”

他坚定不移地盯着艾比盖尔，拒绝发言。

“我不能让你把这些东西拿走，卡雷布。在这个世界上我拥有的东西并不很多。就算你手里的大多数东西并不属于我，但是我也不能让你拿走它。”

拉尔奈身子僵硬了。

“所以我要与你达成一项协议，做个交易。”

“你要与我做交易？”

艾比盖尔吞下一大口气，以咽下去他声音中的威胁之意：“我不会把你上报给大陆当局，然后你要把纳特·罗恩放出来。”

他眯起眼睛，不相信她。

“我不关心你偷了什么，为什么偷。我不是这里的人，但是我想留在这里。如果这意味着我要保守你的秘密的话，你就要为我做些什么事。”

“我正在听。”

“今天露丝告诉了你有关汉克的事。你相信她吗？”

拉尔奈耸耸肩，向她表示不相信。

“她没有理由撒谎。”

“纳特却有。”

艾比盖尔看着拉尔奈在客厅里面堆起来的乱七八糟的东西，说：“我们都有理由撒谎。”

“你现在让我用我的职业生涯来做交换，让一个可能的凶手逍遥法外。”

“不对。我现在是想让你用一个错误来交换一个误会。”

他咬了咬他的面颊内侧：“如果我同意，这个交易是怎么进行的？”

“我不知道。我没有做过这种事。”

“难道我们假装今晚什么都没有发生过？”

“这是一个合理的起点。”

“你没有任何证据。从今以后你不能勒索。”

“我以后再也不会像现在一样有兴趣勒索你的，警长。”

“那么我们握个手，一言为定。”

艾比盖尔沉默了。如果拉尔奈要做什么，那么一定是在他已经掌控了她之后。冒了个险，艾比盖尔卸下心防，与他握手。他先把手松开了。

“你爱上了他？这就是你这样做的原因？”

“一点儿都没有。”

“那是为了什么？”

艾比盖尔有将近十年的时间与丈夫日夜相处，然后花了三年的时间与她的儿了在一起。*这虽然不够，但是也比短暂的时间长*。纳特的父母却在他还太小的时候就被夺走了生命，这远远少于他本应得到的时间。如果她能够为他做一些命运一直没有为他做到的事，就行了。这就是艾比盖尔的打算。作为交换，命运也可能有些回馈。

“这一点重要吗？” 她这样回答，重复着他之前说过的话。

艾比盖尔相信拉尔奈将忠于他的承诺。他将释放纳特。在这些宏大的事件计划之中，为什么她要这么做，一点儿都不重要。重要的事，已经完成。

Chapter 13

/

/

/

永不分离

原谅我吧，亲爱的

过去了的——已经过去

我感到痛苦

而这一切——毕竟是幸福

——奥丽加·别尔戈莉茨《我对自己的心从不吝惜》

这场雨已经从瓢泼大雨变成天降巨洪，敲打着窗户，抨击着房顶。看守人的小屋被敲打得好像一面皮鼓。风越吹越猛，足以使窗扉之中的胶合板震碎。

“你不应该自己留在这里。”拉尔奈说。

“我的车子陷在岛另一端的一个沟里。我哪儿也不能去。但是我有必需品。我可以在这里耐心等待暴风雨结束。”

艾比盖尔刚一说完，房间里面的灯就灭了。这房子已经停电。拉尔奈打开了他的手电筒。

“那我带你去跟露丝在一起？这样的话，你就不会孤零零的。”

“警长，你刚才还要抢劫我这里。请你原谅，如果我觉得你这一波关心似乎有点儿欺诈的感觉。”

“这不是针对你个人的，艾比。”

“这个岛太小了，什么事都不是个人的。这不是你对摩尔说的那句话吗？”

“你就是那种什么事都能记得清清楚楚的人吧，对不对？”

这是真的。艾比盖尔的记忆是她最好的财富，亦是她绝大多数痛苦的来源。无论如何，她也很感激它。

风摇撼着巡逻车。拉尔奈将车开过了湿滑的路面，挡风玻璃已经变成了灰色。雨水的敲打声不时被树木的开裂声打断。

“这样很危险，是不是？”

拉尔奈点了点头，打开了无线电，与驻地站通话。“最新情况怎么样，泰德？”

“坏消息是我们停电了。”副手通过无线电回答，“好消息是联邦警署发了一份报告过来，说飓风以后会想念我们的。因为雷达表明，飓风已经转身走向大海深处。”

这世上总会有好消息和坏消息。这两个部分发生的概率应当相等。但是，最近，好运势并没有站在艾比这一边。但是数学并没有说谎。她应当得到一些好消息，现在她得到了。飓风不会袭击礼拜岛。

“我能和你一起去驻地站吗？你把纳特放出来的时候，我想在那儿看着。”

“这么做，明智吗？我们并不需要他来怀疑你在他的释放过程中插了一手。他不行，别人也不行。”艾比盖尔考虑了一下。

“那么，如果我说，我的车子陷住了，然后我向路过的你打旗号求救呢？”她的表示很明确，拉尔奈默许了。

他说：“我还是认为你应该去露丝那里。今晚将会很难度过。”

“也许纳特可以送我一程。”

“这是他起码能做到的一件事了。”

雨水蹂躏着小镇的鹅卵石广场，绑在码头的船只在海浪里面猛烈晃动，发出猫叫春一样的悲鸣声。一阵风带着雨水打到艾比盖尔身上，差点把她吹走。拉尔奈抓住她的手臂，帮她走到驻地站里。

泰德弓着背坐在收音机跟前，好像这样就可以让自己暖和一些似的。他的头发湿漉漉的，水滴在他的脖子和衣领上。“真高兴你回来了，卡雷布。”

“泰德，这是艾比·哈克。她是我们新的灯塔看守人。”

“很高兴见到你，夫人。”他在裤子上擦了擦手，“对不起。一切都湿透了。”

“我知道这种感觉。”艾比盖尔也脱下已经湿透的风衣。

“我还没有听说来了一个新的看守人。”

她的到来至今还没传至泰德的耳朵里，这个事实使艾比盖尔相信她与拉尔奈警长之间的协议仍然处在保密阶段。只有当保守秘密的人故意放出消息又不会有什么损失的时候，秘密才会传开。不管是她，还是拉尔奈，都不会允许这种情况发生的。

“请坐，艾比。”说着，拉尔奈将泰德拉到一边，对他轻声耳语了一阵。艾比盖尔听到他提到露丝的名字，以及汉克难以接受妻子离世一类的话。

“噢。”副手回应道，“我猜你是要我放他出去，对吧？”

“对啊，这的确是我要你做的事。”

泰德消失在驻地站的后面。不久，纳特摇摇晃晃地与他一起走了出来。他之前正在睡觉，头发乱糟糟的，衣服皱巴巴的。艾比盖尔给了他一个苍白的微笑，泰德把他的个人物品交还给他，包括他的帽子在内。纳特赶紧把帽子戴在头上，好像要把自己伪装起来。

“你要放我走？”

拉尔奈点点头，不愿大声承认自己犯了错误：“在你走之前，你需要在一些文件上面签个名字。”

纳特在文件上签名：“就这样？我能走了吗？”

“你可以走了。”

“你介意我搭你的车吗？”艾比盖尔问，“我的车陷住了。”

纳特看看另外两个男人。

“我问过他们了，但是他们因为岛上突然而来的这股力量忙得不可开交。”

纳特太累了，懒得争论，于是示意她与他一起走出去。纳特无畏地大步走到雨中，而艾比盖尔在与鞭刑一样的大风进行搏斗，勉强前行。

“卡车停在码头那里。”

汉克的卡车是停车场上唯一的一部车，茕茕孑立。纳特深吸了一口气，走进车内。钥匙已经插入点火孔，他却犹豫要不要启动发动机。

“拉尔奈告诉你发生什么事了吗？”

“是的。我对汉克的事感到十分遗憾。我知道你跟他关系很亲密。”

“他是怎么说的？”

“汉克去撒网捕鱼了。特意去的。”

听到这个，纳特好像被刺痛了一样：“如果拉尔奈是这么认为的，我也不会被锁在里面。”

“现在你已经自由了。”

“大家知道这件事吗？”

她摇摇头：“他们的脑子里面全是飓风。”

雨水重重地浇在卡车顶上。每一阵大风都使驾驶室震荡。空置的停车场，对他们来说，是一个危险的地方。他们就好像坐在那里等着挨打的目标一样。纳特还是无法让自己启动发动机。

“之前汉克试过一次。”他坦然相告，“他吞了把药片。我发现了，他就扔掉了药片。耶稣基督，汉克之前抱怨过这件事。他一直抱怨他的身体是怎样不让他死掉。”纳特的下巴开始扭曲，仿佛正在跟要讲出的话进行搏斗一样。“那天早上去捕鱼，是他的主意。他说暴风雨会使捕鱼量猛增。我跟他说算了吧。但是他不打算放弃。我看着他把渔网撒出去，然后盯着水面。我就转过身去一秒钟的时间，仅仅只有一秒钟，发生得那么快。我原本以为他已经好些了呢。”他的声音开始颤抖，“我以为他已经让那件事过去了。”

有些事情，人们有权利不让它们过去，但是他们也有义务经历这一切。并不是每个人都能做到这一点。艾比盖尔也得努力尝试。

她把手放在纳特的肩膀。她本可以告诉他，她明白，因为她也处在同样不幸的位置上，她也完全明白他是怎样的感受。但是她没有这么做，说了也没有意义。对纳特没有帮助，对她自己也没有。

“我想你宁愿人们相信这是你的错，你对汉克做了这样的事，而不是汉克如此对待自己。”

他眨了眨眼。这是一种肯定。

“但是我觉得汉克也不愿意你这样做。你觉得呢？”

终于，纳特转动钥匙，开动卡车，冲进了风中。

露丝·凯普肖的房子有一条宽宽的前廊。纳特将卡车停在尽量靠近门廊的地方，能多近就多近。

“你还好吗？”艾比盖尔问，“这是暴风雨，我的意思是。你有没有蜡烛，食物和——”

“我会没事的。”他说。

艾比盖尔意识到，她正在以她的父母对待她自己的方式去对待纳特。她完全明白，被别人以同情的名义纠缠不休，并不是什么乐趣。艾比盖尔也知道，等待着纳特的事可以使飓风都苍白失色。随着汉克离世而来的是无数的职责，从安排葬礼到通知亲友停止信件来往，还要处理他自己的私人感情，将会有很多工作要做。第一苦差事就是回家，回到汉克的公寓，而不是他的车库。公寓里的一切都会使纳特记起他的老朋友。

“谢谢你送我一程。”

纳特没说什么。艾比盖尔理解。他们两个人，都没有什么可说的了。

艾比盖尔戴上衣帽，匆匆从他的卡车跳到门廊处，然后按响门铃。直到露丝来到了门口，纳特才开车离去。

“我一定要把丹尼的脑袋割下来放到盘子上去！”露丝一边咆哮着，一边把艾比盖尔迎到家里。

客厅里面点着蜡烛，橡木镶板反射着光芒。这里的家具能使人们联想到一个已经过去的时代，但是状态维持得很好，给这座房子一种海边租屋的感觉，而不像是永久居住的一户人家。一罐无糖苏打水和一本填字游戏的书就摆在一把扶手椅上面。

“计划发生了一些小小的变化。”艾比盖尔解释道。

“你不想说？快把那些湿衣服给我。我给你找一些干的衣服穿上。浴室就在客厅尽头。”

艾比盖尔把她那已经湿透了的毛衣和裤子挂在了淋浴杆上，只穿着内衣，站在浴室里，浑身发抖。直到露丝把门打开一条缝，递给她一件法兰绒质地的女式睡袍。

“不是很漂亮，但是能凑合着穿。”

她钻到这个超大号的睡衣里面，然后回到了客厅里面。

露丝对衣服做了评价。

“就算看起来其貌不扬，也比继续在我的地毯上一直滴水要好。坐下来休息一下。你看起来好像是被打败了。”

艾比盖尔跌坐在沙发上：“我的确觉得被打败了。”

“我看见了，送你过来的是纳特·罗恩。他有没有发现，其实你就是把他拯救出地狱的那个人？”

“没。”

“然后你想让事情继续保持这样子吗？”

“对。”

“你看，我的嘴唇已经锁起来了。”露丝说着，喝着汽水。

“谢谢你去找警长说话。”

“滑稽，今天上午，对于我说的有关汉克的话，卡雷布根本一个字都没有在意。所以他一定是整个儿改变了心意。”

就算露丝发觉了艾比盖尔所做的事，她也一定不会泄密的。因此，艾比盖尔更加尊重她了。

“那么，你觉得你会留在这里，艾比？就在经历礼拜岛上发生的所有这一切之后？一场柯西壶打架事件，一个自杀案，还有一场飓风，对不对？”

“如果你是我，你会怎么做？你会留在这里吗？”

“那可不一定。”露丝放下她的汽水，把手交叉着放在她的腿上，“你听说过‘主教情妇’吗？”

“我听说过吗？就是那艘沉掉的船，那时卫斯理·贾斯珀是灯塔看守人。”

艾比盖尔终于明白这是明知故问。如同往常一样，露丝已经知道了答案。

“这船的名字是按照一个真正的主教命名的。他之前曾经做过水手，是一个彻头彻尾的老手。后来放弃了水手这份职业，改为宣讲福音。据说，做了几年牧师之后，他又开始十分怀念海洋生活，以至于要离开神职工作。但是他不能这么做，上帝必须是他第一位的爱，大海应该排在第二位。无论你留在这里，留在礼拜岛上，还是乘坐下一班轮渡回家，都不会有任何改变。这就好像要侍奉两位主子。你有你的悲伤，你也有你的生活。选择侍奉哪一个主子，是由你自己来选择的。”

能够进行选择，艾比盖尔从来没想到过。她竟然还有机会决定。

露丝咳嗽了一声，然后伸手拿起饮料：“啧啧，这种严肃的谈话把我的喉咙都熬干了。现在听我说，亲爱的，我还有一张空着的床。你为什么不去躺那儿睡觉，让我继续做填字游戏呢？”

“你确定你不想要我陪你吗？”

“确定。”

“晚安，露丝。”

“晚安，艾比。”

艾比已经变成了她的名字，艾比盖尔觉得还行。*她才刚与艾比熟悉起来，已经开始喜欢上她了*。她愿意冒险一试，去更好地了解她。

艾比盖尔很少能记得做过的梦。然而，第二天早上露丝唤醒她的时候，她确定自己梦见的事是愉快的。

“最好把衣服穿上。”露丝警告她，“你有客来访。”

纳特·罗恩正坐在客厅里，看起来有些紧张。艾比盖尔进来的时候，他站了起来，甚至还脱下帽子。

“昨晚你说你的车陷住了不能动，我觉得你会需要一些帮助。”

“嗯，对。太感激了。”

“我有一些杰罗姆留下的旧工具，如果你需要一些这样的东西的话。”露丝领着他们走到车库里，纳特在里面挑选了一个铲子和一些废木料。

“这些就行啦。”他从车库里面走出来，朝卡车走去，问艾比盖尔，“你来吗？”

她迟疑地看看露丝，露丝却耸耸肩。

“非常感谢。”艾比盖尔小声对她说。

露丝笑笑：“没什么，亲爱的。”

“那么，你的车在哪儿？”看她拉着把手爬进车里，纳特这么问她。

“这是一个很好的问题。但是我没有答案。我的车卡在那个沟里面的时候，我已经迷路了。”

“你迷路了？在这个小斑点一样大的海岛上？”

“这里并没有那么小。”

“住在这里久了，你就会看到它多么小。”

一阵几乎可以触摸到的沉默填满了整个卡车，把这两个人推开来。

他们开过一条路又一条路，寻找被艾比盖尔弃置的沃尔沃。纳特靠在驾驶那一侧的门上，而艾比盖尔远远地蜷缩在驾驶室的另外一角。

“你喜欢你的工作吗？”他问道，似乎是在试着开始一次聊天。

艾比盖尔开始担心他有可能推测出她在他的释放中扮演的角色：“你是说，作为一个灯塔看守人？”

“不，我说的是你真正的工作，词典编纂人。”

“对，是的，我喜欢。或者说，我之前很喜欢。”

“这工作挣得多吗？”

“算是体面的薪水。”

“工作时间长吗？”

“还能够接受。为什么问这个？你想要转行？”

“只是想知道你为什么停下不做了，还有为什么你会来这里，礼拜岛又不是什么世界辞书之都。”

“换个节奏。换个环境。”

“嗯哼。”

“我又不是一个流亡的逃犯，如果你是在暗示这个的话。”刚说完，艾比盖尔就后悔自己的措辞。

“以我的经验看来，人们通常是为了逃离什么才动身的。”

“有人动身是为着靠近。”她争辩说。

纳特早就准备好为汉克之死代罪受罚，以纪念他。艾比盖尔也曾经成为类似的托词的受害者。按照这种错误逻辑，她搬到礼拜岛上来，认为自己通过爱上这座保罗曾经爱过的岛，就能对她的丈夫和儿子的回忆致敬。她害怕不管她怎样努力，都不能为他们的生命讨回公道。纳特·罗恩现在却证明，事实恰恰相反。

“在这儿呢。”

在远处，艾比盖尔看到她的休旅车。叶片贴满了车窗，后轮胎深深陷在一道车辙里面，整辆汽车都倾斜得陡峭了起来。

“原来当你说陷住不能动的时候，真的是陷住了不能动了。”

纳特下车，去检查汽车，泥污都淤到了他的靴子里。他把一些残渣碎片铲到旁边，然后在每个轮胎下面都楔入了木板，垫在下面。

“启动发动机，慢慢加气。”

艾比盖尔跳上沃尔沃。她按下了加速器，车轮转动起来，呼呼作响。在后视镜里，她看到纳特斜靠在保险杠上面，一次一次地使劲推着车子。

“再加气。轻点。轻点。”

她这一次试着稳稳蹬住踏板，汽车开始向前爬行了。

“再加一点儿气。”他对她说，一边用尽全力推车。

突然，车子猛地跳了起来，得到了自由。泥浆和沙子喷在纳特的衣服上，全都是。艾比盖尔把车停到坚实稳定的地面上，然后赶紧回来找他。

“我真的很抱歉。”

他脸上溅满了泥浆，这一副表情真是无价之宝。她用手掌捂紧了自己的嘴，笑得快要窒息过去。

“你觉得这很好笑是吧？”

他抹了一把脸上的淤泥。艾比盖尔勉强做出正经的表情来，但是马上就崩溃了。她禁不住大笑起来。纳特态度变软，他的严肃鬼脸也开始松动，开始有一种防御型的微笑。

“这确实有点儿好笑。”

他们站在泥泞的道路中央，一通大笑，就好像是可以变成朋友的两个人。如果在这一刻还不是朋友的话，那么有一天一定是。

艾比盖尔回家的时候，摩尔的卡车就停在灯塔前面。他正站在一架梯子上，拆除二楼窗户上的胶合板。

“我一定比我想象中更受欢迎。大家今天一直都在给我惊喜。”

“最近几天一直都充满了惊喜啊。要我说，应该是很多惊喜。”摩尔从梯子上爬下来，“我听说过纳特・罗恩的事了。真好奇卡雷布・拉尔奈是怎么改变了主意的。”他说，心照不宣。

“更奇怪的事都发生过。”

“更奇怪的事总是会发生的。”

“嘿，你把我的百叶窗修好了。它们看起来很棒！”

“很高兴你喜欢它们。因为我马上要告诉你一件事，你是不会喜欢的：洛蒂正在前来这里的路上。”

“她已经发现了家具和油漆的事？”

“不，夫人。她从大陆打电话过来，说她和富兰克林都觉得这件事没关系，然后她说要为你多带几本言情小说过来。”

“那我该怎么办？这些变化完全不是小变化。不过，她之前的确在房屋状况方面对我撒了谎。这样我们俩就扯平了，按照礼拜岛上的奇怪道理。对不对？”

“在我看来，艾比，你真的有一种好本领：你能让人们去做一些事，却跟他们想要做的事完全相反。所以我无比自信你有能力让洛蒂无视这里的任何一个……呃，租赁中的不当之举。特别是，如果你，怎么说呢，暗示洛蒂：她并没有将这些古董玩意儿申报到保险公司投保以骗取更广泛的投保范围的话，”摩尔说到这里，得意地笑了一下，“当你这样暗示她的时候，你就可以建议她为这个地方进行一些亡羊补牢的修补措施。但是前提是，如果你要继续在这里留下享受这些的话。”

艾比盖尔已经作出了她的决定。她将留下来。

“我会的。”

“那很好。”

摩尔把他从窗户上拆卸下来的胶合板收好，把它们搬到了地下室里。

“我，我，我的天啊。”他欣赏着她对这座房子所做的一切。拉尔奈警长前一天晚上堆积在客厅中间的杂乱物品，还在那里。“重新布置家居，还没有结束？”

“快了。”

“你干得不错。”他说着，拍拍其中的一个丹麦折椅，就好像它是一个失散多年的朋友。

“现在我知道了，是你把古董藏在地下室里的。你不想让我或其他人，发现这些东西，因为有劫案。”

“这就是为什么我喜欢你，艾比。你是讲逻辑的那类人。”

“礼拜岛的逻辑就是我唯一的逻辑。”她学他说话。

“正是如此。你只需要这个。”

摩尔是正确的。这的确是她仅有的需要。

“如果你把地下室的古董搬到了楼上，”他问道，“那么你怎么处理原来洛蒂放在这里的破旧家具呢？”

艾比盖尔说：“那些家具，呃，找到了一个新家。”

他笑了：“听起来好像是我认识的某个人啊。”

摩尔刚一走开，艾比盖尔就把拉尔奈警长移动过的家具重新摆放了一番，把它们放回原处。胶合板从窗户上拆卸了下来，房子里面充满了阳光的温暖。这场飓风把天空吹得无比清澈。虽然还没有来电，但是艾比盖尔也不需要。对她来说，阳光已经足够了。

她打开收音机陪伴自己。同时她开始了来到礼拜岛之后的第二次拆包整理。沃尔特博士的声音开始出现在广播中。

“我们当然已经躲过了阿米莉亚号飓风这一劫。”他低声歌唱，“你可以把这称之为运气、命运或者神圣的干预。你想说这是什么就是什么。我们十分感恩能在这里讲述从没发生过的飓风的故事。但是我们今天不得不讨论另外一件事，今天的话题就是：老年驾驶者。应该吊销老年人的驾驶执照吗？是不是应当有驾驶年龄限制呢？打电话进来，告诉我们你的想法吧。你有发言权。你的意见很重要。”

“这话说得对。”艾比盖尔同意，“我的确有发言权。”

她完成拆包整理的工作之后，下了楼，收拾餐桌，把电池和手电筒组编而成的军队储存在厨房里，希望自己不会在不久之后就不得不用到它们。这些都做完了。她还有一件事要做：检查油桶。

刷了白漆的灯塔内壁在阳光的照射之下发出光芒。在自己改变主意之前，艾比盖尔轻快地爬上了楼梯。

“你可以做到的。”她对自己说。一个微弱的回声在灯塔里面共鸣，重复着这句话。

从灯室向外看去，这个早上美得惊人。大西洋平静得像一面玻璃。地平线是一条平直的线，隔开了大海和无尽的天空。

艾比盖尔闭上了眼睛，转过来面对她之前放置油桶的那个位置。恐惧让她头晕目眩。她能感觉到自己站得有多高，离地面有多远。她深吸了一口气，睁开了眼睛。

油桶正在她之前走的时候的那个位置，歪歪斜斜地放在那个斑块下面。

就在这一刹那，她一直追求的证据已经不再令她感兴趣了。证据并不重要。重要的是除了油桶和油桶所代表的那之外的一切。不管现在贾斯珀先生是不是还在这里存在着，他都爱过这座灯塔。他曾经属于这里。*现在她也属于这里*。

艾比盖尔确实曾经饱受灵魂的困扰。但是，她是被“永不”这个词纠缠的。因为那是来自她自己的定义：永不能与她一起慢慢变老的丈夫，永不能长成一个男子汉的儿子，永不能再次经历的生活。对于即将到来的事，应该贴上什么标签，由她自己决定。在灯塔的顶端，注视着整个世界，“永不”突然变得无关紧要起来。它只是一个词。

优阅吧ER

优阅吧，只为打造优质阅读。

知名青年出版人一草于 2010 年创建。

隶属于中国最具创造力的民营出版公司——博集天卷，

为其独属出版品牌。

优阅吧品牌形象为送书小松鼠。

看好这只松鼠，本本都是好书。

图书在版编目（CIP）数据

且听岛语/ (美) 布洛克 (Block,E.)著；任晓洁译. —长沙：湖南文艺出版社, 2011.8

书名原文: The Language of Sand

ISBN 978-7-5404-5015-1

Ⅰ.①且… Ⅱ.①布… ②任… Ⅲ.①长篇小说–美国–现代

Ⅳ.①I712.45

中国版本图书馆CIP数据核字(2011)第114289号

著作权合同登记号：图字18-2011-166
上架建议：外国流行小说

且听岛语

作　　者：[美] 布洛克
译　　者：任晓洁
出 版 人：刘清华
责任编辑：傅　伊
监　　制：一　草
特约编辑：罗　岚　叶敏娟
版权支持：李彩萍
版式设计：姜利锐
封面设计：主语
出版发行：湖南文艺出版社
（长沙市雨花区东二环一段508号 邮编：410014）
网　　址：www.hnwy.net
印　　刷：三河市鑫金马印装有限公司
经　　销：新华书店
开　　本：880×1230　1/32
字　　数：220千字
印　　张：9.5
版　　次：2011年8月第1版
印　　次：2011年8月第1次印刷
书　　号：ISBN 978-7-5404-5015-1
定　　价：29. 80元
（若有质量问题，请直接与本社出版科联系调换）